新北京新京味儿系列

最美中轴线

中轴线申遗的百姓文本

左 堃 李林栋◎主编

光明日报出版社

图书在版编目（CIP）数据

最美中轴线：中轴线申遗的百姓文本 / 左堃，李林栋主编. -- 北京 ： 光明日报出版社，2023.10

ISBN 978-7-5194-7540-6

Ⅰ. ①最… Ⅱ. ①左… ②李… Ⅲ. ①散文集－中国－当代 Ⅳ. ①I267

中国国家版本馆CIP数据核字（2023）第191468号

最美中轴线——中轴线申遗的百姓文本

ZUI MEI ZHONGZHOUXIAN——ZHONGZHOUXIAN SHEN YI DE BAIXING WENBEN

主　　编：左　堃　李林栋

责任编辑：谢　香　徐　蔚　　　　责任校对：杨　茹
封面设计：李尘工作室　　　　　　责任印制：曹　诤

出版发行：光明日报出版社
地　　址：北京市西城区永安路106号，100050
电　　话：010-63169890（咨询），010-63131930（邮购）
传　　真：010-63131930
网　　址：http：//book.gmw.cn
E - mail：gmrbcbs@gmw.cn
法律顾问：北京市兰台律师事务所龚柳方律师

印　　刷：北京圣美印刷有限责任公司
装　　订：北京圣美印刷有限责任公司
本书如有破损、缺页、装订错误，请与本社联系调换，电话：010-63131930

开　　本：170mm × 240mm
字　　数：290千字　　　　　　印　　张：19.75
版　　次：2023年10月第1版　　印　　次：2023年10月第1次印刷
书　　号：ISBN 978-7-5194-7540-6

定　　价：88.00元

编 委 会

序一

字里行间写中轴

左　堃

说起北京的中轴线，人们首先想到的是它700年的历史文化和气势恢宏的建筑。中国著名建筑大师梁思成先生曾说过：“北京独有的壮美秩序就由这条中轴的建立而产生。”而在百姓心中，中轴线的美不仅仅是众多名胜古迹、历史文化遗产，她的美更是几百年来生活在这条中轴线上的普通老百姓独特的人间温情。中轴线早已飞入寻常百姓家，她同时也可谓是全国人民都非常熟悉的一条“家国文脉”。

东城区是北京文物古迹最为集中的区域。南从永定门北到钟鼓楼，全长7.8公里的传统中轴线贯穿全区；历史文化街区占全区面积的1/4；故宫、天坛和大运河遗址玉河段三处世界文化遗产均位于东城。近年来，东城区在中轴线的保护和发展各项工作中持续推进，以北京中轴线申遗为契机，因地制宜建设文化展示空间，带动文物、历史建筑开放展示与文化设施共享。

图书馆作为东城区重点文化阵地，充分发挥自身弘扬传统文化重要阵地的作用，2023年再次联合网时读书会征集出版了“新北京新京味儿”系列丛书第三部《最美中轴线——中轴线申遗的百姓文本》。2023年恰逢北京中轴线申遗关键年，为助力中轴线申遗，特以“最美中轴线”为题，从普通人的独特视角，以小见大，用细腻的文笔抒写中轴。其目的是让中轴线这座城市的脊梁焕发它的温暖本色，更好地阐释与传播北京中轴线历史文化价值。《最美中轴线——中轴线申遗的百姓文本》从来自全国各地的众多稿件中精选了60余篇，汇集了全国各地各行各业热爱写作的人士，其中不乏散文大家、名家的精品之作，也有普通作者的精彩来稿。作者中有长至须眉的老者，也有尚在学龄的童子，在他们的笔下，跳动出一个个真实而又生动的故事。或一条街一座城楼，或一汪水一座亭山，或一间铺一尺布，或一曲歌一段情，或一顿美味一段传承，各自抒发着自己依傍在中轴线上一生、一段、一次难忘的回忆，展现出“你中有我、我中有你”的情怀，表达着对中轴线的依恋，捕捉中轴线上的生活气息，讲述对美好生活的热爱，把北京中轴线的点点滴滴，不同人物间的故事3D般地呈现在读者面前。

为配合“最美中轴线”征文活动，我们图书馆依托自身的专业力量，以文献作为切入点，举办了一个“字里行间读中轴”北京中轴线专题文献展，从北京中轴线的历史演变、轴线构成、民生百态、全球视野、人民至上、社会参与、学术研究、古树奇观等九个维度展开，紧扣首都的古都文化、红色文化、京味文化、创新文化，从图书、报纸、杂志、碑拓、照片、信件、地图、绘画、书法、手稿等十余种文献类型中精选400余件展品，带领读者从阅读的角度，感受北京中轴线所蕴含的中华文化。以更加丰富、具有说服性的文献资料，与时俱进地展示了北京市和东城区在中轴线保护工作中的努力及成果，指导广大观众从全新视角走进北京中轴线。

中轴线，不仅承载着北京城的记忆，亦是普通人的精神归处。让我们继续用手中的文字记录下中轴线那些平常却幸福的温暖，那四季更替间丰富的色彩，那日升月落的光影……在北京，中轴线的故事真是讲也讲不完；来北京，您一定要沿着中轴线的街头走一走，到处看一看，记录下中轴线那无所不在的美。

（左堃，北京市东城区图书馆党支部书记、副馆长，研究馆员）

序二

走进百姓心中的线

刘一达

2023年，北京人谈论最多的就是中轴线，因为这条贯穿内城南北的中轴线，开始进入申报世界级非遗的程序。

毫无疑问，中轴线的申遗是北京人现实生活中的一件大事，它牵动着每一个北京人的心。正是在这种背景下，北京市东城区图书馆和网时读书会，联合举办了“最美中轴线”的征文活动。

由于应时当令，一脚踩在了热点上，这次征文牵动了北京老少爷儿们和老少姐妹们的心。您想谁不热爱自己生长和生活的城市呀？再说，这又是享誉中外的历史文化名城的中轴线，所以大伙儿纷纷钩沉记忆，把燃烧起来的激情，宣泄在键盘上，组委会在短短三个多月的时间里，收到了百多篇征文作品。

可以说，这些作品每一篇都凝聚着作者对中轴线的深沉回忆；每一篇都饱含着作者对中轴线，或者说对北京城的浓浓的爱意；每一篇都体现出作者对中轴线的深厚情怀。

由于作者不是空泛地议论和抽象地描述，是融入笔端的一种情感和情怀，所以几乎每篇作品都很真实很生动。作者的文笔朴实无华，不是哗众取宠，也不是卖弄学术，而是通过一个一个生动的故事，通过一个一个生活的细节，来讲述中轴线的前世今生；讲述中轴线的历史变迁；讲述中轴线带给人们的美好回忆。

这些看似平淡无奇的讲述，恰恰证明北京的中轴线与民生民俗的关系，恰恰表明这条贯穿古都南北的中轴线，跟老百姓的生活密不可分。

中轴线不但是天人合一的体现，展现的是古人的智慧，同时也是一条情感线，一条生命线。中轴线不仅是北京的，也是中国的，当然也是世界的！也许这正是中轴线作为文化遗产的伟大之处吧！

这次“最美中轴线”的征文作品中，不仅有北京的作者，也有来自全国各地的作者，而且他们的作品占有一定的比例，他们把对北京城的爱，对中轴线的爱，抒发得淋漓尽致。这恰好证明北京的中轴线连接着全国人民的心，证明北京作为历史文化名城和共和国的首都所展现的博大胸怀。中轴线体现的正是这种胸怀。

客观地说，由于北京的中轴线是这两年的热门话题，所以对中轴线历史文化的具体描述，对中轴线的历史价值的研究和探索，已有大量的学术论文和理论文章，而这些征文并没有拘泥于历史探源和学术研究，没有书卷气和学术味，说的都是大白话，聊的都是跟中轴线有关的百姓故事，所以从征文作品的内容上说，恰恰对中轴线的研究者起到了拾遗补阙的作用。

当“最美中轴线”的征文汇集成书时，重新阅读这些征文作品，不禁让人感到这次征文活动的意义非凡。

一条中轴线，牵动你我他。我想随着北京中轴线申遗的进展，这本汇聚着京城老百姓对中轴线情感的书，会成为一个文化亮点。

但愿此书能助力北京中轴线成为世界文化遗产。

以上是为序。

（刘一达，中国作家协会会员，北京文联、作协理事，北京民间文艺家协会副主席。著名作家，京味儿文化代表性作家。出版各类专著 80 多部，2000 余万字；获得各种文学、新闻奖 50 余项）

序三

中轴线申遗的百姓文本

任启亮

自从2011年北京提出中轴线申报世界文化遗产以来，北京中轴线申遗先后写入《北京城市总体规划》《北京市“十四五”时期历史文化名城保护发展规划》《中国世界文化遗产预备名单》，并陆续出台《北京中轴线申遗保护三年行动计划》《北京中轴线文化遗产保护条例》等。政府部门投入大量人力物力财力，加大治理保护修缮力度；社会各界积极响应，助力支持；普通百姓主动参与，期盼申遗成功。如今，申遗报告已经正式提交联合国教科文组织，等待审核、考察和查验。如果说，上述有关文件和北京中轴线申遗报告是政府文本，表明了官方的举措和决心，那么这本散文集就是一个百姓文本，发出的是民间声音，表达的是群众意愿。

为配合北京中轴线申报世界文化遗产，北京市东城区图书馆和网时读书会联合开展了“最美中轴线”征文活动，并择优选编结集出版，为申遗留下一个别具一格的版本。

北京中轴线形成于700多年前，南起永定门，北至钟楼。一线贯通南北，千百年来这条线成为北京城市建设的基准线和北京城的龙脉和脊梁，而且随着时间推移和时代前进不断延伸和拓展。在这条线上，坐落着北京城最重要的历史建筑，保留着丰富厚重的文化遗存，集中体现着中华民族的价值取向和审美理想，毫无疑问，它是世界历史文化遗产的重要组成部分。生动展示和深入挖掘北京中轴线的历史由来、建筑艺术、文化内涵和思想价值，不仅对展示北京历史风貌和弘扬中华传统文化，而且对中外文化的交流互鉴都具有重要意义。

《最美中轴线——中轴线申遗的百姓文本》的作者来自四面八方，他们从普通市民的视角，通过亲身经历和切实感受，书写中轴线的百姓记忆、民间故事、生活气息、烟火味道。在揭示其历史价值和人文价值的同时，更写出了鲜活灵动的中轴线、市民日常生活里的中轴线和作者情感深处的中轴线。突出中轴线的历史性、文化性、丰富性、生活化特点和当下意义，全方位展示了这条古老而神圣的轴线与社会人生的密切关联，因此更见思想的深度、生活的温度和情感的纯度。

由于作者队伍构成的多元化和生活经历的多样性，以及每位作者写作特点和风格的个性化差异，《最美中轴线——中轴线申遗的百姓文本》呈现给读者的是一个古今交融、内容丰富、立体可感、缤纷多彩的世界。

这里有中轴线来历和形成发展过程娓娓道来的诉说，有对以中轴线为中心的北京城的真情礼赞。

这里有采访天安门广场国旗班的珍贵回忆。“迈着矫健整齐的步伐，走在五千年中华书脊样的中轴线上，护卫着国旗，在天安门前升起亿万中国人心中的自豪。”

这里有游览故宫、天坛、太庙等古迹的流连忘返和伫立沉思，也有登上天安门城楼、正阳门、钟鼓楼的无限感慨。

这里有景山与仰山的深情对望，有中轴线延长线上的万千气象和绿树红花、蓝天白云。

这里有北京历史文化的深度探索，有鼓楼成就的文学梦，有为中轴线高歌的一腔热血，也有为北京城市建设挥洒汗水与智慧的青春豪情。

这里有经历 140 个春秋沧桑的老字号；有玩耍、听戏、淘书、阅读的童年记忆；有踢毽子、斗蝈蝈、吃炒肝、品豆汁、喝大碗茶的陈年往事；也有与心上人相识、相恋、结婚、生子、白头偕老，记录着几代人生活的亲情故事。

这里有在天安门广场放风筝，在景山公园赏牡丹，在什刹海观荷花，在北海、中山公园游玩的快乐时光；还有在万春亭俯瞰故宫拍照留念的美丽心情。

…………

也有一些外地作者，一直对中轴线心心念念，情有独钟。比如，一位天津作者每次来京，都要在前门大街东侧的鲜鱼口茶楼会客品茗，谈天说地，“有一种天然的熟悉感和亲切感”。还有一位已经旅居日本34年，每次回国都要到中轴线选一个点或其中一段走走，看看。回忆父亲为其讲“朝钟暮鼓”和妈妈鼓励爬上万春亭的情景，并找回与恋人手牵手登上天安门城楼的感觉。

北京中轴线连接着民族兴衰、朝代更替、大国辉煌，也与百姓生活息息相关。在作者笔下既历史久远又触手可感，既斑驳沧桑又活力无限，既庄严神圣又连接烟火，既有物质的硬度又有精神的厚度和情感的温度。它通古达今又面向诗与远方，是一条北京城的生命线、中华文化的连接线、老百姓生活的五彩线。可以说，《最美中轴线——中轴线申遗的百姓文本》从不同角度，把中轴线的美表现得淋漓尽致、精彩纷呈。

那么，作者心目中的中轴线是什么样子呢？我们不妨选摘几段书中的文字来品读和欣赏。

如果把中轴线比作北京的脊梁骨，你问何为最美？我说美在文脉，美在历史和现实源源不断的文化积淀。

因为有了中轴线，北京城的格局显得十分伟大，堂堂正正，规规矩矩，走在天安门广场和前门大街上，自然昂首挺胸，身板笔直。

“中轴线”留给我们的，是往昔的辉煌，是中华民族融合发展的见证，是无法复制的历史文化遗产。

一条中轴贯穿南北，就像走进一幅徐徐展开的美丽画卷，峰回路转，跌宕起伏，趣味悠长。城中心耸立着气势恢宏、结构严整的紫禁城宫殿群；中轴两侧依次铺展开的街区呈棋盘式，秩序井然。一条条静谧、优美和凝聚着古老历史的胡同如同古城的血脉串联着千家万户。

中轴线不仅体现着古老北京的庄严和华美，承载着古都历史的典雅和厚重，对在血与火的淬炼中诞生的人民共和国来说，中轴线像一条红线，穿起北大红楼、蒙藏学校、李大钊故居、来今雨轩等31个红色历史地标。

中轴线并不只是一个城市建筑格局上的概念，其中的每一处地标，都包含丰富而深厚的文化内涵和人生况味，才使得它秀外慧中、形神兼备，有着更为浑厚的人文力量。

鼓楼成网红，那是谜一样的味道，一种地气儿。这种感觉是街边热火朝天的一碗面，也是未尽阑珊的一盏酒。

这是作者发自心底的声音。他们对北京中轴线的描写，尽管各有各的角度，各有各的解读和感悟，每个人的关注点也不尽相同，然而爱是相通的，感情是相融的，作为中国人的自豪感和自信心跃然纸上。

我还被书中一篇文章的细节深深吸引。在天坛一位已经步入老年的妇女推着坐在轮椅上的母亲，指着一棵树说：妈妈，您还记得枝丫伸出来的那棵树吗？您曾经抱着我上去在上面滑，当时天很晚了，您一个劲地催促我回家，可那天我怎么玩都玩不够，最后还是您强行给我抱走的。我走了很远，眼睛还盯着那棵树。母亲笑着说：当然记得，我小时候也跟着你姥姥在那棵树上玩滑梯，怎么玩都觉得玩不够。类似的书写，在书中比比皆是。读着这样的文字，怎能不叫人甘之如饴又回味绵长呢！

因为北京中轴线独特的历史地位和厚重的文化内涵，启动申报世界文化遗产以来，有关的文章、著述、影视剧、出版物、融媒体作品已经很多。密切结合每位作者自身的经历和感受，联系实际、贴近生活、带着感情，写出普罗大众心目中的中轴线，为北京中轴线立言，为申遗助力，是这次征文的初衷，也是《最美中轴线——中轴线申遗的百姓文本》一书的主要特色。

我相信，这本书是献给中轴线的一份礼物，也是呈现给读者的一个独一无二的文本。

（任启亮，中国作家协会会员，第十三届全国政协委员，国务院侨办原副主任）

目 录 CONTENTS

今朝花树下

马　力

太庙，我小时候叫它“劳动人民文化宫”，对“太庙”这名字，倒不怎么上心。

太庙的平面，像个大棋盘。几道墙，数座院。

琉璃门是太庙的正门，门前有两排龙爪槐，枝条盘错，不能随意平展。树也矮瘦，长势较难强旺，跟四围长了几百年的老树，没法儿比。

老树，是古柏，700 多棵，差不多都有十几米高，黛色参天。这样身量的树，才配得上雄峻的楼殿。

群柏茁茂落落，满园之绿，因之深沉。

筑坛庙，广种树，大概是古来的做法。明朝人营建太庙，当然要植树成林。外院之南，有一棵侧柏，栽它的人，是那位庙号成祖的朱棣。在这儿，同样的树，旁人栽则死，朱棣栽则活，独盛于此，这树也就号为“神柏”。这自然是传在百姓口上的话。或许得着土膏的滋养，树颇高壮。我在长陵见过朱棣的坐像，身形胖大，一进祾恩殿，就瞧它了。这尊铜像，照着单士元先生的意思，按《故宫周刊》和《中国历代帝后像》中朱棣的画像而造。太庙神柏，似有永乐大帝的影子。

外院之北，还有一棵侧柏，亦为明成祖手植。树体多皱，鼓出好些包，疙里疙瘩。径围尤预，两三个人抱不过来。树冠大，枝丫缠结若伞盖，在天底下撑开。鳞片状的叶子又极繁密，遮出一片浓荫。“柯如青铜根如石”，没个几百年，长不成这样。观其形骨，特具苍古之象，独领众柏之首，可以无愧色。郑振铎说金水桥边白石盘龙的华表“活像一位年老有德、饱历世故、火气全消的学士大夫”，借过这话，形容眼面前的这棵树，我看也行。此树设下一种“境”，引人在它的近前停住步，智者会深思，诗家会沉吟。晴蓝的天光下，沾了帝王气的老树，朝筒子河西岸欹斜：阙左门那边，重檐庑殿顶崇楼自砖石墩台耸出，内设钟鼓的攒尖顶阙亭和通直的廊庑傲立城台之上，飞金的琉璃瓦顶把树身也映亮了。

外院之西，立着九龙柏。这棵侧柏，也是初建太庙时就有的。不知得了什么气，日以繁滋，竟生出九个大枝，该往哪个方向伸展，自具各种可能性。众枝姿态舒逸，拧着劲盘升，翔龙那般朝向天，其势若飞，遥可千万里，不见一点零落之象。纷乱的树影投在覆着明黄琉璃瓦的红墙上，映出的图案能叫人做出浪漫之想。可是呀，六百年风雨摧折，伤了树的身子，丝瓜筋似的霜皮，缺损大半，裸露的木质，如骨。我的眼光从它粗实的根部一寸一寸向上移动，很慢，很慢，犹若依着它生长的节奏。时间的波流漫泻过来，我想到了硅化木。

琉璃门东边，有太子林。谁种的？问人，说是明朝的数代太子。这片树，栽植得很随便，显得乱，真是“不循行距”。无论合祀，无论分祭，对于朝廷仪典，这帮小爷，怕也不加礼敬。

庙里还长着几棵桧柏，比侧柏更为美秀。树形稍圆，虬枝于伸扬中又有收拢，好像大盆景。

跟古柏为伴的，是雪松。一进太庙东门，就能瞅到一株。戟门桥两厢，分设神库、神厨，悬山顶檐角皆被雪松如翼的大枝遮住了。

不管是柏，不管是松，树上都拴着小标牌。牌分两色：红的是明朝的，绿的是清朝的。树龄一望可知。

“松柏之茂，隆冬不衰。”这是古人的吟哦。我进太庙观树，恰逢严节，对诗句所寄之意，殊能领受。百花未开，翠柏长松，不改本来颜色，更不失海浪般的气势。只要有太阳朗照，惊天的雷暴、狠厉的雨鞭，全视若等闲。

无风的时候，树很静，立在那里，不动声色。丛林的生命，是由一粒种子开始的。一棵棵树陷入沉默，仿佛思忆长长的历史。

鸟儿轻快的振翅声，响在寒气围裹的密杈间。

“阳春白日风花香”这句乐府古辞，让我依然牵念春夏的花色与清远的幽馨。紫薇、木槿、卫矛、紫荆、冬青、玉兰、绣球、玉簪、迎春花、太平花、锦带花、月季花、黑心菊、白丁香、珍珠梅、美人梅、榆叶梅、紫叶李、黄刺玫、金银忍冬，红的，黄的，白的，粉的，艳如霞，莹如雪，在太庙各处闪出明丽的光色，把人间好景迎来了。

差点儿忘了，还有牡丹呢！九龙柏跟前的道旁，全是。时节一到，都开了，那叫一个俏！足可花中争魁。

筒子河边的那棵紫藤，盛绽时，架上缀满花朵，宛似蝴蝶的彩翅，轻风一吹，千百精灵便翩然飞舞了。徐蔚南写过紫藤花，他的眼里，这些花简直就如一群欢乐的孩子，在带着甜味的空气里，一块儿笑闹着，歌唱着，停不住。青春的气息从鲜花的神情上散发出来。他把紫藤花写活了。

这样的树，这样的花，到了建筑师手里，则改换一种方式在大地上存在。太庙之筑，包镶沉香木的梁柱，金丝楠木制作的构件，哪里少得了树木之功？

明清皇帝，岁时致祀。“时享”“祫祭”和“告祭”多在享殿。此座大殿，高矗三层汉白玉须弥座式台基上，细加琢刻的护栏周匝其下。望柱横列，云纹舒卷，龙翔凤翥。阳光射在台子上，每块方砖都灿灿地亮着，虽则砖面被历世人踩出浅浅的坑，不再平滑。身临，我的目光先叫檐柱之间的龙锦枋心夺了去。游龙跃金，锦纹花卉来添一抹青绿。卷涡纹花瓣，线条盘转缠络，犹似漾动的清波，古老的花在清波中向阳绽放，欣然有新机。

这般曼妙的花姿，这般鲜丽的花色，超越自然状态的真实，进入更高级的形态——艺术的真实。画工们有自己的美学语言。

装饰性极强的旋子彩画，把明间上斗子匾的气韵衬得更足。这块殿匾，边框斜出，浮雕的九条云龙环拱匾心，以满汉文题写的“太庙”二字，依着蓝色的衬底放出金光，额枋上的一朵朵花，愈艳了。

中国古代建筑，用木不用石，遂致天下之木，所耗巨矣。享殿内，撑着梁架的数列大柱，尽为金丝楠木。有一根，十多米高，千钧之重，似可一力支撑。新近读晚清薛福成使欧日记，知他曾为之感喟，其意是：明代营造宫殿，多从黔楚川滇诸省采伐林木，到了现今，深叹无法再获取巨万用材，恐怕数百年后，南方各省的木材，将采伐光了。薛氏所发危言诤论，洵足谨记。入太庙，我的所获，也就深了一层。

“今朝花树下，不觉恋年光。”王勃的《春游》之句，让垂老的我在太庙的树影前低回不去。我来时冬未尽，冷天里的群芳，有的寂寞地直立，有的悄默地伏卧，虽则枝头尚空，可我觉得，它们跟我一样，殷殷地盼春来。

平日，来太庙的人不多，挺安静。出西门，过单檐歇山顶的阙左门，往北，正对着午门。进了紫禁城，又是一番风光。

主编感言

这是本次征文收到的第一篇来稿：太庙到眼前，古老又新鲜。谢谢马力先生的生花妙笔！期待着每一位“中轴线达人”的着力奉献！

作者简介

马力，中国作家协会会员、文学创作一级、高级编辑，曾任中国旅游报社总编辑。著有散文集《鸿影雪痕》等10余部，专著《中国现代风景散文史》等2部，文学评论集《山水文心》，大型画册《魅力长江》等。获冰心散文奖、中国报纸副刊作品奖等文学、新闻奖项数十种。

永定门北望

李朝俊

水映永定门城楼，波光粼粼里，城楼巨门相对开。

出城入城登城门楼上，放眼北京中轴线，一水儿的绿树繁花，一望无际的蓝天白云，一轴联动的古城古迹。这一刻我触景生情，一行文字心中生：古城中轴通南北，风光无限在东西；绵延历史之文脉，绽放古都之新貌。

永定城门，虎踞龙盘，越平原通渤海放眼天下，国家永定；钟鼓两楼，彼此呼应，晨闻钟暮听鼓授时人间，天地钟鼓。一根线，一座城，一条脊梁，一个灵魂。斗转星移，时空变幻，中轴依旧，威仪恒远。

站在永定门城楼上向北望，望见天望见地天地在左右。左有先农坛，那“一亩三分地”，扶犁挥鞭敬大地，汗水耕耘人间春种秋收；右有祭天坛，那一墙回音壁，听历史兴衰律动，人民口碑雕刻无字历史。

历史在人心，历史在文物。故宫博物院、首都博物馆、国家博物馆、国家图书馆、中国共产党历史展览馆……写满人心的文字，刻满人心的文物，栩栩如生鲜活在今人面前。

迈出历史的宏楼巨厦台阶，行走在眼前的天桥、金水桥、万宁桥上。一方青石，一丛碧草，一片林子，一船少年……将桥从远古通向今朝往走未来，从仅可“天子”独有之桥，拓展成人民大众休闲路桥。天地一体人民在上，连桥之水成金成银，成为游人的如画风景，成为万宁大众的幸福之地。

我行走在北京的中轴线上，起于健步走，喜在好风景，深爱是文脉。这文脉在路边的石碑上，在古建筑的庭院里，在休闲散步人群的交谈中。一回回中轴线上行走，一通通石碑文中品读，一次次耳闻众人说古。中轴线文化，中轴线历史，中轴线地位，一天天在我心中清晰起来。

北京中轴线是中华文明“天人合一”的典范。从北端的钟鼓楼，经万宁桥、景山、故宫、太庙、社稷坛、天安门广场、正阳门、天桥地区、天坛、先农坛，到南端的永定门，全长7.8公里。“以中为尊”是咱传统文化中秩序的基础，“大中至正”真真地赋予秩序道德以意义，影响着中国建筑整体的审美意象。您看，中轴线建筑群中展现了对这种审美观的极致追求。两侧对称布局的城市区域对居中的北京中轴线建筑群的烘托，形成恢宏壮丽、纲维有序的都城景观。

建筑学家告诉我，古人建北京城时，继承了自西周初年形成的都城格局和制度，延续了秦汉以来都城中心建筑群与星象对应的传统。中轴上有一系列建筑杰作——故宫、太庙、天坛等，都堪称中国建筑艺术的最高境界，它们的设计、规格、布局都是中国儒家礼仪制度的体现。

翻读史料，方知“北京中轴线”，是由建筑学家梁思成提出的。中轴线始建于13世纪，形成于16世纪，此后不断完善，且在20世纪实现了公众化转变。北京中轴线历经700余年，穿越了位置、时间、行为、次序等不同含义的建筑，门、桥、坊、殿……空间层次丰富而分明。形成了由古代皇家建筑、城市管理设施和居中道路、现代公共建筑和公共空间共同构成的井然有序、气势恢宏的城市历史建筑群，是中国现存规模最宏大、规划格局最完善、景观最雄伟、保存最完整的传统都城中轴线。梁先生这样评价北京中轴线：“全世界最长，也是最伟大的南北中轴线穿过全城。北京独有的壮美秩序就由这条中轴的建立而产生。”

3000多年的建城史，860多年的建都史，汇聚起北京魅力独具的古都文化。北京城里，一砖一瓦，一条胡同，一个地名，典藏故事。作为北京中轴线南端起点的永定门，是明清北京外城七门中最大、最重要的城门。它始建于明嘉靖三十二年（1553），清乾隆三十二年（1767）大规模改建，1957年被拆除。为保护和恢复北京城完整的中轴线，突出永定门作为南中轴起点的意义，2004 年 9 月重建。

30 余年的都城生活，住在丰台三环边上，工作地先在西城槐柏树街一个大院，后到枣林前街某座双子星大楼里。在槐柏树街时，常常骑行前往广场徜徉，有时漫行大栅栏街区，满眼古街新潮人来人往。脚在笔直的青石留印一行行，心在这中轴线的辉煌文化上。到枣林前街后，从西向东行程常到北纬路，寻“天子”之桥看见四面钟，参观永定门城楼登高望远，首都风光一览无余在眼前。

望见楼台亭榭，望见红墙金瓦，望见天蓝地绿。一年四季里，我看满城的春色，那满城满域的碧绿，让人心旷神怡；我看街区的夏叶，那满街满巷国槐花白，香气沁人心脾；我踏秋意甬道，那满城的五彩斑斓入眼来；我在后海观冰灯，那雪白精灵若琼楼玉宇……

行走在中轴线上，行走在国槐、松柏、银杏、海棠、丁香林间。蓝天下，暖阳中，微风拂，我看天地间景物，我思“永远安定”寓意。沉思中猛然发现中轴线上的青石，有的中间凹，有的中间凸，凹陷的是古石踩过年代久远，凸起的是新石按滴水古法制成。转身前后瞭望，中轴之石若龙脊，似通天云梯，若时空隧道。在这里能望见血脉文化，能望见时代未来，因为这是历史文化的轴线，这是中华民族复兴发展的轴线，这是人类世界遗产的轴线。

“一个城市的历史遗迹、文化古迹、人文底蕴，是城市生命的一部分。”行走在天安门广场上，环视这人类最大的广场，我越发感觉在中轴线的格局和朝向上，无论是“向明而治”还是“允执厥中”“建极绥猷”，都强烈地表现出在中国传统观念中都城核心建筑的道德意义和构建国家秩序的象征性。

我越发记得北京夏季奥运会开幕式上，从历史深处走来的那 29 个金色脚印，还有那“同一个世界，同一个梦想”；穿行奥森公园步道上，我越发记得北京冬季奥运会开幕式上，由各代表团名称组成的那片中华文化雪花圣火台，这是鸟巢盛典展现中华文明的又一神来之笔。这纯洁的冰雪，这激情的约会，大家“一起向未来”。

北京的两个奥运会，我都是亲身参与者。幸福地参加了北京夏季奥运会的闭幕式，惊喜地出席了北京冬奥会的开幕式。两场同样精彩的北京奥运会，一种同样的幸福激情在心头。是从百年梦圆到“双奥之城”，这是中国人民站起来、富起来、强起来的自然展现，是中华民族复兴巨轮呼啸向前的历史书写。

那年难忘的夏天，随人潮出鸟巢过水立方，辉煌灯火里漫步中轴线。幸福中我在中轴线上走啊走，快乐中我在中轴线上从北走向南，从无眠夜走进朝霞满天旭日中。对中轴线有了最新的感知，有了最不一样的热爱，有了最难以忘怀的记忆。

穿行中轴线，流连忘返铭记心头。永定门北 50 米中轴御道两侧，青砖之外凹陷 20 厘米左右的辅道。条石铺就的通道，与中轴线平行向前，这历史遗存有百米之长，是“天子”之外官员登永定门城楼的专用通道？抑或是人们排水修成的泄洪道？或红或青或灰的条石方石沧桑无语，石缝中的小草小花生机盎然在阳光里。从南到北从北到南，今天的北京中轴线一直向北延伸：鸟巢、水立方、奥运观光塔等，皆是人们感受新时代新北京的新地标。

永定门城楼上北望，风景穿城到仰山，到太行山到燕山山脉；仰山迎客松前瞭望，长安大街长虹卧波，永定河水注入渤海。两山拥抱坐定大平原上的北京城，背靠巍峨青山面朝无垠大海，今日焕发出青春的蓬勃朝气。真可谓：“天衢丽地，槐市陆海。人杰物华，邦国永定。”

我感应到这山海风云际会的历史名城，诉说着这条 700 多年时光故事的古都之脊，穿越了多个城市功能区，呈现了宫城中帝王的生活、外城普通民众的生活，构成中国传统社会生活最具完整性的物质载体。这条独一无二的历史遗产，是今日国家礼仪活动的中心，也是政治文化的中心，为世人铺展开一幅千年古韵城市空间的新画卷。

主编感言

如果在文中把“我”融得更多些、更丰富些、更真切些，就更好了。

作者简介

李朝俊，中国散文学会会员，中国自然资源作家协会会员，今日国土生态文学委员会特聘作家。散文作品发表于《人民日报》（海外版）、《解放军报》《光明日报》《中国自然资源报》《北京日报》《昆仑》《河南文学》等报刊，入选多种选本和文集。

中轴线遐思

高洪波

北京中轴线是北京市正在准备申报世界遗产的项目，有 14 个遗产点，具体说来是：永定门、先农坛、天坛、正阳门及箭楼、毛主席纪念堂、人民英雄纪念碑、天安门广场、天安门、社稷坛、太庙、故宫、景山、万宁桥、鼓楼及钟楼。这个中轴线总长 7.8 公里，占地面积 600 公顷。

我在北京已经居住多年，北京中轴线的概念，我认为更主要的是涉及文化自信的政治概念，也是涉及人文风景的地标概念。

北京中轴线从永定门说起，到鼓楼结束，对我而言，拥有太多的遐思和记忆。永定门有一个老的火车站，那是在遥远的 1969 年 2 月，我们一批北京的中学生就是在永定门火车站登上了闷罐列车，穿着还没有帽徽领章的新军装，向遥远的云南进发。七天七夜漫长的行旅，一批穿上新军装的中学生在祖国大地穿行时会有什么样的感觉、什么样的体会？不用我多说，所以永定门火车站是我刻骨铭心、终生难忘的记忆。

再说先农坛。先农坛有个著名的足球场，而且它一度是北京球迷们心中的圣地。我记得当年我的同名人高洪波获得过金靴奖，《体育报》的编辑们约我写过他的一篇专访，于是两个同名人被命运安排到一张报纸上。高洪波的哥哥叫高洪涛，而我的弟弟也叫高洪涛，这又是一次特殊的巧合。我采访高洪波的时候，他刚刚 25 岁，还没有成家立业，但是他的足球意识已经为广大球迷所认可、所称道，所以他专门来到我家里接受采访。之后，他送了我一场特殊的球赛观摩票，地点就在先农坛体育场，中国足球队的对手是当时赫赫有名的巴西明星队，我记得有苏格拉底、济科等一干明星。看中国的小伙子们和举世闻名的巴西明星们在先农坛足球场上角逐，让我感到一种莫大的自豪和喜悦。先农坛，先农坛体育场，的确是值得回味的地方。

下面我要说鼓楼。说鼓楼，实际上是想说鼓楼东街的豆腐池胡同，豆腐池胡同有什么秘密？有北京市东城区职工业余大学，那是我从军旅生活转业到《文艺报》之后上的第一所业大。这所业大我足足学习了四年，意味着我在鼓楼脚下盘桓了四年。它是职工业大，但是老师们大多是首师大或北师大的教授，他们的讲课水平很高，而东城职工业大的校友们许多都是我的编辑同行，或者是当年在云南军旅的战友。所以，我在鼓楼求学期间写过一组诗叫《求学组曲》，后来发表在《青年文学》上。这是一组记录我特殊生活的求学诗，其中有一首就叫《同学》，诗中写道：

为了把历史和未来
扭进现实的纤绳，
好拉起祖国之舟
奋力前行——
我们每个人面前，
都摆着一道计算方程：
增加：孩子的委屈。
减轻：爱人的体重。
加快：自行车的磨损。
取消：星期天的功能。
将每一块时间的碎片
都拾起，焊进求学的日程。
为补偿一个时代的缺憾，
需要的，不正是这种韧性的牺牲！
因此，我自豪我的“业大”，

以及我那顽韧的同学们
抖擞出的一代雄风!
我们没有落伍，而是
步履沉重的一队士兵……

东城职工业大坐落在鼓楼的东侧，它旁边有一家卖褡裢火烧的小吃店，成为我们无数次晚餐的就餐店。豆腐池胡同，鼓楼东大街，鼓楼就这样焊进了我求学的特殊岁月。

如今北京东城职工业大已经迁址，但是那鼓楼下无数个黄昏、无数个夜晚，以及上课和下课的铃声、拥挤的自行车堆放地，还有步履匆匆、目光焦灼、充满渴望的一批批高龄的学子，永远留在了我的记忆中，这也是北京最美中轴线的一个特殊的画面吧。

北京“最美中轴线”的征文开始了，它用诸多实体性的纪念堂、纪念碑、广场和景致为北京人乃至世界提供了一道绝美的风景线。然而作为一个资深的北京人，正像蓝色大海中一条游动的鱼，不可能对自己经历的每座岩石、每块珊瑚礁进行特殊的记忆。但是由于在这片美丽的风景的海洋里，其本身已经被中轴线的意境所包裹、所涵盖、所催化。

因此总长 7.8 公里的北京中轴线不仅仅属于北京、属于中国，它的确是世界上值得珍惜和保护的文化遗产。

主编感言

“东城职工业大坐落在鼓楼的东侧，它旁边有一家卖褡裢火烧的小吃店，成为我们无数次晚餐的就餐店。豆腐池胡同，鼓楼东大街，鼓楼，就这样焊进了我求学的特殊岁月。”这里有大作家的青葱岁月!

作者简介

高洪波，十二届全国政协委员，曾任中国作家协会七、八、九届副主席及中国作协儿童文学委员会主任和中国作协党组成员、书记处书记，中华文学基金会理事长，《诗刊》主编等职。著名儿童文学作家、诗人。代表作有散文集《悄悄话》、诗歌《我想》、《高洪波文集》（八卷本）及《高洪波文存》（九卷本）等，作品曾获中国出版政府奖、全国优秀儿童文学奖、“五个一工程”奖、国家图书奖等。“快乐小猪波波飞系列”绘本累计销量超百万册，版权输出到法国、韩国、越南等国家。

正阳门下一少年

赵润田

1. 横竖我是离不开前门大街

我是在北京南城长大的。

从打宣武门、正阳门、崇文门沿线往南，就是所谓南城了。正阳门到永定门是一条线，我是生活在东半边，上班在西半边，横跨东西。20 世纪 50 年代末、60 年代初的时候，我是吃在东边，玩在西边。为什么说玩在西边？上天桥啊！当初天桥撂地摊儿打把式卖艺的景象，我现在合眼还能想起来，影影绰绰，像是黑白片的老电影。所以说，前门大街这条路，我是跨过来跨过去走了大半辈子。

有一回，一个外地来京创业的小伙子问我：您见过老城墙、老城门吗？他们有时把正阳门撇开，提起旧京城防系统，专指已然看不见了的老城墙城门，对还站在原地没动的正阳门、德胜门和东南角楼忽略不计。我说：小时候还在哈德门城楼前边玩过摔跤呢！

我这么说，只是为证明自己见过。您可别误会成我会摔跤，那只是小孩子之间瞎玩。这晚儿更得了，一扒拉就倒，上下台阶都得“一步一个脚印”。

我不光见过老崇文门，也就是刚才说的哈德门，也见过正阳门前边的大石桥。其实北京人嘴里不老是“正阳门正阳门”地叫着，他们只说“前门”。“大爷您上哪儿啊？”“前门！”他绝不说上正阳门，人家听了会觉得他有毛病。

就像一个人有大名也有小名，正阳门是大名，前门是小名。大名堂皇严肃，小名亲切温暖，老百姓嘴里只说小名。我起小是穿行在前门一带长大的，我家住在前门外三里河金鱼胡同，现在没了，但那条河重新挖出来，现在是前门外一景，西起鲜鱼口，弯弯曲曲折向东南，但只是半截，并没有到三里河古桥。那座桥我见过，北京奥运会之前扩宽两广路，正好把早已埋在地下的古桥挖出来了。当时，崇文区文物局老王给我打电话，专门告诉了我。立刻我就骑车赶了过去，拍了照片。桥不大，但很重要，北为北桥湾，南为南桥湾，古桥所在地正是十字路口要津。我现在还常想起，很多年前，每天都有一位老者站在那儿卖《北京晚报》，去晚了还就卖没了。

从三里河进北桥湾里边的南芦草园或是北芦草园，走个十几分钟斜穿着就到前门大街了。我说自己是“正阳门下一少年”，依据就在于此。

我在金鱼胡同住了 20 年，前门大街两侧的胡同、商店、电影院、书店、金鱼店以至天桥玩耍区，去过无数次。即便后来搬家了，有好多年去菜市口上班，也必得穿过前门大街，念中文系那几年，也得从那儿路过，更不用说平时去琉璃厂逛街淘书、春节上厂甸庙会看热闹，横竖我是离不开前门大街了。

2. 那是我的源泉之水

前门大街两侧星星点点的一些地方与我结下终生之缘，可以说，没有那些地方，就没有现在我的神髓。

我和文字打了一辈子交道，读书、教书、写书，这三部曲的最初源头，来自前门大街两侧或显或隐的小人书店、新华书店、中国书店和那些爱书者才知道的旧书店。

北桥湾是条不宽也不长的小街，两侧都是铺户，著名的正明斋清真点心铺就在里面，每次路过，那喷香的糕点味让你躲也躲不开。路东，20 世纪 60 年代中期有一个小人书店，那是我三部曲的起点。那时候，看一本小人书二分钱。北桥湾那个店是纵深两间屋打开隔断形成的，靠门口一个木头柜子，老板把小人书的封面剪下贴在柜面上，也有一些贴在墙上，很直观，就当索引。每次我到了那儿，看看有什么新书可选。我爱看历史类的，四大古典小说都有小人书，此外像《岳家军》《杨家将》等都是连台本，我记得《三国演义》一套是60本，很勾人。

后来也在爱看书的同学之间互相借着看，你总不能光看人家的，于是就想着自己也买点，以此作为看更多小人书的本钱。最初买的两本小人书我还记得，一本是辛弃疾闯敌营捉叛徒的故事，一本是宁波海上救险的故事。及至进了中学，学校里有图书馆，方便多了，书也从小人书一跃而为纯粹的字书。

这算上了一个台阶。

前门大街一带有几家书店，印在脑子里，那样子终生不会忘了。路西有一家欧式门面的新华书店，卖的都是新书，我哪里有闲钱去买书，最多时候是看看躺在玻璃柜里的书名过过干瘾。那里有我读过的，更多则是没读过的。有一回，店员朝着刚进来的一个人小声说："我给你留了一本《苦菜花》！"为什么小声说？过来人都知道。

往北走，就到了大栅栏东口。大栅栏当然是尽人皆知的热闹地方，街两边名店迤逦，我常去的则是路北一家两层楼的旧书店。说起旧书，我格外有一层亲切感，比起锃光瓦亮的新书，仿佛旧书更像是"书"，带着温暖的人气儿，透着近乎。而且，更重要的是你可以看到许多新书店里所没有的书，包括那些久远年代出版的纸页发黄的老书。大栅栏旧书店里的书，有在竖起的书架上"排排坐"的，也有平躺在桌式柜面上的，后者更便于随手拿起翻看。我就这么站在书龄不一、模样各异的旧书面前驻足闲看，没人嫌你看得时间长，也没人嫌你只看不买。

在那家书店，一个少年，一本书也没买，白看了整整一个青葱时代。唯一可以算作自我宽恕的是，那些书没有白看，它们是另一种大米白面，让一个人在知识和情怀的抚爱下成长了。

3. 我的归去来

在旧书店买书要到我插队回城之后，那是1974年，北京中小学当时教师极度短缺，去乡下招聘知青回城学师范。于是，我回到正阳门下，前门大街大体还是那样，但人不多，书也不多。

北京第一师范学校离永定门不远，后面是庄稼地，前面街上有一家百货店，其中还夹杂着一个卖书的柜台，我在那里买过一本凯恩斯经济学的书。我并非经济学专业的人，为啥要买这本书？我现在回想起来，自己也不明白，大概是只要有字便好。很多年以后，我去了经济类的报社当记者，怕是那本书做了隐藏着的引子。

最初的旧书是在前门大街买的，路东的一家，店面很宽敞，买过一套四册的《马克思恩格斯选集》，精装，厚厚的，沉沉的，精美！想起这书，就想起我的母亲，那时的家庭都不宽裕，我缠着母亲要了书钱，不知母亲要怎样精打细算才能挤出这钱。奥运之前，前门大街改造，我又赶往这家要歇业的旧书店，书价很低，抱回大摞并不旧的旧书，很是解渴，大多是古人文集。

师范之后我又读了大学中文系，每天骑车横穿前门大街，恰好走北京老城一条对角线。放学之后从和平门向南一转就是南新华街，北京人喜欢叫那里为厂甸，琉璃厂就在那里。这就不遑多说了，北京以外的人也会知道那是一条文化街。书店有好几家，足够逛的。后来我所供职的报社在菜市口，离那也不远，钻胡同更便捷，随意在那儿走走，舒服得没法说。我有一些自珍自爱的老书，一想就得意，都是在那里买的，于今想来，只恨没有更多地买些。其中有一本旧帖，是康有为戊戌变法失败后的逃亡自叙，很难得，帖尾空白页有曾经的藏书人一行竖体字："己丑三月廿五日购于宣外荒摊，价民券四十元"，字是铅笔写的，如果我判断不差，那位先生是怕毛笔或钢笔损了老纸。己丑是1949年，这让人浮想联翩。我也随在那行字后面另起一行写下："公元一九九二年四月五日午时，购于琉璃厂海王村。"那位前主人的字有颜体风范，我则练过柳体，并列在书尾，自觉有趣得很。

过日子岂能仅仅靠书？住在三里河的时候，前门外珠市口森泰茶庄、南庆仁堂药店、廊房头条劝业场、鲜鱼口黑猴百货店、东柳树井文化宫电影院、周边街巷里大大小小的店铺以及广和剧场、大众剧场、民主剧场等，有些是随母亲去的，有些是自己去的，想起那些电影镜头一样的往昔光景，别有一般滋味在心头。

离珠市口很近有一条叫作西湖营的小胡同，你很难想到，里面藏着京城四大戏楼之一的平阳会馆。我和崇文区政协文史委员会去接收腾退出来的旧会馆时，看着那些戏楼上蒙着灰尘的彩绘，震惊于从未见过的奇特纹饰，至今不忘。

对我来讲，前门大街是说不尽的，那里藏着许多宝，有不少我写进自己的书里了。我拍过那一带不少照片，成为历史镜头，老朋友见了那些图片和文章，惊喜非常，宛如回到以往时光，唤起他们的人生百味。

正阳门，我如今仍时而从你面前走过，在你巍然壮伟的身躯面前，即使我已发白齿豁，还是归来的少年。

主编感言

赵润田的话说得很“北京”：“就像一个人有大名也有小名，正阳门是大名，前门是小名。大名堂皇严肃，小名亲切温暖，老百姓嘴里只说小名。”

作者简介

赵润田，北京作家协会会员，北京史地民俗学会会员。著有《古代小说鉴赏辞典》《北漂白皮书——告诉你一个真实的演艺圈》《寻找北京城》《乱世薰风——民国书法风度》《一门一世界》，中国书法绘画图史《国宝2018——笔墨春秋》，批注本《撕裂北京的那一年》等。其中《北漂白皮书——告诉你一个真实的演艺圈》获第17届全国城市出版社优秀图书奖，《乱世薰风——民国书法风度》由中国图书评论学会授予“中国好书”称号。

在西山，想起万春亭

李敦伟

我曾在北京工作生活30多年，退休后，返回阔别多年的昆明，在四季如春无处不飞花的春城，过着闲暇的老年生活。但往事历历在目，不时沉湎其中。

特别是今年春节前，因疫情中招后，曾困居在家里20多天。后来好些，想出门透透气，便来到了西山森林公园，乘园内客车到达西山龙门，看着浩瀚滇池上空的太阳，顿时感到一种熟悉的场景涌上心头。是的，情不自禁。我又想起了在北京中轴线的景山公园万春亭上，三次看日出的炽热情怀：

那是20世纪60年代初，我作为昆明军区的战士代表，出席在北京召开的全国青年文学创作积极分子代表大会，这是我第二次进京。

首次进京最大的遗憾是未去景山观日，这次一定借会议间隙，去位于京城中轴线上的景山公园万春亭看首都的日出。

上回在京汇报演出时，就听有人说，京城观日出的最佳地，就是景山，它是皇城的至高点，从古到今都把此地作为观日出的胜地。

这回绝不能错过良机。

我们住在前门大街胡同里的总参某招待所，我事先查看了北京地图，正好沿京城中轴线由南向北可以到达景山前街。

在参会的第4天的凌晨4点，我提前起床，迎着冬日凛冽寒风，跑步沿着北京中轴线，从正阳门、前门、人民英雄纪念碑、天安门广场、故宫后门，到达景山公园南门。

因来得过早，园门紧闭，开园时间是6点半，我只好耐心等待。

这时陆陆续续又来了许多老年人聚集在门前，人越聚越多，都等着进园。看来这是晨练的一块宝地，人气很旺。

6点半园门准时打开，人们蜂拥而入，沉静的景山顿时喧嚣起来。我为了不误看日出的时辰，便避开人群，从东侧面拾级向山顶登去。

据说景山是修挖永定河和北海的泥土堆积而成的，后又囤积供紫禁城的用煤，故又称煤山。自明清以来，便是皇家的后花园，供皇亲国戚游玩的地方。民国时期和新中国成立初期均属军队驻扎之地，20世纪50年代中期变成供大众游览的公园。

我一边攀登一边观赏晨雾笼罩下的景山公园，林木花卉点缀着小巧玲珑的山包，秀美精致。

对从云贵高原走来的我来讲，这只能算小山包，可对皇城脚下的百姓来讲，这是名副其实的大山。

山上由东向西依次建有五亭：观妙亭、周赏亭、万春亭、富览亭、辑芳亭。建筑风格各异，风貌别致，各有韵味。登亭远望，京城尽收眼底，心旷神怡。

要看日出，非万春亭不可。因它位置特殊，置于景山中峰，高45.7米，正处在北京城南北中轴线上，是最高点，是看日出的地方，也是摄影爱好者拍摄皇城全景的最佳地。

站在万春亭的东侧，我透过晨雾，看到还未从沉睡中醒来的京城。东方微微泛白，晨光透过薄云开始舒展它的姿容，渐渐吐出光亮，能看到城池边缘的轮廓。此时此刻我脑海里，浮现出曾经在祖国东南西北看日出的景象：东瞧舟山群岛海上日出，南疆看梅里雪山上日出，西行观戈壁滩荒漠日出，北览呼伦贝尔草原日出。虽同是日出，可自然景观各异，表现的态势、气韵也截然不同，给人的观感、直感、美感都并非一样。正是这神秘而向往的好奇心，才促使我几乎每到一地都要去观日出，寻觅不同的感受。

这次来京，就是要感受祖国首都心脏中轴线上观日出的特殊灵感。

正想着，首都正东方的地平线上，霞光万丈，一轮金色的太阳正拨开云层，亮出笑脸，与京城大地亲密接触，把温暖洒向千家万户。

此刻，我鸟瞰北京中轴线上的紫禁城、天安门城楼、天安门广场、人民英雄纪念碑、前门，均披上金光闪闪的外衣，显得格外庄严，壮观，雄伟。伟大的祖国又迎来崭新的一天，各族人民在暖阳照耀下，创造社会主义的新篇章。

我作为一名守疆卫国的战士，能出席青年文学创作的盛会，对我是极大的鼓励和鞭策。看了壮观的首都日出，我要像初升的太阳，朝气蓬勃，激励自己迈向人生的未来！

20 世纪 90 年代初，刚成立北京天勤影视艺术公司，与北京电视台合作，联合拍摄首部披露中泰建交秘史的电视剧《龙珠》，讲述当年周总理、廖承志同志关心哺养两位在京生活的泰国皇室小孩（哥哥叫常怀，妹妹叫常媛），两人长大成人后，均成为中泰建交的桥梁和纽带，为促进中泰友谊做出贡献的故事。

剧中有周总理请工作人员带他俩上景山观日出的情节。

摄制组完成在泰国和云南的拍摄任务后，转场到京，从气象部门获取北京近期气候的信息后，得到景山公园管理处的支持，选取景山公园万春亭拍摄两位小孩看日出的戏。

头天晚上，摄制组各部门便提前做好拍摄的所有准备工作，只待第二天凌晨登顶抢拍。

第二天早晨，两位小演员赖床起不来，急得副导演连拖带哄地把他俩弄醒，穿衣化妆。睡眼惺忪的小演员仿佛还在梦游里，便乘车来到景山公园，是剧组的大哥哥、大姐姐们将他俩背上山顶。

导演带他俩站在指定位置，耐心指导他俩的表演。

一切准备就绪，就等东方日出。今日天气好，能见度最佳。

远方层叠的楼宇像积木堆积在天边，胜似海市蜃楼，大家全神贯注地盯着，耐心等待日出的时辰。

摄像机分别对准日出之点和两个孩子的脸部特写。

瞬间太阳从楼宇顶端喷出，染红了楼房，染红了景山，染红了常怀、常媛可爱的脸庞。他俩欢欣雀跃，不由自主地唱起《东方红》，此时导演在监视器屏幕上看到，大叫“OK！ OK！”。一条通过。

在日出东方的珍贵时刻，中泰友谊的种子，播种在泰国两位小朋友的心里，为日后中泰两国建交发挥作用，最终开花结果。

世纪之交的前夕，我特地参加世纪坛的迎新活动，亲自聆听悦耳的世纪钟声。.

带着无比向往的心情，凌晨我又赶往景山公园万春亭，站在北京中轴线的至高点观看千禧年的首轮日出，较前两次看日出、拍日出的心情格外不同。

2000年元旦的日出，有着非凡的意义：首先我们的寿命难以过百，能遇上千禧年实属不易，这本身就是福气；再说，对我一个来自云南边陲的人来讲，有幸在千禧年元旦，登顶在北京中轴线上观日出，十分难得。

我万分珍惜这千年难逢的机会，眼望京城的东边，层层叠叠，鳞次栉比的高楼大厦，现代化的新北京城早已延伸至天边。

新纪元、新时代的首轮太阳已不是从地平线上升起，而是从直冲天宇的高楼顶上喷云吐雾而出。万道霞光从楼宇的间隙中直射朝阳区、东城区至紫禁城。

迎着新世纪的朝阳，天安门广场在庄严的国歌声中，冉冉升起鲜红的五星红旗。这是新纪元迎新年、开新局的升旗仪式，广场传来激动人心的欢呼声。

此景此情拨动我的心弦，我情不自禁地双手合十，面对升起的红太阳，默默发自内心地祈祷：在人类开创新世界、新纪元的里程碑时刻，我们明白只要太阳周而复始朝出夕落，我们就会只争朝夕奋斗不息，未来终归属于我们。衷心祝愿伟大祖国蒸蒸日上，繁荣富强！

此刻，美好的回忆无尽无休，回到现实中来。当下的我，还是那个大病初愈的我吗？不，我永远是那个北京中轴线上，那个景山万春亭上，沐浴着日出光芒的年轻战士啊！

主编感言

在景山之巅看日出，而且是三次！这就是“中轴线”“最美”之一种啊。而且，此文首尾相应有了一种遥远的视角（本次征文强调多视角），其“切近感”也能看出作者对本次征文期冀的一种初步领会。

作者简介

李敦伟，先后在《滇池》《人民文学》《中国广播电视学刊》、中国电视剧制作中心任编辑，编辑部副主任、主编助理。曾在《国防战士报》《云南日报》《解放军报》《人民政协报》《人民日报》《滇池》《解放军文艺》等发表过诗歌、散文、报告文学、剧本、评论等，参与编辑、策划电影、电视剧的拍摄制作，分别获“金鸡奖”“飞天奖”“骏马奖”等。

六度毗邻中轴线

金　本

身居北京城，我的居所六度毗邻中轴线。亲历目睹，中轴线像一条录影带，涂满美丽而温馨的色彩。

一度毗邻中轴线，是在 1956 年。

我和母亲自山东赴内蒙古投奔大姐，途经前门火车站转车。那时我 14 岁，母亲已 50 多岁，从一个小村庄突然来到大城市，眼前一片茫然。在站台上“居住”了一夜，竟不知道天安门就近在咫尺。

不过，在这个简陋的火车站里，我却感受到了一股潜在的暖流。火车头上“哒哒”的喷气声，车轮“哐哐”的转动声，给我一种充满力量的感觉。那时候不懂，后来才知道，这大概就是刚刚诞生的新中国充满朝气的景象吧。

一位身穿铁路制服的叔叔走过来，看到我们一老一小，便亲切地问：“你们要到哪里去啊？”我们回答后，他便领着我们去窗口办了转车手续，又帮我们找了站台上一处安全的地方，让我们休息，等待第二天转车。那时候不懂得，后来才明白，这大概就是新社会人与人的真诚相待吧。

暖暖的，这就是留在我心中的中轴线上的第一抹色彩吧！

二度毗邻中轴线，是在 1960 年。

我随大姐从内蒙古迁居北京，住在前门西河沿街 258 号。这是一个旧式平房小院，房屋虽旧，却很温馨。

这里紧邻天安门广场。我走近天安门城楼，沐浴着阳光的灿烂；我走近人民大会堂，领悟着“人民”二字的神圣；我走近历史博物馆，感受着民族根脉的厚重。每逢国庆节，我和同学们在广场上载歌载舞，参加国庆晚会联欢，与年轻的共和国同呼吸、共欢乐。

这里紧邻大栅栏商业区。我走进“一百”“二百”商场，购买生活用品，领略商业的繁荣；我走进“同仁堂”“内联升”“六必居”等老字号，感知中华传统文化的源远流长，了解“古老”和“新生”；我走进“大观楼”“广和”影剧院，观看电影和戏剧，感受现代文明。每当夜幕降临，店铺灯火通明，走在喧闹的街道，一片欣欣向荣。

亮亮的，这就是留在我心中的中轴线上的又一抹色彩吧！

三度毗邻中轴线，是在 1967 年。

我从前门西河沿搬家到德内大街刘海胡同 32 号。这是一个典型的北京四合院，住着十几户人家，人们虽说祖籍不同，但都像老北京街坊们一样和睦相处。大人、孩子都以兄弟姐妹相称，谁家有了好吃的，首先相送邻里。王家第一个买了台黑白电视机，全院的人都坐到他家一起观看，简直就是一家人。

这里邻近景山，我经常登上万春亭，吟诵乾隆的对联“四方亭上望四方，四方四方四四方”；走进牡丹园，观赏罕见的黑牡丹。

这里邻近地安门和鼓楼，我经常沿着烟袋斜街前往地安门外，走一走入选“世界文化遗产”的万宁桥；到曾为京城报时的鼓楼，欣赏中国木结构建筑的奇特。

这里邻近什刹海和后海，我经常到这里游玩。冬季冰雪皑皑，在这里滑冰；夏季碧水荡漾，在这里赏水。还带着自己的孩子，到后海边上的简易娱乐场玩玩滑梯，到什刹海体校看看排球训练。

美美的，这就是留在我心中的中轴线上的又一抹色彩吧！

四度毗邻中轴线，是在 1984 年。

我从刘海胡同搬家到了前门东大街 12 号楼，这里紧挨着天安门广场，是北京有史以来第一批高层建筑，党和国家领导人还曾视察过。

冉冉升起，心里充满了自豪，满眼都是祖国蒸蒸日上的景象。

走下楼梯，来到正义路林荫路，漫步在市政府的门口，感觉市长就在自己的身边，与人们亲切交谈，处处都是爽朗的笑声。

下楼往西，来到前门地铁入口，坐上北京第一条地铁，很快便来到了美丽的郊外。

往西往南，便是前门大街。此时的前门大街已经焕然一新了，路面加宽，两边的商店都重新装修了门面，两侧的华灯闪亮璀璨，变成了一条人流如织的步行街了。

爽爽的，这就是留在我心中的中轴线上的又一抹色彩吧！

五度毗邻中轴线，是在 1994 年。

从前门东大街移居到洋桥西里 2 号楼，两居室变成了三居室，房间宽敞了，视野也开阔了。

特别令我心旷神怡的是，举步便可以来到先农坛和天坛。在先农坛，我登上先农坛、天神坛、地祇坛和观耕台四座坛台，亲眼看一看皇帝的一亩三分地。更让我喜悦的是，坛内有一所育才学校，我曾在这里实习，播下知识的种子，亲手培育过祖国的幼苗。在天坛，登上祈年殿，想象着当年皇帝祭天的庄严场景，感受着人们对上天（宇宙）的敬畏；来到回音壁，与友人互唤互答，那是心灵的声响，又是历史的回音；走进树林，抚摸着苍松翠柏，感受着生命的力量和大自然的威严。

深深的，这就是留在我心中的中轴线上的又一抹色彩吧！

六度毗邻中轴线，是在 2004 年。

从洋桥西里我乔迁到了现在的住所北苑 5 号院。这里靠近奥林匹克公园北园，园内河水潺潺，绿树成荫，清风习习，鸟语花香，是一座花的世界，又是一座天然的氧吧。人们来到这里观花赏景，人人都变成了画中人。

我曾带领全家人在园内的绿地上支起帐篷，拉起横联，书写上“林中赛诗会”，举办了一次诗歌朗诵会。全家人每人朗诵一首诗，歌颂大自然的美景，抒发对生活的热爱，连树上的小鸟都为之动容，喳喳叫个不停，那可真是惬意无比啊！

浓浓的，这就是留在我心中的中轴线上的又一抹色彩吧！

身居北京城，六度毗邻中轴线。我目睹了中轴线这条录影带上的色彩缤纷。我深信，随着时代的前进，中轴线美丽而温馨的色彩将更加浓烈而耀眼！

主编感言

金本先生的小文诚为大作矣！至真至美而一脉相承，朴实无华颇具大城风范。此乃中轴线之幸，亦为此次征文之幸也。

作者简介

金本，中国作家协会会员，中国音乐家协会会员，高级编辑、记者。曾任《中国少年报》主编，中国和平出版社副总编辑，《儿童文学》特邀诗歌编辑，中国小作家协会副会长、秘书长。现任中国儿童文学研究会常务理事、《少年诗刊》名誉主编。出版个人专集20余种。多次获冰心儿童文学新作奖、“金近奖”等。

龙年天坛

野　莽

蒙古人骑马射箭，若非拨转马头，信马由缰的马会直奔前方，在马上一箭射去更是直的。据说草原上的人肠子也直，弯弓射雕的成吉思汗是以武力征服亚欧。忽必烈迁都被金国遗弃的燕京，下马拿起墨斗盒子一弹，也弹出一条直线，那便是以后的中轴线。此后他和他的子孙以及把他们赶出元大都的中原牛人，在这条线上盖出许多好看的房子，令整个世界都惊叹不已。

中轴线上的壮美建筑由南往北，依次为永定门箭楼、永定门城楼、天桥、正阳门桥坊五牌楼、正阳门前门箭楼、正阳门城楼、民国改称的中华门（明称大明门，清称大清门）。后面是天安门、端门、午门、太和门、太和殿、中和殿、保和殿、乾清门、乾清宫、交泰殿、坤宁宫、坤宁门、御花园、钦安殿、顺贞门、神武门、北上门、景山门、绮望楼、万春亭、寿皇门、寿皇殿、地安门、万宁桥、鼓楼和钟楼，贯穿外城、内城、皇城、紫禁城，总共是固若金汤的四重城。

一些城、楼、门、殿，虽已毁灭得连遗址也寻不见了，老北京人依然能怀恋地说出它们不可复制的旧容。此外，从中轴线的南端永定门起，还有许多雌雄对称的建筑，如天坛与先农坛、东便门与西便门、崇文门与宣武门、太庙与社稷坛、东三座门与西三座门、长安左门与长安右门、东华门与西华门、东直门与西直门、安定门与德胜门。说相声的说到此处，会趁机显摆一下过硬的童子功，其他人则有点费劲。

中轴线又叫子午线，就像有人唱“花儿为什么这样红”，也有人问子午线为什么这样直，有人带着问题去找答案，结果在后河桥的河泥里发现了一只石老鼠，这家伙代表地支子鼠；又在前门的河泥里发现了一匹石马，这家伙代表地支午马。于是就明白了，原是子鼠午马这两个属相对得正，正直正直，一正就直了，子午线不直才怪。不过还真出怪了，中国测绘科学研究院有个高人，说北京南北中轴线并不是正南正北。人问他根据何在，高人说，有一次他拍天上的鸟，从北京的卫星影像图中发现这条线有点偏。

高人用立竿见影的方法，在甬路中央立了一根 2 米长的竿子，粘上一条 6 米长的胶带，当永定门上的太阳正当顶时，竿子投下的阴影就是永定门的子午线。如此一算，北京中轴线偏了 2 度十几分，大约有 300 米。但这时候又有个高人出现了，说中轴线偏离子午线的原因，是“北京时间”的 12 点和真正的北京正午不是一个时间，双方要差 4 分 28 秒，那影子可不有点偏吗？哎呀呀，这个问题忽必烈当时没有想到。

北京除了南北中轴线，还有一条东西中轴线，这就是著名的长安街，始建于燕王朱棣勇夺皇侄建文帝之位登基以后，自南京迁都北京的明永乐十八年。长安其名，取自大唐帝都长治久安之意。最初的长安街东端起于东单路口，西端止于西单路口，以天安门为界，分东长安街与西长安街。此后悠悠岁月，首尾两端延长，西起门头沟三石路，东至通州宋梁路，号称百里长街，又叫神州第一街。

我家住在东西中轴线的新长安街上，门前有地铁一号线和地面若干条公交线路，到哪都行。周围有最高检、市中法、国际电台、国际雕塑公园。夜幕下推窗远眺，璀璨灯火之中，东西中轴线宛若一把磨亮的长剑，横佩在古老北京的腰间，庄重而威严。

南北中轴线则是一条金线穿起的珠宝，每一颗都发出世人惊羡的奇异之光。且不说故宫和天安门，其中最圆的那一颗稀世珍珠应是祭天之坛。20 世纪 80 年代我来北京，单位在西城区百万庄大街，分给我的宿舍在府右街，站牌上一排站名之间还镶了一个括号，里面写着西安门。我住的光明胡同 9 号，与神童和右派作家刘绍棠比邻。乘无轨电车前去一站就是西四，再前去一站就是西单，正好在东西中轴线最初的长安街西头。我像一条南水北调的鱼，每天早晚在东西中轴线的边缘往返游过。

但我最好的记忆却留在了南北中轴线，在天坛这颗最圆最美的珍珠。20世纪80年代的最后一年，我把居住在祖籍小城的父亲和母亲接到北京，每到节假日就陪他们外出游玩，南北中轴线上的珠宝一颗一颗看了个遍，天坛是我们去得最多的景地。1岁的儿子穿上乾隆的戏装，骑在我的背上进祈年殿，我对他讲解过去的皇帝每年春天要来这里，祈求苍天给世间黎民一个好年成。孔子及其弟子编《诗》《书》《礼》《乐》《易》和《春秋》，其中《礼记·月令》中说："（孟春之月）天子亲载耒耜……帅三公、九卿、诸侯、大夫，躬耕帝藉……"

儿子哪里听得懂这个，即便懂也不信，红着脸表示尿胀了，寻一间小房子让他去尿，转而再看那脸上一派轻松，便对他说：咱们下江南吧。不料一听这个，他竟歪歪扭扭真的走起路来。这让父亲和母亲大喜过望，奔扑过来保护。接着在回音壁，母亲和假乾隆贴着弧形的墙面打起了电话，一家人快乐得像五个皇帝。

30年后，儿子已在异邦学业有成，母亲却不在了。父亲第三次一人来京，大年初一，坚决要再去一次母亲去过的天坛怀旧。这年是龙年，父亲生肖属龙，三个月前过完84岁大寿，今日他身穿绣有金龙的红色汉褂，丝麻，对襟，襻扣，溜肩。脖缠孙儿从远方买回的大围巾，两只老手像北京中轴线上的一对城门，左右对称地插入兜中。他站在阳光下寒冷的风中，白发飘零，背后是天坛的金顶、蓝瓦、红墙和汉白玉的三层砌栏。这里是母亲30年前与他合影的地方，他要求再照一张，以后到了天国带给我的母亲。

我是父亲最好的导演和摄影师，历来都是，无论老家还是北京，别人都照不出那么漂亮的风姿，为他照相要么说一句有趣的话，要么偷拍。这次我刚给他整好围巾，正要下手，突然一声哨响，从斜刺里杀来一支队伍，看皮肤是欧洲的，哇啦地叫着，迅速成为父亲的背景。一位手持三角旗的东方人在用英语解说，像是他们的翻译和领队，父亲转过身去，被他们看见了胸前的龙。

翻译代替他的欧洲朋友问：“老人家高寿？”

父亲把大拇指和食指叉开，又把四指并拢：“本命年，84。”

“啊，听口音老人家不是北京人哪？”

父亲说：“我的祖先是楚人。”

“哦，春秋战国时代北京是燕国。”

父亲说：“秦灭楚，我们又成了秦人。”

“是，秦始皇统一六国。”

父亲说：“汉灭秦，我们又成了汉人。”

“对，中国历史源远流长，中国文化博大精深，中国……欧洲的朋友们，我把老人家的话都翻译给你们听吧！”

父亲说：“你给他们好好讲讲天坛。”

这是父亲最后一次来北京，自然也是他最后一次来天坛。从他的眉飞色舞可以看到，从他的放声大笑可以听出，这是母亲走后一年零两个月里，他最高兴的一天。

北京和我老家的观点一致，统统认为初一的饺子初二的面，龙年第一天我们从天坛尽兴而归，我问父亲吃多少个饺子，父亲又把两手掏了出来，我以为他要比 84，但他保守地说：“20！”

一丝失望掠过心头。但再一想，廉颇估计还没这个数。

他的声音雄壮有力，像是汉人。

主编感言

小说大家写篇小文亦出手不凡，非常出众！卓识在于通识，浓郁亲情尤为“中轴线”之“最美”！

作者简介

野莽，作家。出版有长、中、短篇小说及散文随笔集 70 余部，1000 多万字。部分作品被翻译成英、法、日、俄等语言，在国外出版有法文版小说集《开电梯的女人》《打你五十大板》《玩阿基米德飞盘的王永乐师傅》等。近作长篇小说《万寿无疆》四卷待出。

天坛育儿记

秦少华

环境对人的影响是深远的，我很相信这一点。名山大川、绮丽胜景，更能够激发艺术家的灵感和敏锐的创造力。身处令人神往的美景中，人的审美能力和生活情趣也会被调动起来的。

我家儿子毕业于北京工业大学软件系，本来是一个正宗IT男，但后来的工作，大多是文理综合性的。从中学文娱英文剧舞台上的小王子扮演者，到芭莎杂志上“脑筋风暴”中的跑男；从最早入职热酷游戏公司，到担任腾讯棋牌赛事裁判长，最后成为途游集团广告创意团队主力，走的全是文艺青年的路数。我常想，这个理工男的文艺气息，是不是跟家住天坛公园对面有关呢？

天坛是北京中轴线上的重要坐标，龙脉上的一颗闪亮明珠。

天坛东门马路斜对面，就是国家体育总局宿舍楼，天坛自然成了我们这座楼的“后花园”。孩子们一出生，几乎就长在公园里。

体育总局的大人们也愿意在天坛里游憩，盛夏傍晚下班之后，大家陆陆续续领着自家孩子在这里聚齐，谁没来就意味着他家有事在忙呢。这里的温度要比外边低好几度，免费的天然空调大氧吧，谁不愿意来享用呢？

天坛植被覆盖面比一般公园都高，千年古松，百年名林，比比皆是，牡丹园、丁香林、核桃杏树、蔷薇玫瑰，满园秀色。

天坛的美是独特的。它不仅有花草树木的自然天成，那些史诗般的宏大建筑，更具千年古国的人文精髓。孩子们潜移默化，耳濡目染，究竟受益多少，大概就看他们的天分了吧！

我和丈夫相识，就在天坛的那片丁香林里。每到初春，丁香花开，香气袭人。后来怀孕，孩子还在肚子里，就已经享受到这里清新空气的滋润，还有更实际的“优惠”呢！

忘不了这期间的呕吐经历，吃不下任何东西。有一天我俩在天坛里溜达，正值初秋，走到核桃树下，掉在地下的核桃还没有成熟，但敲下绿壳，核桃内层嫩嫩的，白色果浆外溢。

“媳妇儿！要不要试试？”

我居然喜欢上了这一口儿，后来，天天傍晚“就地取材”给孩子喂食。地上没有了，偶尔他也会“三步上篮”从树上摘下一颗，为了儿子也是“冒犯”了！

儿子出生刚满月，我就推着婴儿车带他到天坛里了。也奇怪，他哭闹哄不好的时候，一到天坛，就神奇般地不哭了，躺在婴儿车里东瞅瞅、西看看，特别乖。再大一点儿，咿呀学语，就能叫上一些花草的名字了。

“这是什么呀？”大人指着那朵还没开的花。

“系花嘟嘟！”（是花骨朵）

更大一些，就可以随意在园子里玩耍了，那时候孩子不见了，家长也不急着找，因为知道丢不了，即便看不到他的时间有点儿长，也不会特别担心，心里有数。等着他，一会儿准会看见他小小身影撅哒撅哒地从不远的花丛中走出来的。

有一次我俩故意躲在他身后，看他做何反应。他寻不到父母也不着急，优哉游哉地停在一个准备栽种树苗的大坑前，还探身往里看。我生怕他掉下去，惊出一身汗，可这小家伙此时绕过大坑又往前走了，一直走到我们大人经常聊天的长廊才停下。真想不到这孩子在这园子里日久练成的这“八步功”挺厉害呀！

再后来，他上了小学，开始写作文了，就给他提供一些天坛各大建筑的基本材料，这次写个双环亭，下次写个回音壁。起码是“胸有成竹”的。

似乎儿子那个阶段，就能开始理解这些古老建筑的科学原理和奥妙了，也能开始发现领会这些建筑的巧思和美了。

“你怎么写得这么好啊！很生动！好棒！这里有个小问题修改一下会更好。”我说的话似乎有点儿夸张。但受到表扬的孩子，纠正错误的积极性会很高，一次改进一点儿，也比较容易。

以后就时常听他兴奋地说：“老师今天课堂上给大家读我的作文了！”我心里也在乐，天坛那么丰富多彩的故事的确帮了大忙。

孩子在学校里作文得到表扬，其实并不代表他在同龄孩子里有多强。他读的体育馆路小学，并不是重点小学，如果当年大人“努力”一下，是可以进光明小学的，那是个重点学校。但当爸爸的觉得自己孩子“聪明”，用不着过早“捆绑孩子”。而我这个曾经在北京25中教书多年的人，也认为天生淘气好动的小男孩儿，不必过于限制天性。

就这样，我们的孩子多了一些业余时间，有更多精力在天坛里撒欢儿、野跑。

后来他自己报志愿，考进北京重点校第八十中学，高中住校。离开家长，好像更加得到锻炼，综合能力明显提升，虽然学习成绩并不拔尖，但是班长这个头衔儿，让他的表达能力、组织能力都得到充分锻炼。后来大学毕业找的第一份工作，是人气很高的热酷游戏公司，人家明令有三年工作经验才可入职，但他却被破格录取了。问他原因，他戏言，全凭“三寸不烂之舌”。

儿子跟其他男孩儿一样，爱玩儿游戏。还好奇游戏制作。高中就买有关书籍鼓捣游戏做法。大学报考软件专业，也是为实现他的初衷。他不但做到了，而且不断丰富了自己的才情，胜任了更多的工作岗位。这中间需要坚定的理想和信念，也需要饱满的热情和才智。他做到了，我为他高兴。

天坛育儿的经历，似乎给了我很多启示。解放孩子的天性，给他们提供更大更广的空间，让他们能够伸展开拳脚自由发挥，才能激发出他们的主动性和创造力，盘活他们内心独具的特点和优势。

虽然后来我们搬家，远离了天坛公园，但我们的身心永远存留着它的气息。深远开阔，清新文艺，给儿子，给我们一家，都留下深刻印象。

北京中轴线上的这片神韵仙境，我认定它是福祉。

主编感言

此篇来稿取材独家尤其写作角度独特，可谓是“写别人所未写”。这就是我们今次有征“最美中轴线”而“不想吃别人嚼过的馍”的理念和要求。但愿能“抛砖引玉”！

作者简介

秦少华，首都师范大学中文系毕业，曾任北京第 25 中学教师，后调入国家体育总局做运动员文化教育工作。

北京的诚实

刘益善

北京朋友李林栋约我参加“最美中轴线”征文。于京城而言，我是个地方上的人，虽说这大半辈子开会、组稿、旅游，去过北京多次，但对北京的街道、建筑，仍然弄不清楚。正想谢绝李兄时，刚好读到高洪波兄写北京中轴线几个地方的文章。高文中写到的先农坛体育场，一下子点起了我记忆中的一道光亮，心中有一种暖暖的热流。我立即答应李兄，我说试试。

那是1966年11月初，毛主席在北京已经连续六次接见红卫兵，我们正读中学的一群少年学子，日夜都想去北京见毛主席。我当时在武昌县一中上初中二年级，几个同学约定一起去北京，等待毛主席第七次接见。主意一定，我们拿了学校的证明，带了简单的行李，从县城纸坊上了火车。我左肩斜背一个书包，右肩斜背一个军用水壶，让自己显得很精神。我们一行六人好不容易上了一辆从广州过来的绿皮慢车，车上到处都是人，连座位底下行李架上都是人。不过那时大家都很友好，尽量互相照顾，特别是对我们年纪小些的学生，提供一些帮助。车上的人，都是去北京的，都是去等着见毛主席的。

我们的火车是晚上到的。我们从武昌县来的几个少年，都是乡下的孩子，一个个老实得不得了，没有见过大世面，都是第一次到北京，第一次到伟大的首都。我们怕走丢了，就手拉着手地下火车，挤出火车站。火车站外，有好多接待站，专门接待进京见毛主席的学生。

我们找了一家接待站，接待站看了我们的证明，热情地接待我们，让我们喝水，吃饼干，在帐篷里休息。等又来到一批人，可以坐满一车了，接待站安排我们上了一辆交通车，然后交通车在夜色中沐着淡淡的温煦的路灯，穿过大街小巷。我们不知道我们要去哪儿，我们当时只顾向车窗外看北京的夜色和街上的人流，兴奋得不得了。我从小学课本上读过库尔班骑着毛驴去见毛主席的故事，我看到好多关于北京关于天安门的故事，我想我这辈子能去北京吗？我能见到毛主席吗？现在，我终于来到北京，还要见到毛主席，我觉得自己在做梦。看到车窗外的房子、奔跑的汽车、来来往往的人群，我觉得我是真正地到了北京了，我太幸福了，我太高兴了。

拉着全国各地来的学生的交通车在夜色中的北京走了不久，在一座巨大的建筑边停下来。一个拿着铁皮话筒的大哥哥对大家说：同学们，我们现在到了先农坛体育场，大家有秩序地下车，跟着我走，我们先在体育场休息，等待接待总站安排住宿。因为来北京的人员太多，我们要按先后次序分配住的地方。这个姓王的大哥哥是我们这辆车的领队，事后我们知道他是贵州人，在北京一所大学读书。他是主动参与接待来京人员的，是个义工。

我们依序下车，耸立在我们面前的是一座庞大的像一只朝天放着的大锅，我是第一次见到这样的建筑，它不是房子，因为没有屋顶。我们跟着王哥哥从一个大门里走进体育场，大门门楣上写着“先农坛体育场”几个大字。

我们进了体育场后，看到中心是一片平地，那是足球场和田径运动场。体育场四边，是自低向高斜上去的一层层台阶，台阶边有通道，还有栏杆。王哥哥告诉我们：这是观众看台。这个体育场啊，是北京最大的体育场之一，很多国际体育比赛都是在这里举行的，毛主席、周总理等党和国家领导人都到这里看过体育比赛。我们现在就到观众看台上休息。王哥哥说。

我们随王哥哥上了看台，发现看台上已经有不少人在休息，他们也是等待分配住地的各地来的学生。我和从武昌县来的几个同伴坐在一起，11 月的天，又是晚上，我们从南方来的学生感到有点冷，大家就挤在一起，抱团取暖。

我现在说说我背在身上的两件东西。我背在身上的书包，是当裁缝的爷爷用黄布做的。那时，大家都希望有一个解放军用的黄书包，戴顶绿军帽，如果有一件绿军装，就更不得了。我弄不到，爷爷就仿做了一个黄书包。但我背在身上的另一件东西，是一个真正的军用水壶，也是挺神气的。在体育场，我把水壶从身上取下来，用水壶带子把水壶系在看台边的栏杆上。我们几个人紧紧地挤坐着，不冷了。也许是太累了，我们竟然在先农坛体育场的看台上睡着了。

凌晨两三点钟的时候，我们睡得正香时，王哥哥叫醒了我们，说：出发了，我们要去住宿的地方，到那儿有床，再好好睡。我们醒了，我们都爬起来，跟王哥哥一起上了交通车，听凭交通车把我们拉到哪里算哪里。

交通车停下来，我们下车。我们被带进一间教室，教室里有两排地铺，地铺上有被子，我们就住下来了。这是北京市第十二女子中学。我们当夜接着睡觉，第二天早上醒来，我发现我的军用水壶不见了，掉在先农坛体育场了。

我的这个军用水壶，是我从家里出发时，我妈找村里的李兰英姑姑借的。李姑姑的丈夫是转业军人，从部队里带回这个军用水壶。我背着军用水壶，同伴们都很羡慕。现在水壶没有了，我急得直流眼泪，同伴们也跟着我着急。这时，领队的王哥哥知道了，忙安慰我说：不急不急，吃完早饭后，我带你去找。

早饭后，其他人都结伴去北京街上参观，王哥哥带着我乘公共汽车前往先农坛体育场找水壶。我们到了体育场门口，大白天，看到的体育场和晚上不一样，我一个乡下的孩子是仰望着那宏大的建筑的。王哥哥带我进了体育场，到我们昨天晚上坐过的地方寻找水壶。我们找了所有的栏杆，没有水壶的影子。没有水壶，我很沮丧。王哥哥安慰我说：走，我带你去失物招领处，别人捡了你的水壶，肯定会交到失物招领处的。

王哥哥就带着我出了体育场，在体育场附近打听失物招领处。有人热心地告诉了我们。我们到了第一个失物招领处，说明了来意，接待我们的是一个穿着公安制服的民警。这位民警很和气，他抱来了一堆军用水壶，说：这些都是别人交来的，你们看看，有没有你们的？我把那些水壶一个个地看了，那些水壶都是军用水壶，有的还很新。但是这些水壶都不是我的，我的水壶的带子上写有一个杨字，那是李兰英姑姑丈夫的姓。我告诉民警，这里没有我的水壶。

王哥哥又带我找到了第二家失物招领处，这家失物招领处也抱了一堆水壶让我们看，这些水壶也是别人捡到交来的。我看了看，仍然没有我的水壶。王哥哥带我一共去了五家失物招领处，我看了五堆水壶，都没有我的水壶。我们失望了，只好回到住的地方吃饭。王哥哥问我：还找不找？我说不找了，这么大个北京，找我的那个水壶，是大海捞针。

我们在北京市第十二女子中学住到11月11日，终于等到毛主席第七次接见红卫兵。我们的目的达到了，就从北京回到学校。学校停课了，我就回到乡下当了农民。

我借李兰英姑姑家的水壶，后来由我叔叔到武汉为生产队积肥，花三元钱在旧货市场买了一只旧军用水壶赔偿了。那时三元钱是我读中学的半个月的伙食费，我奶奶帮人家纺线半个月才能够赚到。

北京先农坛体育场，是我第一次到北京落脚的地方，是我失落了一个军用水壶的地方，是记录一个乡下少年诚实的地方。那时，我可以从失物招领处认领一个军用水壶，没有人会说那水壶不是我的，我的水壶是真的丢了，拿一个别人丢失的水壶，好像也不算贪小便宜。但是北京的伟大，北京的神圣，先农坛体育场的宏大，我这个少年怎么能不诚实地把不是我的东西拿回家呢？我如果这样做了，我就对不起北京，对不起先农坛体育场。

转眼半个多世纪过去了，这件小事我终生难忘。我忘不了我第一眼看到的北京，忘不了见到毛主席那一刹那的激动，忘不了那个只知道姓而不知道名字的王哥哥。不领别人的军用水壶，是我的少年的诚实，是一种从乡村出来，没有受过污染的诚实，也是北京的诚实。

主编感言

北京中轴线的纵深，其实也有岁月之深。作者拨开岁月的迷雾，只讲了他当时作为一个外省少年在先农坛体育场亲历的一件小事，便感受到了“北京的诚实”以至终生不忘。这当然是岁月难掩的一种北京气质，又何尝不是历久弥新的一种“最美中轴线”？作者果然命笔不凡，展示了一种“朴实即魅力”的久违文风！

作者简介

刘益善，中国作家协会会员，曾任湖北省作协副主席，长江文艺杂志社社长、主编、编审。发表文学作品500多万字，出版作品集30多部，获过《诗刊》优秀作品奖、冰心散文奖、方志敏文学奖、湖北文学奖等。有作品被翻译至海外，有作品被选入中小学教材。

一线文脉天地心

陈新增

我出生在北京南池子大街，紧靠故宫紫禁城。

上小学时候，我去菖蒲河边玩，碰见一群人拍电影。穿戏装的孙悟空，从桥头一个跟头翻下去，幻化成风筝，飞到了法国。原来这是中法合拍影片《风筝》里的镜头，取景地在巴黎埃菲尔铁塔、故宫、天坛、北海，小小风筝连接起两国孩子之间的纯真友情。

早些年，京城太庙文化宫常有游园晚会，搭台唱大戏，露天演电影。我和发小儿们挤坐在银幕前，不论正面还是反面，看着都特带劲。太庙成了胡同街坊四邻的乐园，普通门票，大人五分，小孩才二分钱。

北京六朝古都，帝王建都京城，讲究的是中兴龙脉。北京中轴线传承，看重的是古都文脉、文化之脉。

我在京城文化滋养下长大，这是老北京人的福气。为北京中轴线申遗尽心尽力，那是北京人应当责分的事情。

南池子往北，北池子路东，中国京剧院曾驻地在此。剧团的两位武生花脸演员，就住我家对面。有时，他俩在院里练功，云手起霸朝天蹬，一把折扇杵地，虎跳侧手翻，轻巧落地站稳。他们给我绑上厚底靴，我刚一抬步就摔个大马趴。他们带我去护国寺人民剧场看彩排，印象最深的是《闹天宫》和《三侠五义》。临搬家离去，两位大侠送我一根藤棍金箍棒当纪念，我开心耍把了好几年。

传统文化入心会生根发芽，我一直喜欢听京戏。几十年后，在戏曲学院，我又见到这位已是裘派名净的夏韵龙先生，他还依稀记得我这个当年小戏迷。他从山东剧团调北京戏校，教的学生里还有外国京戏粉丝。京胡一拉响，来一出京戏，就是咱北京中轴线上西皮二黄锣鼓经呀。

中学上山下乡，我远赴西双版纳插队。斩坝挖梯田种橡胶，下雨脚杆沾满泥巴，烈日晒得脱皮，汗水化成胶乳。生活清苦不算啥，精神上的寂寞最难熬。从连队走十几里山路，到场部看样板戏电影，我常常会想起紫禁城太庙文化宫的游园晚会，黑白片真不如彩色电影《五朵金花》《摩雅傣》好看。

离京才知家乡亲。我们想方设法找书看。有队友点着马灯夜读，油烟熏黑了蚊帐。有同学用墨水瓶做煤油灯，迷迷糊糊打翻油灯，烧煳了棉被，险些引燃竹笆茅草房。追寻书本渴求知识的日子，令我难以忘怀。

回城后，我招工到金漆镶嵌厂。有人大漆过敏，浑身疼痒，眼肿成一条缝。我没啥反应，天生能干漆做学徒。我们厂子离天安门三站地，木胎灰地大漆三道工序，三个车间分散在街道胡同，狭窄拥挤，粉尘飞扬，如同旧时的髹漆手工作坊。故宫养心殿里的摆设，虽说出自历朝历代能工巧匠之手，但是我当时心里感觉特别憋闷。

后来，我撰写《北京工艺美术史话》，了解到牙雕、玉雕、景泰蓝、雕漆、金漆镶嵌、花丝镶嵌、京绣、宫毯，合为“燕京八绝”。京城传统手工艺工厂，在北京中轴线旁星罗棋布，工艺美术大师人才辈出。北京工美行业为国家经济建设出口创汇，立下过汗马功劳。

工余闲暇时，我溜去镶嵌班组看面人曹传人做象牙仕女头脸，顺手找了一块玉石料。利用玉料俏色，我雕了只红冠子公鸡。厂子看见玉雕，想给我调动班组。我请他批准报名参加高考。复习三个月，我把握十足走进考场。考场设在143中，对面就是成贤街国子监太学。我恍惚望着辟雍大殿的黄琉璃瓦，竟然有这样的时空巧合。

高考成绩公布，当头一棒，差一分而落榜。没有过不去的坎儿。我结婚成家了。不承想，我接到了大学分校录取通知书。开学第一天，踏进夕照寺街人大分校大门时，我忍不住眼泪夺眶长流，赶紧偷偷擦了一把脸。搭上高考末班车，来之不易呀！

相比 1978 级，大学分校推迟开学半年。在中文班级里，我们来自煤矿、牧区、兵团和工厂的几个老学生，拖家带口，比应届高中生年龄大一轮，有的同学助学金只有 22 元。那年月，京城中轴线内外，电大夜大函授走读培训班，老三届插队知青们，头悬梁锥刺股，废寝忘食，都有不少攻读求学的刻骨铭心。

北京四九城，方方正正，一条中轴线穿城而过，南北相距 15.8 里，古都之脊绽放时代新韵，老城正焕发出勃勃生机。咱没有皇亲国戚八旗贵胄的渊源，只是土生土长的平民百姓，所谓文脉传承，就是相互交往的人脉。中轴线是人文之脉。

大学毕业，我先后在两家杂志社当编辑。一本新闻性半月刊，一本大型文学双月刊。

第一本刊物刊登过各行各业叱咤风云的封面人物，古今中外的摄影绘画风光艺术品出现在中心彩色插页上。我曾拜访过王府井附近的中央美院雕塑家刘焕章先生。我向胡同里邻居打听他的住处，老街坊热心指点说：大门口堆满木头石头块的地方就是他家。这位 25 中老校友，上学时就迷恋上刻印章。他给我翻看石章印纽画册，与龙纹玉玺不一样，全是依照石形俏色雕出来的花鸟草虫，玲珑剔透。我赞赏他在珍贵的田黄石、鸡血石上高超的匠心巧技。先生微微一笑：全是山间河边挖来的石料。他常常四处寻摸捡拾破石墩烂树根，蹬着平板车拉回家，精雕细琢，化废朽为神品。几十年来，他一直没有停止手中的雕刻刀，住守平房院落凿石刻木，叮叮当当的，生怕惊扰街坊住户的安宁，他舍不得家在市中心中轴线上的便利，久久不愿搬进美院分配的楼房。走草原越大漠，他四处搜集创作素材。通过老雕塑家的慧心巧手，那些冰冷的石块粗糙的木段，散发出少女的清纯、母爱的温润，洋溢着壮汉的健美、动物的精灵，千姿百态，巧夺天工。

画家兼作家韩美林当年的工作室，离中轴线几步之遥。我们时常听他天南地北地讲述，走遍山野村寨采风，拜农妇大娘为师，搜寻众多民族的原生态艺术，海纳百川入匠心。看他笔下色彩斑斓的壮牛奔马雄鸡，毛茸茸可爱的狐狸熊猫，还有起名刘富贵的狗狗，不禁被画家的雅趣逗得哈哈大笑。北京城市副中心的通州韩美林艺术馆里外，一件件精美的泥壶玉件陶艺蜡染书画展示，青铜犾象凤凰蛟龙麒麟，硕大的石佛菩萨，他设计打造的大型佳作矗立全国各地，标新立异。我特别佩服美林大师从不同民族的民间文化中汲取养分，挥洒融入自己的精品力作。天上地下，楼前广场，屋里身边，都有他的艺术品，闪目耀眼。

我曾任职的中国作协，是连接作家的纽带和桥梁，为作家们服务要全心全意，近水楼台，自然而然能结识知名作家。老作家邓友梅先生身为中国作协副主席，没一点架子，为人亲善，风趣随和。一天，满头白发的邓老，戴着黑亮假发，立起风衣高领，从宿舍楼跑下来，身手敏捷地跳上班车。每日坐车上下班的同事，竟然没有识破来者是何人，可见邓老的化装演技高超绝不亚于影视明星。邓老写过的京味小说《烟壶》《那五》，文笔老辣，改编成影视剧誉满国内外。我与邓老多有交往，观赏过他精心收藏的十几枚鼻烟壶，水晶玛瑙翠玉，内画精美绝伦。我们都熟识传统烟壶老辈艺人王习三、工美大师内画壶传人刘守本，聊起鼻烟壶更有说不完的话题。

那年，我们组织几位京城老作家，在距前门中轴线不远的湖广会馆举办新春话厂甸活动。随后作家们逛琉璃厂，走进一家古玩店铺。邓老看见一件荷叶扁烟壶，样式挺拙朴，正好他宫廷官窑藏品里，缺少个土造民窑。店主爽快说：您老写过烟壶，喜欢就送您玩儿吧！

过些日子，搞收藏的朋友问我：作家邓爷得一荷叶扁烟壶，捡个大漏儿，价值十来万？我转告友梅先生，他笑了笑：不过是个仿古工艺品，贪财带打眼，咱可丢不起人，你帮忙还老板吧。我又跑了一趟琉璃厂，向店主传达邓爷原话：东西价值连城，太珍贵了，原物奉还。

邓友梅先生小小年纪就去日本当劳工，大难不死回国参加了新四军，虚心求教，自学成才。为我们的军长陈毅元帅立传，为追赶队伍的女兵写诗。老革命作家邓友梅就是这么个耿直爽利冰雪聪明的实诚厚道人。

我喜欢看书，曾在百年母校老育英图书馆、景山少年宫图书馆、南河沿原中苏友好协会图书馆、外交部街东城图书馆和西华门西城图书馆，先后都办理过借书证，东奔西跑借书看，乐此不疲。为查资料写文章，我常去北京市图书馆和国家图书馆借书阅览，带着面包矿泉水，抄抄写写待上一天，真是其乐无穷。

京城中轴线的古都文脉，我把这条线视为滋养成长的生命线。从小我就梦想有一个摆满书的书柜，现在我有了一间排着几个书柜的书房了。电脑网络机器人智能时代，浏览屏幕手机，速度快捷信息海量，但我还是喜欢享受纸质书本的墨香参悟。

故宫最近有个展览“照见天地心——中国书房的意与象”。赶紧网上报名，我和老伴戴口罩扫码入宫参观。一件件珍贵笔墨纸砚书画文物，展示了古人的心灵寄托。主办者营造的“五经萃室”香雪书房，云烟氤氲，让观众沉浸体验一把 3D 实景空间的乐趣。

我站在午门雁翅楼，凭栏远眺，不禁浮想联翩。

古代文人雅士，书斋中皓首穷经，为博取功名。

北大红楼，莘莘学子苦读，立志报国，图书馆里高悬：铁肩担道义，妙手著文章。呕心沥血，字字千钧。

这里就是我心心念念的北京。我耳边隐隐响着天安门前的国歌、贝多芬的英雄，帕瓦罗蒂的太阳，老柴的天鹅湖，绕梁余音袅袅，时空远近交错。

一条古老的北京中轴线，南延大兴国际机场到达雄安新区，向北经奥林匹克公园直抵燕山。代代传承一线文脉，校正斑驳日晷的子时午刻，链接格林尼治天文台本初子午线，穿越铯原子钟喷泉基准分分秒秒，从中国天宫空间站俯视蔚蓝色的地球家园，只是银河系天宇中的一粒星尘。

我爱故乡北京城。

牡丹古松，晨钟暮鼓。

一线穿南北，迢迢天地心。

主编感言

这位老北京的自述，极具中轴线的张力和文化底蕴，当然是北京中轴线独具特色的一种“最美”。

作者简介

陈新增，北京人，曾于云南插队，后为工艺厂学徒，杂志社编辑，中国作家协会会员。曾任中国作家协会创联部中直会员处处长。

烟火大栅栏

青　铜

第一次来到中轴线，是在40年前的炎夏7月。当时，我从军校毕业，通过全军统一分配，到北京解放军总医院汽车队任排长。第二天一早，经队长宋国批假一天，我身穿六五式的确良干部军装，右肩挎着深绿色军用挎包，脚蹬三接头黑色军用皮鞋，一颗红星头上戴，革命红旗挂两边，精神抖擞地到五棵松公交车站购一角钱车票，坐上大一路公交车，前往北京中轴线的中心——天安门广场。

沿途，宽阔长安街上的万寿路、公主坟，相继从我眼前掠过，其间，我还让了一次座。那位头发花白的阿姨说：谢谢解放军同志！学习雷锋好榜样！我内心一阵慰藉。

大一路到天安门东站停下，我一下车，顿时，在朝阳映照下金碧辉煌的天安门城楼映入我的眼帘。我的心跳加速，喃喃自语道：太雄伟了！耳畔同时响起歌曲《我爱北京天安门》。接着，我看见城楼中央悬挂的毛主席巨幅彩色画像，激动地行了一个注目礼！

接着，我围绕天安门广场步行一圈，注目凝望雄伟的人民大会堂、高高飘扬的五星红旗、庄严的人民英雄纪念碑、肃穆的毛主席纪念堂、壮观的正阳门、宏阔的革命历史博物馆等。

走走停停将近一小时，我又进入广场中心，在大众摄影社拍摄点付费与天安门城楼留影纪念。

快到中午了，我又来到前门大街上著名的正阳门箭楼。“大前门”牌香烟就是用箭楼的侧仰视角图片做商标，轮廓分明，伟岸雄奇，驰名全国。听到悦耳浑厚的《东方红》乐曲从北京火车站高大的钟楼上传来，我心情愉悦。

在箭楼西南侧“北京大栅栏贸易货栈”露天大茶摊，我喝了两分钱一碗冒着腾腾热气、散发茉莉花香味的大碗茶。一口气咕咚咕咚下肚，解渴解饥，十分爽快。只见茶摊前面围满了或坐或站的喝茶者，来得快，去得也快，真是熙熙攘攘，川流不息，十分红火。

六七分钟后，我走到大栅栏东口对面的鲜鱼口，进到名气很大的老字号“都一处烧麦馆”尝鲜。用筷子夹着一块外形包子不像包子、饺子不像饺子的鲜肉烧麦，一口下去，那种鲜香馋胃、咸淡适中的佳肴美味，真是击中了我的味蕾和喉头。又蘸上陈醋和辣油，让我胃口大开。但我依然是军人风纪扣紧扣。

下午，我又从东往西，走马观花地逛起闻名中外的大栅栏商贸街，盛锡福帽店、亨得利老牌表店、步瀛斋鞋店、瑞蚨祥服装店、东来顺饭庄、新华书店、马聚源帽店、内联升布鞋店、大栅栏百货商场、稻香村糕点店、张一元茶叶店、中国丝绸店、张小泉刀剪店、王麻子刀剪店、大观楼影剧院等，顺着人头攒动、摩肩接踵的客流，让我目不暇接、流连忘返。

傍晚，我在煤市街路口的得月楼吃了京酱肉丝、响油鳝丝、肉末长豆角等三个京味菜。而后到前门地铁站，用五角钱购票，在一号线坐着跟公交车一样的地铁横排座位，经长椿街、木樨地，到五棵松站下车，回到了单位。

往后几十年，我经常在闲暇之际光顾大栅栏，见证了它的鼎盛辉煌。同时，也在徜徉王府井、西单、东单等繁华的商贸金街过程中，自己渐渐发展成长，并伴随着生活中的磕磕绊绊、悲欢离合与世事无常。

1985 年五一节前夕，我带两台车去河北任丘华北油田执行任务。中途下起小雨，公路两边都有汽车发生侧翻事故。十多分钟后，突然一阵风刮过来，我的方向盘竟画起龙来，三四秒钟之内，蛇形蹿进的解放牌卡车一下子侧翻进公路右边的沟里，造成我的右眼角受伤，左腿划破，惨不忍睹。

过了一周，我的军校同学曹秀清穿着崭新的八五式新军装从丰台西仓库来看我，只见他头戴配有圆形八一帽徽的大檐帽，衣领缀钉有金色五星的红领章，肩杠镶嵌八一红五星的深绿色肩章，高大英俊、飒爽威武。看见我右眼角和头部缠着白纱布，他就笑着说：真成伤兵了。我自嘲地回答：一直想请你到大栅栏吃都一处的烧麦呢。他也说：最近都没去大栅栏，改天我也请你吃爆肚冯。

我期盼了一个多月。有天傍晚，竟传来了曹秀清骑三轮摩托执行任务时在卢沟桥路意外与地方一辆卡车相撞，因公殉职的噩耗。我的脑袋当时“嗡”地一下蒙了。我壮着胆子跑到总医院太平间，看见曹秀清的遗体已冻到冰柜，他的脸基本变形。我悲痛地扭过脸去，一下子泪流满面。

当晚，几个军校同学都来到太平间看曹秀清。我伤感地说：我俩还准备到大栅栏吃烧麦和爆肚冯呢！没想到突然一下子竟阴阳两隔了。后来，我只要到大栅栏吃烧麦和爆肚冯，就想起未婚已故的战友曹秀清。

1989 年秋的一天，我和妻子新婚燕尔，俩人穿着样式新颖、合身适体的八七式军衔服装，先去大北照相馆排长队留影纪念，再到大栅栏瑞蚨祥服装店购物。在二层拥挤的人流中，我竟遇见军校同学于家利，俩人意外相逢，特别亲切。又介绍各自爱人，简聊军旅情况。英武干练的他，在内蒙古阿拉善边防部队当军务参谋，干得风生水起，已配戴上尉军衔，我还是中尉。他说：边防军人身处大沙漠，人烟稀少，也有风吹草低只见牛羊。我第一次来到这人流如潮的大栅栏，如同步入人间天堂，真切感到和平不易，军人的责任重啊！我钦佩道：你的境界还是高！

我执意要请他们夫妇吃全聚德烤鸭，他连连说要到北京站赶傍晚的火车回边防，这次是特意抽空挤半天时间来逛闻名遐迩的大栅栏，后会一定有期。如今，于家利已转业到华北油田廊坊公司，我还想约他重温当年在大栅栏的意外喜相逢。

闹疫情这三年，非必要我们都很少外出。但去年春天，儿子和儿媳非要带我们逛阔别多年的大栅栏不可，当然也要看看近年兴起的北京坊。

大栅栏作为中国曾经最繁盛的老商业街，如今拆危修旧，努力申遗，那种人流熙攘的过往已不再，只保留并修葺了具有历史文化沉淀的商贸品牌，古典风貌十足。散步在大栅栏宽阔空旷的商贸街上，忆起过往的繁华和拥挤，我心里又充满着温馨。

1984年春夏，外婆和母亲来北京探亲，我们在大栅栏排长队吃全聚德烤鸭。1985年初冬，父亲来京开会，带着小弟弟玩，我们依旧是排长队吃东来顺涮羊肉。1992年国庆节，大弟弟夫妇旅行结婚，我们在大栅栏吃驴打滚，喝炒肝，尝卤煮，咬门钉肉饼；从珠宝市街开始一路走，在拥挤的人流中挑选、抢购外贸服装，摊主吆喝品牌声，顾客购物讨价还价声，不绝于耳，热闹非凡。我们打趣地说：这“淘宝”还是个体力活啊！没承想，“淘宝”现在竟成了电子网络商务的火爆代名词。

如今，在大前门箭楼西南至廊房头条一带，包括当年露天大茶摊旧址上，新建的作为北京大栅栏文化新地标的“北京坊”，则是一个全新的“中式生活方式体验区”。罗列起北京坊的一个个时尚潮流的新店名，好像我们对瑞蚨祥、盛锡福、大观楼等传统名店如数家珍一样，例如，“星巴克”全球第二大旗舰门店，一楼品咖啡，二楼尝茶道，三楼喝小酒；“英园”，体验纯正的英式生活；“吱音”，体验本土最新锐设计师的家居品牌；“日用之道”，符合中式审美的日用器物；“家传”，可以定制传家宝的文化体验中心。

我们一家人在大栅栏的“传统”与北京坊的“时尚”中徜徉流连。夫人和儿媳的旗袍、家用丝绸被面，依旧钟情瑞蚨祥；年逾九旬老岳父的布鞋，还是选定步瀛斋；年逾八旬的老岳母，在王麻子刀剪店挑剪刀；儿子的西装、皮鞋，则在北京坊敲定；午餐则选定久未品尝的“都一处烧麦馆”。

在北京坊，我的最爱还是一家书店，装饰别致，环境幽雅，文化气息浓厚。在观瞻上，特别设置了大幅“观景窗”，正对前门箭楼、天安门广场；从各个方向镶嵌在书架中的窗户，可以直接眺望大栅栏老商业街。

这样看来，大栅栏传统文化商贸街区，是“旧”与“新”并存、“古典”与“现代”齐飞、“传统”与“时尚”同靓的创新街区。既有最新最潮的“北京坊”，又有人间烟火味十足的“大栅栏”，一定会在北京历史积淀与国际化标准相互融合的过程中，在北京中轴线申遗成功的大道上阔步迈进。

主编感言

作者是一名军人，不仅是大校军衔，而且还曾当过某省军分区的司令员，但他却心有别裁，不输文采，多年来竟然情钟大栅栏儿！而且是作为一个最普通的消费者，详数历历，曲尽人生之最老百姓一面！由此谁能不由衷地感叹一句：北京中轴线真是神奇！

作者简介

青铜，本名欧阳青。中国作家协会会员、中国散文学会会员。曾在《作家》《雨花》《大家》《漓江》《中华辞赋》《中华诗词》《中国作家》《解放军文艺》等杂志发表小说、散文、报告文学、诗评等，著有小说《青苹果》《困惑》，散文《蹲连住班》《感受莫言的文学光环》，诗评“陈毅诗词赏析系列”、《唐诗中的鹧鸪意象》《维拉内尔乐曲与盛唐鸿雁意象》等。

生命里那根中轴线

王成伟

每座城市如同每个人，都是这个星球上独一无二的生命体，随着时间的叠加不断地生长，不断创造着丰富着独特的记忆。

如我这样不在北京出生、成长，只是频繁地匆匆路过的人，也会生长出万千心灵的触须，凝聚成独属于自己的那根中轴线，笔直地挺立在生命的旷野之中，随着年岁渐长愈加粗壮醒目……

1

对北京最初的概念，是20世纪80年代末，小学一年级的课本上那篇《我爱北京天安门》，让湖北乡下一个偏僻学堂里的孩童看着新书里那华丽宏伟的城楼，独自凝神幻想了半晌。那时，我以为：世界的尽头就是北京天安门吧。

后来，有位同学成了“希望工程”受助者。北京一位小学生每隔半年都给他写一封信，偶尔也会附张照片。那份神奇，让我们所有围观的孩子都惊喜。照片上，那个清秀俊朗的孩子在天安门广场的人海里，骑在爸爸脖子上看升国旗。这让我陷入了深深的沉思：什么时候又可以到天安门广场?

对山高路远的乡下娃来说，连城市长什么样都不知道，身边祖祖辈辈的大人们都没去过北京，我们这么小的孩子怎么可能实现呢，那只是个遥不可及的梦。

然而北京，却那般真切地和我牵了一根长长细细的线，若隐若现，透明无瑕，有时还闪烁着彩虹的光芒。

2

长大了，命运安排我走出山村进城读书。

一年暑假，我和同班叫涛哥的同学憋着劲想闯世界，生平第一次跨出了省。两个初出茅庐的乡下少年，来到了那个魂牵梦萦多年的圣地——北京。

我们把 18 岁的初次远行当成一份成长的礼物送给自己，以告别过去，成为大人。搭乘上一辆绿皮火车，仿佛骑上了高头骏马，背包里自带一股江湖剑气。

抵达北京后，另一个刚开始“闯江湖”的湖北兄弟——18 岁的阿忠接待了我们。那时，他到北京没几个月，在一家汽车修理厂做学徒。我们第一件事就是向他借了一辆自行车，沿着中轴线向天安门进发，向小学课本上的故宫靠近……

20 世纪 90 年代末，尚没有普及电脑、互联网，没有微信、QQ，更没听说过导航。笨拙的我不会骑自行车，幸亏同学骑车带着我，我便拿着地图，一边在后座辨别方向，一边欣赏扑面而来的高楼大厦和苍翠盛景。我们从南三环成寿寺阿忠厂里的宿舍出发，不记得骑了多久，只知道看不到天安门就不能停止。漫长的长安大街，沿路的绿荫遮挡着烈日，照拂着远来的乡下少年……

北京的中轴线，那么绿，那么直！激动不已的我们，仰望天安门城楼时，略略有些惊讶，因为城楼经历了 600 年的风霜，色彩并不如小学课本的图片上那般鲜艳。登上城楼，俯视广场，又心潮澎湃起来。

故宫实在太大了，花了半天的时间也只能捡紧要处走马观花地看一遍。尤其难忘的是，第一次见到很多外国游客，初生牛犊的我，操着蹩脚的英语，邀请迎面走来的两位黄发蓝眼的姑娘一起合影。那两个异国女子也真是大方，或许压根儿未听懂我的英语，惊讶地面面相觑过后，还是热情欢笑着配合了一个冒昧陌生的中国男孩，以左右护卫之势，把故宫黄昏留存在他永恒的时光相册里……

17年后，我和涛哥又在北京相遇了。此时的他，已在家乡高歌猛进，我则移居上海多年，时时奔走在京沪之间，阿忠定居在北京，成为一家汽车销售公司的创业者。饭桌上，我们聊起18岁那年的北京相遇，大家忍不住频频举杯，一起向中轴线上那回味悠长的青春干杯！曾经满心想着闯荡世界的热血激情，连同那些友谊，在我们骑行过的中轴线上，在每个人的生命里愈加动人、鲜亮……

3

前几年，涛哥去我家，看望过我的父母。

那天，我的父母还念念不忘，和他聊起我们18岁那年的北京之行。

可是他们自己却难有机会抵达北京。

日渐年迈的他们，外出旅游已经难以脱离子女的陪伴，还怕花钱……但我知道，北京对他们而言，和曾经的我们一样，从少年起，一直是个遥远的梦。

母亲60大寿那年，我决心实现她这个愿望。

提前半月，我打了电话，和父母提议我们过个不一样的寿辰，不请客，不收礼，不叨扰亲戚，不办酒席，用一趟北京之旅纪念母亲这个特别的日子，父母欣然赞同。

那年9月，北京的街头枝繁叶茂，景色宜人。我专程带父母来到了中轴线附近的梅兰芳大剧院。母亲痴迷戏剧，在家乡唱了一辈子豫剧，还组建了一个资深票友剧团。但是到京剧大师梅兰芳命名的国家级剧院欣赏现场演出，还是第一次。那天，正赶上演《谢瑶环》，我开玩笑说，这是专门为母亲祝寿的演出啊。华丽的服饰道具，优美的唱腔身段，专业的伴奏灯光，让母亲看得如痴如醉，父亲也乐不思蜀。演员们出来频频谢幕，他们还久久地看着，舍不得离开。

然后，来到所有到北京的游客必访的地方：中轴线的中心——天安门。那天，我陪着父母一大早赶到天安门广场看了升国旗，登上了城楼，游览了故宫……看着晨晖里的双亲欢悦的神色，我也倍感幸福。

那一天，我们一起到达了共同的梦境之地。

4

此后，我还是时常出差，到北京的中轴线上奔波。然而庚子之年，我策划拍摄了一部纪录片，在大栅栏的一段记忆始终让我难忘。

这是关于作家梅洁的生平往事。

梅洁是我湖北十堰的家乡人，考入北京农业大学，与一位河北的同班同学恋爱了。20 世纪 60 年代，他们时常在大栅栏约会。那时，大栅栏小巷里的褡裢火烧便是这对贫寒的乡下大学生最奢侈甜蜜的美食。

梅洁说，大栅栏有家大北照相馆很有名，可惜当年太穷，连毕业都没办法拍一张纪念照。1970 年，她和丈夫到河北蔚县农村，在当地结婚后，一直等到一次出差北京，才回到大栅栏，在大北照相馆补拍了结婚照，圆了他们的梦。

30 余年后，不满 60 岁的丈夫却在长途列车上不幸病逝，那是她一生跨不过去的痛。以后她从河北移居北京，即便家宅与大栅栏相距并不算远，也不敢独去那个写满甜蜜往事的地方。

2020 年，还是一个 9 月，我带着摄制组，扶着膝伤严重的梅洁，再次来到大栅栏，重走她与丈夫半个世纪前走过的大街，在小巷里品尝曾吃过无数次的褡裢火烧，到大北照相馆门前遥望旧影……一个 75 岁的老人，在大栅栏的街巷里，泪流不止，蹒跚慢行。让我在摄像机后面感慨万千：北京中轴线上大栅栏这块神奇的土地，到底见证了人间多少悲欢离合，迎来送走了多少世事无常？

也是那次，我才留意到，“大栅栏”按北京口音独特的念法，保留了古音，结合满语“沙剌”，是念“大拾栏儿”。

…………

世间所有的风景都不单纯是物理意义上的景色。

穿越我这40余年的生命历程，细细瞭望，天安门广场、城楼、故宫、大栅栏、梅兰芳大剧院……中轴线沿线的风物遗迹，都静静地矗立在历史和现实里，岿然不动。

而我和父母、同窗、师友沿着中轴线的情缘际遇，让北京中轴线如此诗意地映照着我的少年、青年、中年，还有我尚未到来的暮年。也见证着我的友情、亲情、乡情，成为我生命的烙印，结实地横亘、闪耀在生命的长河里。

北京那根中轴线，构筑着我对这个人间最美的留恋！

主编感言

成长，是这篇“最美中轴线”自然呈现出的主旨，愈不经意，其实愈属清澈与诚意。特别是其中在故宫大胆邀请两个陌生的外国姑娘合影的文字，可谓青春贵于黄金；又可谓：北京中轴线真是“最美”！

作者简介

王成伟，作家，策划人。在全国各地报刊发表过诸多散文，《给母亲送束花》等入选中学试卷和多种选刊，著有散文集《陪你走山河万里》，主编有《指鼻书》《梅洁这四十年》等文学专著。

听讲座　读中轴

韩　芳

我认识北京城市中轴线，从听讲座开始。

2014年年初，我调进西城区图书馆工作以来，每年都要主持参与30场以上的公益讲座。抓住这难得的学习机会，我认真聆听每场讲座，像幼苗渴求水分一样，渴求着知识的滋润。

我听到的第一场有关中轴线的讲座，是北京胡同研究专家陈溥主讲的“解密北京中轴线”。2014年5月，蓝天如洗，绿草蒙茸，陈溥老师讲解了中轴线的对称和谐之美、中轴线的改造与延伸，介绍了从永定门到珠市口之间主要建筑的今昔变化。其中，他特别提到了位于北京奥林匹克森林公园的“仰山”，他说“仰山”与“景山”联合构成“景仰”一词，暗合了《诗经》中“高山仰止，景行行止”的诗句，令我印象深刻。热心读者杨红阁说：“我听了陈溥老师关于中轴线的演讲，增长了更多的知识，激发了浓厚的学习兴趣。我为自己生活在北京这座城市而感到自豪。”无独有偶，她说出了我心里想说的话。

后来，我又聆听了不同专家学者的讲座。他们对中轴线的讲解，虽然角度不同、风格不同，但异彩纷呈，流露出他们对北京城市中轴线、对北京文化的景仰与热爱之情，感人至深。例如，北京史地民俗学会副秘书长勾超主讲“中轴线沿线古迹故事与传说”和“北京中轴线上的‘前’‘后’门”两场讲座时，展示大量示意图或旧照，引用大量历史事实，加上生动风趣、如说评书那样的语言风格，激发了大家对北京中轴线的兴趣和关注。

我觉得最新鲜有趣的讲座，是北京中轴线申遗助力团成员夏凡主讲的“北京中轴线上的清明上河图”。清代徐扬绘制的宫廷画《京师生春诗意图》，描绘了清代乾隆时期北京中轴线区域的繁华盛景，类似于北宋时期的市井风俗长卷《清明上河图》，为后人留下了宝贵的形象资料。整幅画从正阳门大街画到景山，由南向北层层展现众多人物、建筑、新年前夕的各式活动等，既具有吉祥意味，又十分生动灵活。尤其是人物描绘，上至天子皇帝、王公贵胄，下至商人摊贩、平民百姓，姿态各异，栩栩如生。讲座中，夏凡老师采用“以史解画、以画证史”的新颖角度，把《京师生春诗意图》分解为一帧帧放大的特写画面，辅以丰富的老照片、老地图与史料文献进行印证与阐释，直观形象，让人仿佛置身其中，成为200多年前巍巍帝都与芸芸众生中的一部分。

此外，中国书店出版社总编辑马建农主讲的“北京中轴线的文化意义”，北京市社科院历史所原所长王岗、市文物局原副局长于平、首都图书馆原副馆长韩朴等主讲的“中轴线系列讲座”等，虽偏重学术研究，但深入浅出，另有一种严谨端肃、沉稳厚重的风格。

《荀子》中有言：“不登高山，不知天之高也；不临深溪，不知地之厚也。”每次听有关中轴线的讲座，我感觉像跳进了一个坑，小坑逐渐变大变深，个人不知道的知识永远比知道的知识多得多。但是，我更觉像发现了一个个标识，一个个指引我阅读方向的标识。听讲座听得多了，我开始关注和阅读相关书籍。

我认真阅读的第一本书是北京市文史研究馆编著的《古都北京中轴线》（上下册）。该书分为“都城溯源”“都城定基”“煌煌大都”“壮丽北京”“鼎盛京师”等十章内容，对北京中轴线进行了权威、全面而深入的介绍，梳理历朝历代北京中轴线的规划、建设和完善历程，分析中轴线的政治、文化、经济功能及其意义和价值，在同类图书中出版较早（2017年）、影响较大。

目前，我正在读的是《北京中轴线文化游典》丛书。该丛书把中轴线分成若干系列——古狮、美食、营城、商街、碑刻、戏曲、庙宇、胡同、名人、技艺、美文、传说、园林、译笔、建筑、红迹，或韵调高雅，或接地气儿，引导读者既观中轴线之大，又烛中轴线之微，博闻细览，各得其宜。在丛书总策划杨良志心里，中轴线是一首永无止境的交响乐、一首写不完的诗，北京中轴线值得永远阅读品味……

我特别想提一提高申，即《建筑：鸿图永驻》的作者高申。2021 年，我从来地方文献室查阅的读者中认识高申，随着交往的增多跟他熟稔起来：我邀请他做了主题为“南城名人故居”“京津两地的王爷府与王爷坟”“后海名人往事”“史家胡同名人往事”等公益讲座，还推荐他到街道社区做讲座；我阅读了他在《北京晚报》《北京青年报》《北京纪事》等报刊上发表的文章，跟他交流自己的心得体会；他向我推荐了夏凡、李宇、侯磊、户力平等北京文化讲师，介绍我跟西城区档案馆的老师、《北京纪事》《北京文学》的编辑认识，在地方文献建设与推广方面给予我很多帮助。他对北京地域文化的认知、热爱、宣传与弘扬，尤其是他笔耕不辍、积极进取、踔厉奋发的精神，让我这个地方文献工作者深感佩服。在他的影响下，最近几年我发表了十几篇小文。

我感觉读来最轻松的，是刘阳著的图书《北京中轴百年影像》。这本大开页图画书，选取众多高清而珍贵的百年前的老照片，让读者在流年光影中清晰地触摸京城脊梁的历史脉搏、回眸古都北京的百年变迁、解读晨钟暮鼓的延绵不绝。

中轴线啊中轴线，独有，壮美，令人叹为观止！“中轴线”这三个字，浓缩了中华民族悠久文明的精华与核心，蕴含了北京 3000 多年的建城史和 800 多年的建都史，既有皇权至上的宏大辉煌，又有百姓烟火的浅淡精微。反复品读“中轴线”这三个字，我想到了中央之国、北辰崇拜、中正和合、天人合一等词语，想到了梁思成、侯仁之、李建平等名家的高度赞誉，想到了申报世界文化遗产工作，还想到了我们图书馆正持续开展的“红墙之畔话中轴”系列讲座……

这样想来，领悟北京城市中轴线的美，不仅可以在实体建筑或烟火生活中，还可以在聆听讲座或阅读图书里，甚至可以是展览、演出、视频、歌曲等。乱花渐欲迷人眼，倾心方能品真意。

主编感言

作者固为近水楼台，但其取材实为本次征文及时之雨。是的，要想写好“最美中轴线”，当然要先了解其所以然。否则“盲人骑瞎马”，不是白下了一番功夫吗？只有“学”好中轴线，才能“写”好中轴线，这就是本文给我们的启示。

作者简介

韩芳，曾担任中学语文教师20年，现为北京市西城区图书馆信息咨询部副主任、副研究馆员，专业研究方向为阅读推广、地方文献等。获奖或发表散文、书评、阅读推广案例及论文等34篇，参与编辑出版图书7部。

中轴线上的繁华往事

姜　涛

20 世纪 50 年代后期，北京涌进来大批外来人。这些人几乎都在城外，工作和生活自成体系，学校、幼儿园、医院、电影院、大礼堂，各类设施一应俱全。我家附近甚至还有一座占地几十亩的超大锅炉厂房，冬季供暖。

我父母就是那时候来北京的，我是京二代。“起床号、熄灯号”听久了，便觉得乏味。豆蔻之年开始，我就经常往城里跑，从天安门、故宫、北海、景山，到天坛、地坛、先农坛，再到什刹海、大栅栏、鲜鱼口……我很小就知道北京有条左右分布、两厢对称的中轴线，元明清至今，700 余年。巧的是，我进城瞎逛的地方，几乎都在中轴线两侧。有一段时间，我特别喜欢钻胡同。鲜活的市井文化，古老的四合院，精美的砖雕、门墩儿以及门联，令我流连忘返。

我的家教是不允许随便进出别人家的，所以每当我在胡同里探头探脑的时候，忒希望被人发现。北京人厚道热情，我嘴又甜，叔叔、阿姨、大爷、大妈一叫，人家见小姑娘有礼貌，便邀我进院参观，有时还跟我“白话”一番。那个年代，文化贫瘠，四合院大门上的对联成了我的精神食粮。我至今还记得不少门联：诗书传家久，忠厚继世长；芝兰君子性，松柏古人心……北京的历史、文化浸润着我，而我这个大院子弟则成了“胡同串子”。韶华之年，我遇到了两位恩师——贺麟先生和朱文相老师。

贺麟先生是民国以来学贯中西的学者和思想家，是卓越的黑格尔研究专家，也是现代新儒学的代表人物之一。严格地说，先生并不是我的老师，而是我丈夫的导师。

先生晚年带了四位博士弟子，我丈夫是其中之一。沾了丈夫的光，我得以亲炙教诲。

先生家住在东城区干面胡同，这条胡同可不简单。前清和民国姑且不说，新中国成立以来，这条胡同名人荟萃，仅先生住的社科院宿舍就云集了文史哲领域大批重量级人物——历史学家翦伯赞、罗尔纲，翻译家戈宝权、罗念生，逻辑学家金岳霖，作家卞之琳，红学家吴世昌，哲学家杨一之，等等。大师云集、星河璀璨。

从青年到中年，我人生的几十年中经常出入先生家。先生桃李众多，汝信、任继愈、周辅成等人，我都在先生家见过。那时，先生年事已高，满头银发，精神矍铄，对人十分亲切。每次去先生家，师母总让我为先生读唐宋散文或诗词。先生喜欢杜甫的诗，待我朗读完之后，便让我逐字逐句地为他讲解。先生是大家，面对先生的考核，心中难免有些忐忑。但不管我讲得如何，先生总是逐字逐句地再给我讲一遍，还特别强调中国文化的诗教传统。就这样，一老一小，一首一首地读杜诗，陶醉其中。

先生也写新诗，有时师母会拿出一沓先生的手稿，让我给先生朗读。先生的诗不多，有着那个时代新诗的鲜明烙印。其中有几首情诗，是先生早年留学欧美时写的，真情实感的流露和表达，让人感受到先生年轻时的热烈与浪漫。我常常一边读诗，一边取笑先生。先生不仅笑得开怀，而且还颇为欢喜。师生之间，其乐融融。

先生书房靠窗一侧，有一个写字台，后面靠墙有一排书架，这些家具都是胡适先生用过的。当年，胡适走后，北京大学将家具分给了先生。先生仙逝后，我常常去干面胡同看望师母。师母给我做白斩鸡，教我唱昆曲，跟我聊名人逸事。除了客厅，我逗留最多的地方是书房。书房还是先生在时的原貌，师母时时勤拂拭，未做丝毫变动。坐在写字台后的椅子上，抚摸着先生留在书桌上的用具，浏览着满屋书籍，听师母怀旧。渐渐地，先生仁爱的情怀、清明的哲思、优雅的风范，历历在目。在这张写字台上，先生翻译了黑格尔的《小逻辑》，影响了几代中国人的哲学意识。黑格尔的《精神现象学》也是先生在这张书桌上翻译的，它使国人深刻地认识到家国情怀、自由寄托和哲学精神。这既是贺麟先生的精神现象学，亦是我等后学的精神现象学。

朱文相老师是著名的戏曲理论家和教育家。曾担任中国戏曲学院院长、北京戏剧家协会副主席等职，一生著作等身。上大学时，朱老师教我们艺术理论。当时老师挑选了五六位学生跟他一起做课题，撰写一部艺术鉴赏方面的书，我因此经常出入朱府。

朱府位于东四八条111号，是一座几进的四合院，典型的京城大宅门。朱老师是世家名门之后，祖父朱启钤既是一位政治家（曾任北洋政府交通总长、内务总长及内阁总理），又是著名的古建专家，对北京城的保护做出了重要贡献。

虽然已经在城里“走街串巷”许多年了，但像朱家这样的府邸，我却从未进去过。所以每次去朱府，我都有庭院深深之感，总想一窥堂奥。朱老师是个随和的人，为了满足我们的好奇心，有次带着我们几个学生一边讲述家族史，一边一进一进地游览。其中一进是他六姑和张学良二弟张学铭的居所，朱家和张家是世交，也是姻亲。我年轻单纯，对豪门之间的社会关系不感兴趣，但那座精美的四合院却令我大饱眼福。据说，朱家在赵堂子胡同还有一座占地3000多平方米的四合院，院内建筑和彩绘都是严格按照《营造法式》进行的，被后人戏称为“最后的宰相府”。

我自幼喜欢历史，凡是能找到的历史书，都读得痴迷。一次，我在朱家看到一部装在精美木匣中的《资治通鉴》，便在那里徘徊。朱老师见状，将《资治通鉴》拿出来让我翻阅。那是我第一次接触线装书，心里十分兴奋，一册一册地看了很久。朱老师介绍说，几年前荣宝斋欲以3000元的价格收购这套书，但朱老师没卖。20世纪80年代，3000元钱不是小数目。朱家如此珍爱书籍，可谓“诗书传家久”。

我那时特别爱听朱老师的课。朱老师学识渊博，戏曲造诣颇深。上课时，常常在理论讲得沉闷时，来一段京剧，声情并茂，哄堂大笑之际，学生的精神为之一振，课堂气氛随之活跃。朱老师擅长因材施教、因人施教。我们几位跟他做课题的同学，各有各的长处。我的长处大概是文笔好，对我写的那部分书稿，朱老师总是赞赏有加。虽然心里高兴，但还是以为他重在鼓励，直到一次无意中看到同学被朱老师改得满篇红的文稿，我才意识到他的严谨和对学生的关爱。记得当时朱老师不动声色，话题一转，表扬这位同学选材好、立意高，丝毫不提文笔差。我无限感喟：以前怎么就没遇到这样细致入微、循循善诱的老师呢？我中小学阶段乏善可陈。尽管古文看两遍就会背，作文次次是范文，也未得到老师的青睐。在我求学生涯中，对我表扬最多的是朱老师。他的言传身教如春风化雨，滋润心田。有了他的激励，我的学习热情和学习兴趣空前高涨。时至今日，每想起这段学习经历，对朱老师依然感铭于心。

2021 年，儿子留学归国，携女友回中学看望老师。因疫情原因，学校没进去。两人在校门口拍了一张照片，打卡纪念。我对儿子建议道："你们不去东不压桥看看？顺便再逛逛鼓楼。"东不压桥胡同毗邻地安门东大街，中国铁路之父詹天佑曾在此居住。中国民航总局幼儿园也在这条胡同，儿子 3 岁时我将他送到这里。

每逢周末，我早早接了儿子，便带他在附近闲逛。春夏去北海划船，冬天到海子里滑冰。秋天是北京的最好季节，我带他登了好几次鼓楼。鼓楼的楼梯窄而陡，等儿子手脚并用地爬上来，我就抱起他，告诉他那是咱北京的中轴线……

两位年轻人是否旧地重游我不清楚。去年仲春，我从位于白米斜街的张之洞故居，经什刹海步行到东不压桥胡同。除民航总局幼儿园更名易主之外，其他一切风貌如前。我在胡同里漫步，一则往事涌上心头。一次，我接儿子从幼儿园回到家，便下厨房洗手做羹汤。丈夫那时在社科院研究生院任教，带着儿子在校园里玩。不一会儿，儿子两眼放光，小脸通红地推开厨房门，兴奋地说："妈，我爸是老师。"见我无暇顾及，儿子有些失望。于是迈着小短腿，踱到丈夫面前，郑重地说道："爸爸，你现在已经是高老师了，等你水平再高一点，就可以当我们幼儿园老师了。”稚子童言，一笑而已。但崇师重教的传统，却印刻在中国人的基因之中。

一条中轴线穿起了往昔的繁华，深厚而博雅。北京的历史与文化，过去、现在、未来，一脉相承，生生不息。

主编感言

此文颇蕴大城北京的人文之丰，“中轴线”可谓独美其美；与此同时，首见作者自许“京二代”进而成了“胡同串子”，相信会心者众。这是一篇动情且用心之作，醇厚、大气并有才情！

作者简介

姜涛，女，资深媒体人，从事新闻工作20余年，担任记者、编辑，发表文章数十万字。

我和故宫有个约会

王树娟

小时候，瘫痪在炕的奶奶用老辈人的故事对我完成了启蒙教育。从奶奶的口中，我知道了自己的祖先是满人，家族姓氏叶赫，属镶黄旗，曾经住在北京。小时候，奶奶嘴里念叨最多的一句话就是："你老太爷每个月都会骑着高头大马，去北京城领回一匣银子来，作为家里的吃穿用度。"她说的时候，昏花的老眼变得满眼放光，让我一个从未出过村子的小毛孩对北京充满了幻想。我问奶奶："为啥我老太爷不在北京住了？"奶奶说："因为你老老太爷给皇帝办差事没办好，被皇帝革了职撵出了京城，你老老太爷只好带着一家老小离开了北京。"我又问："北京在哪儿？你去过吗？"奶奶摇摇头说："北京在哪儿我可不知道，我这缠了足的小脚连县城都没去过，哪能走那么远的道去北京？"她用粗糙的手掌抚摸着我的小脸说："等你长大了，自己去找吧，去看看你老老太爷曾经住过的地方。"

打那以后，北京就在我心里头扎了根，一个 7 岁小女孩儿最大的梦想，就是去北京看看，看看自己老祖宗曾经生活过的地方。

转眼 20 年过去了，1992 年，我作为单位的一名技术标兵，有幸到首钢总公司参加公司年度颁奖大会，那是我第一次去北京。

北京有那么多的名胜古迹，而我最想去的地方是故宫。怎奈时间有限，上午在首钢五一剧场参加完颁奖大会后，下午就要返回迁安矿区，掐着指头算来算去，只有两个多小时的游览时间，在同事的建议下，我们坐车匆匆去了一趟天安门广场，瞻仰了人民英雄纪念碑，在天安门前拍了几张照片后，便又坐车往回返，而故宫，成为一个念想留在了内心深处。

再后来，结婚、生子，开启了在两点一线之间无限循环的生活模式，每年仅有的几天假，都是和爱人带着孩子回老家看望老人。去北京城看故宫的念头，只能压在心底，等待时机。

又是十多年过去了，女儿考上了首都师范大学。在北京上大学的时候，她利用周末时间游览了许多地方，每次放假回家，她都建议我："妈，你一定要抽出时间去北京参观一下故宫，我觉得北京城最值得游览的地方就是故宫。"我笑着对她说："故宫我一定会去看的，只是现在不行，你奶奶身体不好，经常住院，我所有的年休假和礼拜天都用来回去照顾你奶奶了。等我将来退休有时间了，一定去北京参观一下故宫。"

女儿的四年大学生活转眼结束了，通过招聘考试，她顺利在北京找到了一份工作。我的心里感觉更踏实了，既然女儿在北京有了工作，那我退休以后去北京旅游就会方便很多。

没想到，女儿为了爱情，突然决定辞职去南方。在多次劝说无果的情况下，我只能忍痛同意。但我提了一个要求：在女儿离开北京离开我之前，一定要陪着我们夫妻俩去游览一次故宫。女儿同意了。

那是一个特别晴朗的秋天，我和丈夫请了几天假，去北京跟女儿团聚。我知道，短暂的团聚之后，是长久的别离，所以心里湿漉漉的。

女儿似乎也懂得了跟父母相处的日子只有几天了，那天早晨，她特意给自己化了妆，还穿上了一套粉红色的汉服，说："去故宫参观，穿汉服最应景。"

女儿说得没错，从我们踏入故宫开始，端庄飘逸的传统汉服跟金碧辉煌的传统宫殿融为一体，相得益彰，很快就成了一幅流动的风景。许多外国游客跑过来跟女儿合影留念，一些排着整齐队伍参观故宫的小学生在看到女儿后，队伍一下子就乱了，孩子们纷纷跑到女儿身边，将她围起来，叽叽喳喳地对女儿说："大姐姐，你真漂亮！"有的孩子还把书包里的零食掏出来要送给女儿，都被女儿婉言谢绝了。面对一群又一群要求合影的外国游客，女儿没有丝毫羞涩，总是面带微笑落落大方地跟他们拍照合影以满足他们的愿望。也许在那一刻，她代表的不是她自己，而是她的国家的传统文化。那一刻，我甚至忘记了心底的悲伤，为女儿的从容大度所折服，内心深处有一个声音在说：感谢北京四年来的培养，用京城博大精深的历史底蕴和雍容高贵的气场将女儿温润涵养出端庄从容的气质。在女儿的陪伴下，我们开启了故宫之旅。

想象了20年，憧憬了20年，当我走进故宫近距离欣赏故宫的巍峨殿宇重重楼阁时，还是感觉很是出人意料。

故宫又被称为紫禁城，作为明清两代的皇宫，它实在是太大了。去故宫之前，女儿曾经提醒过我，想把故宫全面细致地游览一遍，一天时间恐怕不够，我听了不以为然。

从地图上看，从午门进去，沿着中轴线往里走，过一个太和门，就是前面的三个大殿：太和殿、中和殿和保和殿。再往后经过乾清门，又是三个宫殿：乾清宫、交泰殿和坤宁宫，最后面是御花园。六个宫殿从南到北依次排列，形成了故宫的主体建筑，两侧则是一些辅助建筑，前面的辅助建筑有武英殿和文华殿，后面的辅助建筑则是太后和妃嫔们居住的一些宫殿。我以为，把这些宫殿都走一遍，一天时间足够，可当我们跟着一个导游带领的老年参观团实际走起来时，才发觉我想得实在太天真了，真正的游览不光是看各个宫殿的外貌，更主要的是了解各个宫殿的建筑特点、使用功能，以及在这座宫殿里曾经发生过的有趣的故事。所以当我们跟着导游从上午9点多走到下午3点多时，才把中轴线上的两个重要的宫门、六座宫殿、御花园以及东侧的一些嫔妃的宫殿和珍宝馆走了一遍。参观完珍宝馆后，我爱人首先走不动了，他坐在乾清门门口的长凳上冲我们摆摆手说：你们娘儿俩自己去西面转吧，我在这里歇歇脚，然后去出口等你们。我和女儿其实也很累了，只能走走歇歇地转到西侧参观了几个后妃的宫殿，然后就都走不动了。女儿看看手机，已经是下午4点半了，她说：“妈，咱们也往出口走吧！今天没转到的地方，你和我爸以后再来慢慢转。”我点点头，开始拖着两只酸痛的脚咬着牙往前走，越走脚越疼，越疼越感觉故宫怎么这么大，从慈宁宫走到东华门走了半个多小时。当我们走出故宫时，回望角楼方向，只见夕阳西下，天空中的云彩被染成了金色，跟金碧辉煌的殿宇融为一体，许多鸽子在角楼上空盘旋着，使偌大的紫禁城看起来有一种神秘和悲凉的气息。

回家的路上，我和女儿讨论着故宫留给我们的印象。首先是大，通过两只脚上的好几个水泡足以证明，故宫面积确实很大，以我们的体力，一天真的看不完。其次是小，感觉各个宫殿尽管雕梁画栋建造得异常精美，但实际使用面积很小，尤其是各个嫔妃的寝宫，居住面积略显寒酸，感觉跟 20 世纪 80 年代农村建的三间瓦房的室内格局和居住面积没什么两样。再次是震撼，在珍宝馆里，那些精雕细琢的各种奇珍异宝，看得人眼花缭乱，心潮澎湃。在赞叹古代工匠的奇思妙想和精湛技艺的同时，也为他们一生只做一件事的毅力和精神所打动，因为十几年甚至几十年如一日的专注和勤奋，才能做出那些光耀千秋的传世珍宝。最后是美，故宫的美是方方面面的美，既有古代宫殿建筑的巍峨参差之美，也有雕梁画栋的木雕石刻之美。不管是窗棂上的花鸟鱼虫，还是台阶、栏杆、梁柱上的飞龙舞凤，都神态灵动栩栩如生。还有那宫殿门前昂首挺立威武雄壮的石狮，给人以高高在上气势如山般的威严感。还有金瓦红墙的整体建筑间以蓝绿彩绘的色彩搭配，给人以金碧辉煌的视觉美感。而整个故宫的建筑排列，则呈现出主体明确左右对称的中式风格，给人以四平八稳的对称和谐之美。

游览完故宫的美景之后，女儿向高耸的角楼挥了挥手，不知道为什么，我的眼眶突然湿润了。我知道，女儿挥手告别的不是故宫，而是她的一种人生道路。而我的一颗心，还未从故宫的美景中抽离，便被深深的离愁所淹没。

第二天，女儿启程去了南方，我们夫妻也驾车回到迁安。但一颗心被分成了两半，一半随女儿去了南方，一半留在了故宫，在巍峨的重重殿宇中与那些或喜或悲的故事缠绕在一起，久久不能释怀。

主编感言

不久前，我们曾去河北迁安开了个“最美中轴线”征文推介会，今天反馈来当地作家的一篇来稿。征文之初，我们就说过，“中轴线”不仅是北京人的，也是全国人民的；而且我们还说过，相较于把“中轴线”见之于形，我们更看重借此次征文之机，能够让“她的美”走进更多人的心里，这才是质，这才是本真，这才是我们这次征文最根本的目的。此文是迁安之行的收获之一，甚感欣慰。

作者简介

王树娟，女，笔名心愿如歌，河北省唐山市作家协会会员，迁安市作家协会会员。

京城独一份　剧装一条街

李家良

“红花绿树缀街巷，飞檐雕窗迎四方。凤冠霞帔传京韵，草市街上亮堂堂。”这条古老的胡同经过一番“捯饬”，终于焕发出活力，成为中轴线上一道亮丽的风景线——西草市剧装一条街，全国剧装最强街。

西草市街名气不大，就在北京中轴线南端，位于前门大街珠市口十字路口，全长近500米，南与天桥大街相接。据《京师坊巷志稿》中记载：草市，亦称柴火市。草市上经营的一种是居民家里生火做饭的柴草，老北京话叫“柴火”，另一种是喂牲口用的青草。所以草市在北京城里到处都有。

元朝熊梦祥所著《析津志》中，就有草市的记载。崇文门外也有个草市就是证明。为了区别两个草市，珠市口也就是正阳门外的这个草市，就被称作西草市了。草市主要经营马、骡、驴、骆驼等牲畜饲料草。京郊农民一到夏秋之际，在田野山洼打青草，打成捆儿、堆成垛，或肩担或车载运到草市上。草市上有专门收购批发的店铺，他们把收购到的草在自家的草场上堆放起来，批发给购草的主顾，草市上的店铺多是夏收冬藏四季供应。随着燃煤逐渐从大户人家普及普通百姓，柴火的需求量越来越少，草市也随之名存实亡。

但这条因“市”而成的街巷，从清朝起又逐渐形成了另一类特色市场——剧装市场。自清朝发布“内城逼近宫阙，禁止开设戏园、会馆、妓院”的大清律后，“戏园，当年内城禁止，为正阳门外最盛”。前门外曾有十几家戏园。肉市街里的广和楼，鲜鱼口内的华乐园，小江胡同的阳平会馆，大栅栏的广德楼等，都是当年非常走红的戏园子。各戏班的居住地也大都选择在南城，因此，剧装制作和销售集中于紧邻前门的珠市口，也就顺理成章了。

对于西草市街称为“剧装一条街”，自有它的道理。我家祖孙五代居住于此，从我爷爷到我的孙女近百年没离开过这所小院。听老辈人讲，居住在这里的老一代人，从事的行业五花八门儿。有做药材生意的，有做皮货生意的，有开古玩店的，也有开纸铺的、开饭馆的、经营剧装的、经营刷子的。公私合营后，一些经营剧装制作的小作坊，都合并到了北京剧装厂。也是北京市第一家剧装厂，就在这条胡同的北口。

20世纪60年代，凤冠霞帔的剧装成了“封资修”，没有人敢制作经营。所以，那时候西草市街根本没有戏装的店铺。印象最深的还是国营企业北京剧装厂。当时它是“蝎子拉屎——独一份”。尽管如此，当时生产的剧装，也都离不开八个样板戏。记忆最深的是：他们生产的大头娃娃道具，被淘气的小学生们从仓库鼓捣到学校，当成恶作剧的道具。当时个别学生调皮，上课时，趁老师不注意，突然把大头娃娃道具戴在头上，引起全班的哄堂大笑，老师气得哭笑不得。还记得当时同学送了我一对肩章，据说是样板戏《红灯记》里叛徒王连举用的肩章，做工非常精致，真是爱不释手。后来不知道藏到何处，再也找不着了。

20世纪六七十年代，西草市没有一家经营剧装的商店，剧装生产销售在这条街上曾经销声匿迹，直到80年代改革开放时期，这条街上才有了零星店铺，并逐渐形成特色一条街。

然而，这条街却与戏剧有着不解之缘。印象中，20世纪60年代初，我家对面路西临街5间房，曾经住过一个评剧团，有人说是燕郊评剧团，也有人说是昌平县评剧团。几间房里装满了道具，他们经常去天坛斋宫里的露天剧场演出。每到演出的时候，都会有几辆马车，装满道具，坐满演员，兴高采烈地去参加演出。负责道具和后勤管理的人名叫宝全儿。他40来岁，与街坊四邻处的关系很好。孩子们都亲切地管他叫宝全儿大叔。没有演出的晚上，在路灯底下他喝茶，身边总围着一帮孩子，听他神侃。有演出时，孩子们也会假装帮着装道具，跟着去天坛露天剧场看蹭戏。评剧有一曲目是《天河配》，也就是《牛郎织女》。“文革”前这家剧团不翼而飞，一夜之间道具全部搬走，5间房全部腾空，孩子们好奇，到空房子里想捡点儿“洋落儿”，还真捡到了不少的道具馒头。剧团搬走后，有三户人家入住。

还有一个院子与评剧的缘分更深。此院是中国评剧团的重要组成部分——西草市街80号。现在是个破败的大杂院儿。原来的院子细长，干净，整洁。住的几户人家大都是中国评剧团舞台工作队的职工。门口的两侧是个库房。库房很大，能进解放牌卡车。每逢中国评剧团有演出时，库房的门就要打开，卡车和工作人员要拉道具。当时在舞台上能看到的道具，有《向阳商店》的货车，评剧《金沙江畔》的雪山大布景，还有《夺印》的大布景。每当看到这些舞台道具出入时，感到十分新鲜好奇，少不了围观的街坊四邻。传达室的大爷，个头不高，瘦小精干，非常敬业，评剧演出后，道具都是深夜运回库房，老爷子总是忠于职守，令人赞佩。

时光飞逝，转瞬间几十年。往事依稀可辨，胡同旧景经常在脑海中呈现。2006年，为迎接北京奥运会，这条胡同进行了史无前例的大拆迁，前门南大街东西两侧的商铺，居民房屋都被夷为平地，修建成街心花园，环境得到提升。西草市街与中轴线融为一体。近两年，为中轴线申遗，街道办事处深入挖掘胡同文化内涵，打造中轴线上最强剧装一条街，对胡同北段进行了大规模改造，灰墙灰瓦，棕色门窗，古色古香的铺面房脱颖而出。并请回经营剧装的老字号，剧装一条街初具规模。今朝，随着中轴线南段改造的完成，政府又加大了西草市街南段的环境整治力度，拆除了近50年的私搭乱建、违章建筑。如今，中轴笔直，国槐树木挺拔，绿草如茵。道路两旁桃李芬芳，不久的将来，中轴线上的剧装一条街更加漂亮。

主编感言

此文颇具“中轴线”诸多特色之一，虽鲜为人知，在作者笔下却一目了然：这就是古老又年轻的北京，她以不变应万变，真是越变越好看——美！

作者简介

李家良，《建设智库》杂志总编辑。曾任《建设市场报》副总编辑，获第十七届中国新闻奖网络专题一等奖、中国建筑类报刊一等奖、中国企业报刊二等奖。

生活出发的地方

王升山

我媳妇说："我俩的婚姻基础来自青梅竹马。"

我有点一头雾水，因为在谈对象之前我们俩从未见过面。

她又说："没见过面就不能有青梅竹马吗？"

这我就更糊涂了，我觉得她这人矫情。不过这回她真拿出了撒手锏。

她说："我俩从小就住在一起，你住在东板桥，我住在西板桥，你承认不承认？"

这回我没作声，东西板桥在中轴线景山后街的东西两边，确实是邻居。但我心里还是不服，这和青梅竹马有关吗？她继续强词夺理并戏谑地说：

"我小时总看见你蹲在你们院门口惨兮兮地擦鼻涕，心情好时我会给你块糖。"接下来，好像是为了羞辱我还补了句：

"你忘了吗？"

我无言以对，没想到故事还有这么编的，但夫妻俩有理可讲吗？反正她的用心是好的，我就这么低声下气地认可了30多年。

这故事有点像段子，但确实是我俩当年的一段真实对话，把这段对话放到文章里，我是想让你感受一下当年北京的大小。那时的北京并不像今天这么大，新中国刚成立时北京城有统计的人口300万，就是到了20世纪70年代初我上小学时，城内人口也增加不了太多，我俩住那么近，买东西经常在西板桥副食店，可能真有过不经意间的擦肩而过。要说我这恋爱故事除了我媳妇编得有点离奇外，其实在老北京人的爱情故事中真不是什么新奇的事，问问身边的人这情况不在少数。

北京人对老北京城的认知大体有两种说法，四九城是一种，南北城是另一种。四九城是以城门为说道，也有以内城九个区为依据的；南北城外地人看字面意思就明白，不过要知道内涵可就不容易了。当年我挺自豪地问叶广芩老师，我这一口北京话地道不地道。她想了想说还行，应该算是北京官话，“北京官话！”天哪！直到那天聊天过后，我才深入地理解北京官话和南城市井语言的区别，对叶老师，我们内心里都尊她为格格，末代大清朝北京生活的大小事她是专家，有她的认可我这老北京话“传承人”的地位就不可动摇了，呵呵。

北京住久了，对于这城的认知我也有自己的看法。起因当然是我媳妇强加给我的恋爱故事，我的想法自然离不开我生活的中轴线。我把北京城分为东中西三部分，以北京中轴线为准向两边延伸到东西皇城根，这里为北京的中部，我叫它中轴线地区，向外的就是北京东西两部。有这个小心思其实也很简单，就是想把我和媳妇的关系拉近，说得更明白点，你别看我两家中间只隔了条中轴线，但我俩分别住在东城区和西城区，按照今天地方行政区的划分，我是这市她是那市，可我不想在心里隔出这个行政距离。

缘分真是一个特别奇妙的词，据说地球上每天约有50亿人相互错过，两个人的一生如果碰上，那是心相通、情相近、意相投三观契合的人，那真真是缘分，是要珍惜的。小时候我们虽然近在咫尺，但缘分是后来的。那时上学是分片的，我俩在最需要认识时被分在了中轴线两端的不同小学，后来和再后来我们就走出了20年的间隔，不过不要紧，你念或者不念我，中轴线就在那里，不来不去。这是我按仓央嘉措诗填写的我的心情。

中轴线，古代叫龙脉，早年间龙脉是种威严，碰不得，北京人都知道鼓楼外大街当年是没有的，有些年那上面盖了些建筑，压住了龙脉的走向，我朋友说当年他就在那里工作，心总有种莫名的不踏实。后来房被拆了，就地建了一条通向北面的大道。再后来，北京城市就开始了建设大发展，那条大道的终端举办了北京奥运会。中轴兴，百业就兴，祥龙飞天。在这里我有幸目睹的是前门大街和地安门大街这半个多世纪的兴衰与繁荣，它记载着北京发展的历史，找两个穿越时空的商家和你聊聊。

头一家地安门新华书店，哪年开业我不知道，只记得9岁那年我和它谋面，算算到今天时间已划过了55年。都说中国人做实业干不长，但这50多年可是三代人的时间。9岁那年，全社会还处在精神和物质生活匮乏期，我所在的小学离书店不远，放学后除了玩还有些多余时间，这就让求知变成了当仁不让的选择，我正是在那时走进的书店。这里想说的是，时至今日，让我念念不忘的不是书店里的书籍，倒是它半开放式的经营。这种经营方式在今天不算什么，但那时对于一个小学生，他们可避开羞涩直接到书架上拿书，像今天的书店那样，取本书就地而坐，享受一下精神的愉悦，这是多大的便利。我正是受惠于此，也因此把地安门新华书店当成自己一生的不忘。

为了跟上时代的发展，疫情防控期间新华书店进行了重新装修，新的门面给人以惊喜，古朴中透着现代感。春暖花开的时节我又走入书店，惊艳的布置传达着经营者新的思路。引入新的业态后，书店让人耳目一新，除了购书便利外，二楼改造成读书交流的大堂。我以老顾客的身份和营业员有过小小的交流，她向我介绍了北京书店从业者新的经营理念，那种集“购书、交流、讲座、文创、书展+饮食”的经营方式正趋向成熟，这次她们的改造正是从中吸取了经验，强调回归书店本业的重要性，力避不必要的“高、大、上”。她带我来到二楼，今天这里布置成大的会议室，讲台下四五十把折叠椅，想想刚刚的过去大概是才做完一堂讲座。营业员说：线上和线下购书的根本区别，就是我们要利用好场地打通读者、作者、书友间的联系，构建读者和作者交流的外延空间。她的介绍让我对她们的经营充满期待，成功与否她们还在摸索，但我只有满心的祝福。

再要说的是赵府街副食店，它是一处老北京人自己的精神打卡地，它的存在全因了人们怀旧与情感的需求，活脱脱地在这个商业超级繁荣的年代，争得并保有了它的一席之地。赵府街副食店坐落于钟楼后身密如蛛网的胡同里，强调如蛛网是因为我多年后也没弄清赵府街为什么叫街，24步为街是北京人的习惯，也是老辈人定的规矩，而让只有十步之宽的赵府街为“街”确实要给个说头。

这小副食店能一夜间火遍北京，有人说是这“街”的显灵，也有人说是炒作，不过我更倾向怀旧之说。我家从这附近搬走是40年前的事了，回来再问老邻居们，大家说应该是北京电视台的一档节目带火的。这我信，因为长辛店也有类似的一家近年来也很火。不过小店能火是两个因素的共同作用，一个当然是传媒，另一个也同等重要的是它让人产生怀旧的经营方式，小副食店里至今还坚守着40年前的陈设，这让人恍若隔世，如跨越时空般地回到了从前，这非常有诱惑力，远远超过那些以旧物为噱头的博物馆，因为这旧物不是摆设，是种经营的延续。更为人们津津乐道的，是两位营业员的身世，而他们不变的经营之路让我们不经意间回到从前。

我是5年前重新认识这小店的，其实那时我不能确定当年我是否来过这里，因为这样的小副食店在我们身边无数的胡同里到处都是。但是今天似乎就只有他们一家，我来就是要找一下当年的感觉，虽然我知道我们没人想回到过去。今天凡是走入这家门店的人都会买一瓶二八芝麻酱回家做个念想，我也如他们，5年间我每年都会来一次。找寻二八酱的老味道不单是对老北京的回忆，也是追求对食物“长情记忆”的敬意。当然还有一项最重要的工作就是要饱一下眼福，看一下师傅打麻酱的手艺，那手艺一方面如匠人的专心。别一个方面，就是看芝麻酱的有意配合，如果不是正宗的北京二八酱，师傅那一舀一卷一颠必定是要飞出打酱的瓶口的，这是内行人看的门道，是种不言说的心照不宣。追求正宗也是老北京人的一个毛病，不过这也没什么不好，这算是北京人的另一种生活品质。

赵府街副食店不大，门脸是随着北京胡同改造重新装修的。交叉于门前的是张旺胡同，如果有心您也去看看，备不住您也会喜欢上它。

今年年初，在我们阳光文学社例行工作会上，我认识了爆肚冯家的二哥。阳光文学社是残疾人文学爱好者的组织，冯二哥笔健，也好谈，我俩座位挨着，话匣子打开关上就不容易了。爆肚冯家到二哥这辈已传三代，清末民初时小铺子兴起于地安门的后门桥。后门桥是老北京800年来的地标性建筑，在我就读的小学白米斜街的边上，那里有我童年的感情。我笑着说我们俩的缘分早在百多年前。冯二哥告诉我，当年在后门桥时作为皇家御膳房特供点，二哥的爷爷经常要往紫禁城御膳房送牛羊货，那时日子还好。冯家买卖迁往前门外的廊房二条，是辛亥革命后的事，帝制废除后，溥仪迁出紫禁城，断了二哥家的生计，为了养家糊口，也为了扩大生意，被迫迁移到了京师最为繁华、最有商业气息的大栅栏。

陈年老账如烟云，冯二哥说他有些事也记不清了，但憋不住总想说的是1986年，北京一商局大楼二层开办的“厂甸市场”，繁华的景象重现了老厂甸庙会的繁华。那天爆肚冯、年糕钱、白水羊头李、锅贴王、茶汤李等十来家京城老字号齐聚这里，当时的北京市副市长焦若愚亲自前来剪彩。京城百姓也接踵而至，楼上楼下，都挤满了凑热闹的人，就为了能吃上一口久违的老北京传统小吃。冯二哥说当时他提着竹篮，去给他家爆肚冯铺面送牛羊肚子，都挤不上去楼梯，那场面！

冯二哥并不沉迷于过去，他笑笑，半神秘地说：近来前门大街人气噌噌往上涨，有人说是网红带动的。他说他不这样认为，他说市政府这些年做了这么多工作，改造前门大街，投入了大量的人力和物力，特别是北京坊早就成了北京旅游打卡地。我认可他的说法，我说：“您着急了吧？”他像是知道后边我想说什么，笑了笑：“我们小吃业的恢复是早晚的事。”

北京的中轴线是我们共同生活的地方，打开话匣子能说上三天三夜。我和夫人、冯二哥、地安门新华书店、赵府街副食商店，我们都生活在这里，也成长在这里，我们有各自的追求，也有共同的愿望，当然，对北京的祝福我们也是一样的。

主编感言

这篇小文写得颇为用心，给人很不一般的阅读兴味。不仅开篇独出心裁，作者对中轴线的认识也显有门道；更兼取材“万变不离其宗”，特别是不仅有怀旧，更有着创新；语言也很“北京”，可谓难得之作，甚佳！

作者简介

王升山，现为北京作家协会副主席，老舍文学院原常务副院长。作品有小说《南瓜门》《女巫小土》《奈何桥》，散文《永远的埃及》《对波斯文明的敬意》等，分别发表于《十月》《当代》《人民文学》《北京文学》等文学杂志。

钟鼓楼声韵悠悠

刘心武

前两天我路过景山西街，发现街西的红墙内，露出修整一新的大高玄殿最北端的一座两层楼阁。上层名“乾元阁”，八根柱子构成圆攒尖顶，覆紫色琉璃瓦，亭立于平座上，周环围廊，有木质栏杆，显露出来，非常抢眼。我知道其下层名“坤贞宇”，方形，腰檐铺黄琉璃瓦，单翘单昂斗栱，虽然一时看不见，却可想见其重现了昔日辉煌。这是北京市为城市中轴线申请世界文化遗产所做出的努力之一。北京中轴线申遗的时间表愈发清晰：2023 年年初，北京中轴线申遗文本已提交联合国教科文组织世界遗产中心；2023 年下半年，国际遗产专家将赴北京考察；2024 年 7 月，世界遗产大会将公布申遗结果。北京这条城市中轴线南起永定门，包括先农坛、天坛、正阳门及箭楼、毛主席纪念堂、人民英雄纪念碑、天安门广场、天安门、社稷坛、太庙、故宫、景山、万宁桥、鼓楼及钟楼 14 处遗产点，而钟鼓楼，是这条古中轴线的最北端，成为整个空间序列的一个顶点。

此时，我不能不想起，40 年前，我创作《钟鼓楼》的情形。

“刘心武来了吗？”

1979 年 2 月，人民文学出版社牵头，在友谊宾馆召开长篇小说座谈会，茅盾与会，他讲话，鼓励中青年作家们在写出了优秀的短篇小说和中篇小说后，要尝试长篇小说的创作，讲着讲着，忽然这样问。

我立即从座位上起立。茅公与我有数秒对视。他眼里激励我的光，点燃了我内心朝长篇小说进发的火把。会议后，他把自己多年的稿费积蓄献出，作为基金，创办了茅盾文学奖。

1980 年我成为北京市文联专业作家。1983 年报创作计划，我报的是写一部反映北京城市居民生活的长篇小说。我从单位开出介绍信，去北京隆福寺街的东四人民市场体验生活。先跟售货员一起站柜台，又跟货运员一起搬货，熟了，交谈随意了，试着提出来，能不能到其家里看看？这就又深入到胡同杂院普通市民的家庭以及左邻右舍。其实我自己也在胡同杂院生活过十年，又在什刹海钟鼓楼附近的中学任教多年，就把自己以前的生命体验，与新获得的感受交融，令其发酵，构思我的长篇小说。

如果说，那次长篇小说座谈会是改革开放对文学界的一次春风送暖，那么，我在体验生活过程中的所见所感，便是改革开放对北京普通市民生活与精神润物细无声的催化与提升。我选取北京城市中轴线北端的钟鼓楼，作为富有多种意蕴的象征，构思了我的第一部长篇小说《钟鼓楼》。钟鼓楼既是时间的象征，更是中国历史长河中，具有航标性质的民族传统的象征。当时时间长河已经流淌到了改革开放新时期，我既要回望历史，更要让这个作品具有新的历史时期的新气息，我的叙述方略应该别具一格。于是决定，从时间上来说，只写 1982 年 12 月 12 日这一天，并且用子丑寅卯……的传统称谓标注时间，空间则基本锁定钟鼓楼下的一个胡同杂院，却又要从这一天一院辐射出去，勾勒出半个多世纪芸芸众生的喜怒哀乐，而改革开放后的人间烟火气，则是表达的重点：尽管有的人还携带着以往的旧意识，人际间存在着历史延续下来的矛盾和新派生的摩擦、冲突，但生活充满勃勃生机，希望在前方。

1984 年《钟鼓楼》在《当代》杂志连载，1985 年获得第二届茅盾文学奖。到目前为止，国内《钟鼓楼》的不同版本达到 28 种（包括香港、台湾的繁体字竖排本）；1993 年日本出了日译本，1997 年再版。《钟鼓楼》从来不曾大印量地畅销，但仅人民文学出版社的平装本与特装本就每年总要三千五千地加印两三次。2019 年，《钟鼓楼》被学习出版社与人民文学出版社选入“新中国 70 年 70 部长篇小说典藏”。

2017年年初南京译林出版社通知我，他们出版的《刘心武文粹》第1卷《钟鼓楼》，已成功将版权输出给了美国亚马逊穿越出版社，那年3月美方出版社编辑总监特为此事来北京与我晤谈。译者翻译了三年，2021年春天宣布出版，英译名为 *THE WEDDING PARTY*（《婚礼派对》）。前些时又接到通知，《钟鼓楼》波斯语、西班牙语版权输出均已谈妥，钟鼓楼下的中国故事正在走向世界。

墙内开花，毕竟还是应该墙内飘香。小说发表38年之后，北京九维文化传媒有限公司和北京东城区文旅局联合出品话剧《钟鼓楼》，把小说里40年前那天的人间烟火呈现了出来，导演运用了巧妙的剪裁与时空回转手法，令观众耳目一新。2022年11月18日晚在北京保利剧场首演，谢幕场面十分感人，观众久久不散。我上台简短发言，告诉大家，我是想通过这个作品，把北京胡同杂院文化中那种宽厚与温情的非物质精神遗产，代代传递下去，尽管我们人生中有那么多的不如意，人际关系中有那么多的磕碰摩擦，到头来我们仍要坚信世间多好事，我们到头来只能是各自退让，宽厚待人，温情相处，度过我们平凡平淡而回味起来又有滋有味的一生。2023年4月13日至16日，话剧《钟鼓楼》又在北京国家大剧院演出四场。此时此际推出话剧《钟鼓楼》，也含有为北京中轴线申遗加把油的考虑。

《钟鼓楼》只是一部小说，究竟能流传多远流布多宽，尚有待时间的考验。近日我又站到钟鼓楼下，一方面深感自身的渺小，一方面更加意识到，将个体生命融入时代、汇入社会进步的洪流，是多么重要。

“鼓楼在前，红墙灰瓦；钟楼在后，灰墙青瓦。鼓楼胖，钟楼瘦。”我在小说中曾这样写道。北京钟鼓楼屹立逾700年。它默默注视着世道变迁，沐浴着人间烟火，40多年来，更见证着改革开放的雄健脚步与累累硕果。虽然如今它们已经不再擂鼓敲钟报时，但钟鼓声的余韵，仍悠悠地回旋在具有历史感的人们心头。

主编感言

感谢刘心武兄对“最美中轴线”征文的公益支持！大作《钟鼓楼》岁月名扬，早已耳熟能详；此篇大家小文亦如金声玉振，令人如闻岁月悠扬……

作者简介

刘心武，著名作家，曾任《人民文学》杂志主编。1977年发表的短篇小说《班主任》被认为是新时期文学的发轫作。1984年发表的长篇小说《钟鼓楼》获得第二届茅盾文学奖。《钟鼓楼》目前在国内（含港台地区）有28种版本，有英译本、日译本和波斯语译本。1993年出版《刘心武文集》8卷，2012年出版《刘心武文存》40卷，2016年出版《刘心武文粹》26卷。20世纪90年代后，成为《红楼梦》的积极研究者，曾在中央电视台《百家讲坛》栏目进行系列讲座，对《红楼梦》在民间的普及起到促进作用。另有关于《金瓶梅》的评点与论著。发表大量散文随笔，还从事建筑评论。

什刹海之韵

剑　钧

一

走进京城什刹海，周边的玉兰花开正当时，伴春风，依花香，水波潺潺。沿岸亭榭楼阁，古朴雅致，且韵味十足。若问何种韵味，我一时也理不清。

是延绵的京城古韵吗？700多年前，一路金戈铁马，坐了天下的元世祖忽必烈看中了金中都故城，喟叹灭金时，其宫殿毁于大火，但这一带的景致和水系吸引了这位开国皇帝的眼球。于是乎，忽必烈下诏在此建座新都城。1272年，元朝正式定都于现在的北京城。

我站在万宁桥头，翠柳倒影入水，微澜不惊。遥想当年，忽必烈宝马御驾，途经此处，圈定了大都的方位。那位受命设计规划元大都的近臣刘秉忠，将紧傍今什刹海，金时称“白莲潭”东北岸的一个圆弧点作为元大都的几何中心，设一条正南北向的子午线，即元大都中轴线。为此还曾立过“中心之台”石碑，在鼓楼稍微偏西处，离万宁桥也很近。

白莲潭就这般被纳入元大都城内，其水域一分为二，南部水域，也就是而今的北海和中海划入了皇城，名曰太液池，成了皇家圣地；皇城外白莲潭北部水域，也就是现在的什刹海，所囊括的前海、后海和西海，为平民百姓生息之地。此后的什刹海一直为元明清三代京城规划和水系的核心。故而老北京流传一句老话：“先有什刹海，后有北京城。”

始建于元初的万宁桥，横跨前海东岸的玉河上，是单孔汉白玉石拱桥。

古桥作为中轴线与大运河玉河段的交汇点，享有北京中轴线第一桥之誉。我倏然想到第一次踏上万宁桥，应当是1999年的那个秋天。我陪《谁是最可爱的人》中的主人公马玉祥去西山拜访魏巍先生后，乘车到天安门前留了一张影，而后徒步回宾馆。我们沿着北池子大街，过景山东街、地安门大街，行了好远的路，看到前方有座古桥就信步而去。登上万宁桥，向北瞭望，那座重檐三滴水木结构的钟鼓楼近在咫尺，最初的印象是惊喜，回想起来，一次无意之举，竟让我们穿行了北半条京城中轴线啊。

我在万宁桥上徘徊，脚下的玉河也是一条流淌岁月的古河，这条河在元时叫通惠河，为南粮北运、漕运进京的通道，相传通惠河的名字还是忽必烈御驾过万宁桥时，为新修的漕道所赐。万宁桥为海子的入口，且设有闸口。清朝年间《日下旧闻考》一书引元朝《析津志》记述："万宁桥，在元（玄）武池东，名澄清闸，至元中建，在海子东。至元后复用石重修，虽更名万宁，人唯以海子桥名之。"

海子在元代还有汪洋如海的气势，由南方北上的漕船，沿大运河直抵这里。我想象着当年这一带停泊密密麻麻漕船的喧闹劲儿，渡船、码头、号子、人流……一个活脱脱的元大都交通枢纽场景。元代诗人许有壬泛舟游海子时，乘兴来了首词《江城子 饮海子舟中》："柳梢烟重滴春娇，傍天桥，住兰桡，吹暖香云，何处一声箫……"词中的"天桥"是指万宁桥，"兰桡"是小舟的美称。词中写了诗人眼中柳绿、烟雨、天桥、小船、香云、笙箫等盎然春色，挺接人间烟火气的。若再遇北宋张择端这般大师描摹下来，说不定又是一幅《清明上河图》呢。

二

什刹海最早称之为"白莲潭"。白莲为荷花的别称，又叫水芙蓉。这让我不禁想到宋代诗人杨万里写西湖的名句："接天莲叶无穷碧，映日荷花别样红。"自辽金年代起，什刹海就有大片荷花，水面除留有航道外，近乎为荷花所覆盖，可谓不是西湖，胜似西湖。有年夏日，我和来自故乡的作家朋友走进什刹海岸边的小酒馆，临窗吃了一顿地道的北京小吃。那会儿，一抬眼就可望到满池荷花，一塘莲藕。朋友说："草原上的蒙古民族曾是个游牧民族，喜欢逐水草而居，当年忽必烈定都北京，兴许就是看上这片昔日的'白莲潭'呢？"

"没错儿。"我深有同感地说，"当年下乡插队的地方，就有一片草甸子里的'泡子'，一到夏日就开满荷花，附近牧民都喜欢赶着羊群来放牧。当荷花盛开的时候，连羊儿都跟着快乐。"

"对了，我想起来了。"朋友颇有回味地说，"我们那边的扎鲁特旗有个嘎查（村）就叫荷叶花，那里还有很大一片湿地呢。"

他的话让我一下子回到了梦中的草原，从文化到理念，科尔沁与北京原来竟挨得这般近。我们推门而出，沿着溢满荷花香气的水岸小径，走上紧邻万宁桥的金锭桥。手扶栏杆，可一眼望穿那片荷花的缤纷色彩，有白色、粉色，还有红色，微风一吹，荷花们穿着绿裙，摇摇曳曳，像是舞娘。

相比 700 岁高龄的万宁桥，23 岁的金锭桥算得上年轻后生了。一座三孔汉白玉石拱桥，未经历过那么久岁月风霜，却见证了什刹海进入 21 世纪后的风采。什刹海紧依北京中轴线，东邻南锣鼓巷，南邻北海、景山、故宫、天安门……现代京城，国际接轨的大都市化节奏，共和国跳动的脉搏都连着什刹海的心跳。什刹海是中轴线建造的基点，与京城一道穿越悠远的历史。如果说，什刹海至今还带有几分皇城根的古韵，那么数什刹海风韵还要看今朝。

我俩走近夏日的什刹海，一路可见现代"骆驼祥子"们，一派京味打扮，身着棕色对襟大褂，操一口京腔，蹬着红顶棚三轮车，一路侃着大山，逗得外地游客前仰后合。再看身边，胡同大爷依着汉白玉栏杆，悠闲地朝水面放飞各类花鸟风筝，引得游船的客人忘情地挥着手。还有一对穿着时尚的情侣，一人手里拿串冰糖葫芦，不光用心也用口享受着爱情的甜蜜。

若说什刹海最美的海，当为后海了。那里的夏日倍儿热闹，消夏、聊天、泡吧、K 歌，满满享受着老北京胡同文化的红利。进入夜色阑珊的什刹海，酒馆茶肆灯红酒绿，穿着时尚的年轻人喝喝啤酒，听听音乐，悠哉美哉；老字号前摇着大蒲扇纳凉的街坊们，说说笑话，聊聊家常，足以让人心旷神怡。这种以民俗为基调的平民韵味，与带有皇城根气息的古韵，形成了巧妙的反差。这种传统文化与现代文化的精巧融合，凸显了什刹海中西合璧、雅俗兼容的风情。难怪今天的什刹海，不光成了网红们竞相直播的打卡地，也成了新北京新京味的亮丽风景。

三

什刹海就像一条碧色玉带，将前海、后海、西海连缀起来。对此“三海”，老北京有个形象比喻，说像三节卧在水面上的莲藕，我熟知的银锭桥就是连接前海与后海的节儿。初识银锭桥源于对其名的兴趣。犹记 2009 年秋天的一个下午，我和岩走近这座桥，只为验证是否如人所述像一块银锭，那年，是我来北京的头一年，也是我钟情什刹海的起始点。我伫立桥畔，迎面有中英韩三种文字的石碑，注明此桥“始建于明代，由于像一个倒置的银锭，所以叫银锭桥”。人说再恰当的比喻都是蹩脚的，我左看右瞧，倒还真有几分相像。

银锭桥边有块巨石，镌刻有“银锭观山”四个大字，听老人说，早年间若在桥上向西眺望，可一饱西山浮烟晴翠的眼福。这座单孔石拱桥始建于明代，有 500 多年历史，重建过，文脉也一直延续到今。古往今来，多少文人墨客，或泼墨于斯，或生活于此。像明代进士胡直的《春夜过银锭桥在禁城外北海子》诗：“都城佳丽地，春夜喜重经。巨浸通银汉，长桥挂碧汀……”像清代诗人宋荦的《过银锭桥旧居》诗：“鼓楼西接后湖湾，银锭桥横夕照闲。不尽沧波连太液，依然晴翠送遥山……”银锭桥不光凝固在诸多诗词歌赋里，也成为荟萃名人名家的文化桥梁。现代作家萧军曾住在银锭桥边，戏称居所为“银锭桥西海北楼”。这一带住过的历史名人还有元代大书法家赵孟頫、明代内阁首辅李东阳、清代大词人纳兰性德等。现代名人故居更是比比皆是：宋庆龄、郭沫若、梅兰芳、丁玲、梁漱溟、杨沫、田间等，犹如璀璨星光照亮了什刹海的文化星空。从历史维度看，什刹海不光有璀璨光环的历史风景，也是带有书卷韵味的文化之海。

银锭桥掩映在什刹海秋色里，人在桥上，放眼望去，湖面映照出一层层泛着波光的涟漪，几只野鸭掠着水波在飞，仿佛在向秋日的什刹海告别。夏日有过的柳柳青青，也悄然换了颜色，一抹橘黄，一抹残绿。水中漂浮的落叶与摇曳的残荷，并未给我带来悲秋的感受，那黄澄澄的色彩，反倒平添了几分情趣。想想也是，什刹海四季都很美，无论何时何季，都散发出与众不同的韵味。

看什刹海的秋天，天蓝蓝，水清清，几抹金黄倒映湖面，几多莲藕结子累累，那是收获的季节，充溢着秋的意蕴；再看汉白玉围栏之外，还有那么多脸上挂着惬意微笑的男男女女，我感触到了生活的暖意。

也就在那一瞬间，我脑海里迸出郭沫若先生经典散文《银杏》的文字："秋天到来，蝴蝶已经死了的时候，你的碧叶要翻成金黄，而且又会飞出满园的蝴蝶。"这传神的想象让我咀嚼了40年，我当年做中学老师时，还教过那篇课文呢。一想银锭桥离郭沫若故居，尚不足一公里，我和岩就意犹未尽地走了去，什刹海一路秋色，在水中，在岸边，在花间，在愈来愈近的胡同里……

主编感言

"最美中轴线"征文当然以写出最美散文为佳。迄今为止，很多来稿都于此很是用心与努力，今天这篇当为最有代表性，诚可谓美文一枚！所谓美文，自有千美万美，但"形散而神不散"当为第一美——此文中所写的三桥三水，你能看出她的肌理美吗？

作者简介

剑钧，本名刘建军，中国作家协会会员。曾入选新浪读书超强阅读人气榜，作品入选中央宣传部"时代楷模"重点选题、中国当代作家长篇小说文库，以及中国散文诗年选、民生散文选等十余种选本，多部作品入选亚马逊、当当、新华书店文学作品排行榜。出版长篇小说《爱情距离》等9部、长篇纪实文学《黎明再出发》等6部、散文（诗）集《写给岁月的情书》等10部。

豆腐池胡同9号

刘春声

有人说北京中轴线像一条龙，南端永定门是龙头，取名永定，寓意永远安定；龙尾是北端的钟楼。钟楼脚下有一条鲜为人知的小胡同叫豆腐池，因地处中轴线的北端，被当地人自豪地称为龙尾之地。

有句话形容北京胡同之多：有名的三千六，没名的赛牛毛。豆腐池胡同虽然不大，好歹有个名，它还有个谜，就是有“豆腐”没“池”。传说早先这儿住着一位姓陈的主儿，豆腐做得绝，人们就管这胡同叫豆腐陈。时间一久叫白了，到乾隆年就讹传成豆腐池了，您说这上哪找池去？北京的古老从胡同里就能领略一二，故事多着呢！

豆腐池也有新故事，30年前，我曾在9号住过半年，不是居家，是挂职。9号在胡同的东端，有哨兵站岗，看上去颇有些神秘，曾是北京卫戍区下辖的一支警卫部队。

20世纪90年代初，军委总部机关干部分期分批下部队挂职锻炼，我就是那个时候从办公厅秘书局到这个部队代理参谋长的。

豆腐池离我当时厂桥爱民街的家只有几站地，那天，我是骑一辆旧自行车去报到的，其实抄近可以走旧鼓楼大街，但我偏往东去绕南锣鼓巷，那本是一条低调无华的小巷，一早起来满街筒子飘着豆浆油条的味儿，我爱闻那味，窜鼻香。若是槐花盛开季节，空气中还有些许幽幽淡淡的甜呢，从前整个北京城都是这个味儿。

今天的“南锣”早已失去往日的宁静，每天南来北往的红男绿女，在狭小局促的胡同里摩肩接踵，瞧不够的世间百态，尝不尽的南北美食。不过40年，南锣的变化见证了改革开放的每一个瞬间，在保留老北京风貌的前提下，又毫不违和地嵌入了五光十色的现代元素。胡同南口直对拓宽了的平安大道，修6号线地铁时，还特地增设了“南锣鼓巷”这响亮的一站。今年五一，朋友圈有人去南锣玩。“才进去20米，就果断退出，前面的路已经让人堵死，连南锣地铁都下不去了。”他略带调侃地说。这就叫驰名中外，这就叫网红打卡地。

和热闹繁华甚至嘈杂形成鲜明对比的是，那天，我骑车穿过南锣北锣，寂静的胡同好像只有我一个人在穿行。终于看到了东头的灰漆大门，鲜红的9号，军姿严整的哨兵，和胡同里的民居相比，显得有些突兀。大门敞开，我被迎了进去，开始了挂职生涯。

闹市中心，居然驻有一支部队，这在全国仅此一例。原来新中国成立初期，这支部队的前身肩负隐蔽战线任务，秘密维护尚未稳定的社会治安。白天，路边敲着锤子的鞋匠，胡同里叫卖的小贩，说不定就是化了装的解放军战士。形势稳定后，他们换回军装，又担负起军队领率机关和领导人住地的卫戍工作，在这条不起眼的小胡同一驻就是几十年。

报到那天我才得知，参谋长轮训去了，副参谋长准备转业，司令部缺人，我来得恰逢其时。

刚来没几天，就赶上一件不大不小的事儿，安徽省委省政府为答谢1991年解放军救援华东洪灾，特派当红黄梅戏演员马兰率团来京，在保利剧场演出慰问驻京部队。按惯例，上级派我们出公差，到剧场协助装台卸台。这一回，我亲自带一个排，乘大轿车去保利剧场。战士们一进场就轻车熟路地干了起来，装完台，排长带着他的兵回到车上休息，等着半夜散场卸台。快开演了，我忽然想起怎么没人给我们票呢？我问排长。他说：啥……啥票？俺们基层小兵，只有干活的份儿，哪有看戏的份儿啊。他是河北冀中人，说话总是俺们俺们的。我又问他以前都是这样吗？他说是啊。我的火噌地就上来了，拉起他下车，就去找那个派活儿的王干事理论。王干事和排长很熟络，问我是谁。排长说这是我们新来挂职的刘参谋长。他的表情略带不屑，但还是礼貌地和我打招呼。我半开玩笑地对他说："我们的票呢？我们来出公差，但我的兵不能光干活儿不给看戏啊！"王干事压根儿没想到我会朝他要票，怕我误会，带着十二分的为难和我解释，说一直以来都是这样，战士们来了就是装卸台，没有看戏的先例。今天有名角，票更紧张，机关都不够分，他手里一张都没有了。我看他这么不给面儿，假意把脸一沉：那好吧，我现在就带队回去，你找别人卸台吧。王干事说别别，他抓耳挠腮一阵，居然想出个妙招儿，他让我们别声张，悄悄入场在最后一排站着看。这个主意不错，解决了没有票的矛盾。不愧是大机关的人，脑子够用。我立马让战士们下车集合，告诉大家咱们不光要干好装卸台，还要入场看演出。战士们兴奋异常，自发鼓掌向王干事表示感谢，把王干事弄得怪不好意思。

那天散戏后，战士们卸台特别卖力，有人在后台看到了马兰卸妆，回到车上兴奋地连学带比画，一路欢声笑语。我吩咐一排长：回到连里让炊事班起床给大家做一锅热汤面吃。我的话音刚落，不知是谁喊了声参谋长万岁，车里的战士都跟着喊起来，这谁带的头啊？"万岁"两个字能这么随意用吗？我打量了一下车厢，看着战士们这么开心，又不忍扫了他们的兴，把想说的话咽了回去。我们的战士就是这么可爱，让干什么就干什么，从来不讲条件，从没有怨言。

一年一度的复员工作开始后，一天，警通连指导员找我，说连里"后门兵"多，背景多在大机关，不是姨父就是舅，又在北京城中心当兵，谁都不想走，每年都有说情的，他脑袋都大了。我说："让我试试，晚上你开个动员大会，我来讲话。"

开会时我说："不管是哪个部队，都是中央军委领导，不是哪个个人的。我知道咱们连有些同志和上级机关有方方面面的关系，这很好啊，可以开点小灶，支持咱们的工作，别的团还眼红呢！但不能影响部队的正常秩序，我今天把家里的电话留给大家，如果在复员问题上有想不通的，甭管是谁都可以直接打给我，只要理由充分都可以研究考虑。"

我这些话就是说给那些有后门的兵听的，没想到效果不错，一个说情电话都没有，那些不想复员的兵很快都办了退役手续。

没过几天，指导员又找我，说一个四川籍的炊事班老兵去年就超期服役，今年还不想走。我详细问了问他的情况，知道他不想走是老家贫困，我告诉指导员别急，这事儿交给我。

我把这个兵找来，对他说："你这个兵脑子像个辘轴。"四川人没见过辘轴，问我啥叫辘轴，我说就是北方农村用的石磙子，比喻不开窍的人就像辘轴。他不服气，问我为啥这么说。我问他：听说你有中级厨师证是不是？他说是，参加军地两用人才培训班拿到的。我又说：你再多干一年，除了又耗去一年青春，能改变命运吗？他听了眼神有点茫然，我继续开导他：估计你们老家有中级厨师证的没几个，你要是在县城开个餐馆，生意做好了，这一年会有多少收入？不比在炊事班再耽误一年强？他把脑袋一拍："哎呀参谋长，我这脑袋瓜子还真是个辘轴。啥也别说了，我明天就办退役手续。"

老兵走的时候，我亲自到北京站给他们送行，拍合影照时，特意让那个四川兵站在C位。

我挂职快结束时，上级要举行司令部机关军事比武，我知道警卫部队比不了野战军，尤其司令部是短板。部队长老肖在党委会上说刘参谋长有优势，我心领神会，他的潜台词就是我和总部有关部门能说上话呗。

事不宜迟，第二天我就领着老肖来到军训部，找我熟悉的一个掌管经费的处长走"后门"，人家真给面子，戴帽拨了一笔不小的训练费。回到9号，老肖干劲倍增，召开动员会，让我挂帅，憋着一股劲要拿个名次回来。

卫戍部队在军事训练上确实比野战部队弱一些，我把军事学院学到的团进攻和团防御战术与司令部的参谋们共享，手把手教他们绘制作战想象图，从排兵布阵、火力配置直到沙盘堆制等，一丝不苟，精益求精。那些天，司令部灯火通明，终于在机关军事比武中扛回了第二名的旗子。

挂职半年不算长，很快到期了。有一天，党委开会没有让我参加。我还纳闷儿呢，老肖推开我的门，说：你要回机关了，我们都不舍得，党委开了一个专题会，商量怎么欢送你，最后一致同意，给你报请三等功。

临别那天，在家的首长全体出动，老肖非要安排小车送我回机关，其实不过几公里，我过意不去，说自行车还在楼下呢，自己骑回去就行。老肖说：这好办，我让人给你骑着。恭敬不如从命，我带着军功章和立功证书，和首长们一起走出 9 号大门，哨兵给我这个卸任的参谋长郑重敬礼，我也给哨兵郑重地还礼……

一年后，意外收到 9 号转来那个四川兵给我的信，信上说："多亏听了参谋长的话，我们夫妻开的餐馆生意越来越好，全家老小生活得很美满……"

一别 30 年，再没回过 9 号。前几天，为写征文，我又回到阔别多年的豆腐池胡同，像老友重逢，昔日的模样依稀可辨，只是更显苍老。然而钟楼北侧新辟的小广场，让我眼前一亮：孩子在追逐嬉闹，老人在下棋散步，龙尾之地还是那么宁静祥和。从西向东，千年古刹宏恩观和毛泽东岳父杨昌济故居等正在进行保护性修缮施工。听施工的人说，改造后，将建成中轴线聚艺馆、新北京生活美学馆、中轴线历史文化展览馆等文化园区，700 多岁的豆腐池胡同就要旧貌换新颜了。

漫步来到 9 号，我欣喜地发现紧闭的灰漆大铁门还在，依然是部队驻地。驻在里面的还是我挂职的那个单位吗？铁打的营盘流水的兵，即使还是，也没有人认识我这个当年的老兵了。

这就是我亲历的发生在北京中轴线上一个普通胡同里的故事，它是绿色的，由钢铁般坚强意志的官兵集体出演，且带有几分暖意柔情。

主编感言

无尽的北京胡同里，有无尽的北京故事。这一篇所讲的，的确是鲜为人知，又历历在目，作者写到"前几天，为写征文，我又回到阔别多年的豆腐池胡同……"凌云健笔意纵横，绝知此事要躬行。实践出锦（上添花）文！

作者简介

刘春声，作家，文史学者，发表长篇小说、学术文集、专著等百余万字。

永定门情未了

纪从周

迈入城楼前开阔的广场，但见两侧并排分列着高高的立柱式灯箱。近而观之，每根立柱灯箱上面都书写着："天衢丽地，槐市陆海。人杰物华，邦国永定。"原来，这是出自乾隆御制的碑刻文字。来到城楼下，伫立仰视。壮观的楼阁，朱甍碧瓦，高耸的城墙，巍峨向东。壮哉如斯！凝眸城楼门洞上方的石匾，颜体"永定门"三字，遒劲饱满，道出了"永远安定"的民声。绕到城楼北侧，花园式甬道一直向北伸展，一条美丽的中轴线……

"孤城西北起高楼，碧瓦朱甍照城郭。"诗圣杜甫早在1300多年前就如此吟咏，难道先生神机妙算？

看着想着，想着看着，倏然就想起了故友张志成。他曾为永定门中轴线呕心沥血地设计出一套《生生不息》的雕塑方案。

张志成于我，亦师亦兄亦友。我曾在北京百工坊的雕塑研究室目睹了这套雕塑方案，并就这套方案的具体内容采访过张志成。

这套雕塑方案一共四组七十五件，其中包括沿街道绿化带排列的《还甲子》六十件、陪衬《还甲子》的西洋题材《十二星座》，还有环保主题的《人与自然》以及纪念性的主题《永远不能忘》《望柱》和照壁《开天辟地》等。

在浩瀚的华夏文库中，为什么要选取永定门的景观为题材？张志成说：永定门沿线是北京的南中轴路，是首都的门户和国家的形象。南中轴路作为重要的风景线，没有雕塑会显得分量不足，而少量的雕塑，稀疏的布局也难以产生盛世景象。纵览古今中外的经典环境设计，凡是长线形景观等距排列的群体雕塑，阵容视觉冲击力量大、文化含量最高，不但具有赏心悦目的艺术效果，而且还具有永恒的思想性。而作为北京南中轴路的艺术景观，就更需要具有中华民族的特色。

为此，张志成专门研究了古今中外的环境艺术，并多次踏勘永定门沿线的街道，几经实地观测，才精心设计了这套雕塑方案，可谓呕心沥血之作。

五种式样不同，手法各异的十二生肖效果图展现在记者面前。栩栩如生的动物形象被作者推敲到“增一丝太长，减一丝太短”的最佳状态，充满赏心悦目的喜气。张志成说，这虽然是一系列动物形象，但反映的却是人生主题，立意在“以人为本”的思想原则上。因此说这是个重大题材，是千年不衰的永恒题材，是在“安定团结，长治久安”的理念指引下选定的设计。

“还甲子”原本是数律代词，也就是中国历学“天干地支”对偶推算——从甲子年开始推移，六十年后再还原到甲子年的周期称谓，也常被称为“六十还甲子”。这本是一种复杂交错的六十种变化，但聪明的祖先把繁杂而抽象的干支运行简化为五个单元，每个单元十二年，用通俗的形象思维方法表示，每年用一种人们熟悉的动物做标识，同年出生的人都归属同一动物图腾，这就是十二生肖。十二生肖经五次循环恰好六十年。这一发明并统一应用使得人口众多的泱泱大国数千年来不曾发生过纪年差错，堪称大智慧！

由于十二生肖艺术的普及，人们对生肖轮回较为熟悉，但对“干支”运转却还较为陌生，如果《还甲子》六十件雕塑能够问世，沿永内大街由南至北呈双行等距离排列，既有独特的民族性，又有巧妙的科普性。

《人与自然》是张志成依据 19 世纪航海家关于鲸鱼救人的记述创作的。造型中所表现的“海上落难”的人代表着广义的人生。骑在鲸背的“诺亚方舟”上，生命岌岌可危，惊恐地挥动着呼救信号望眼欲穿，表现了渴望生存那扣人心弦的瞬间。张志成说，人与大自然相依存，呼唤人们要善待大自然，也是一个反映人类生存的主题。如果永内大街沿线排列生肖小品的雕塑，那将产生均齐的阵容之美；但仅有这些是不完美的，还需要有情节性的大型雕塑，才能彰显落差变化，才能营造多元化的对比效果，才能形成总体气势。

基于这种考虑，张志成特为中段广场创作了左右对称的一组大型雕塑《人与自然》。其二则是《连年有余》。这是民众所熟悉的传统题材，用娃娃抱鱼持莲花的象征向人民祝福。张志成说，老传统的式样一律是大胖小子，缺少现代感。因此他的设计造型则是男孩女孩共同戏鱼，不仅有传统的文化特色，体现出盛世吉祥的和谐与国富民康的人心所向之意，而且又丰富了思想内容，融入了人权和平等的含意。

由永定门城楼向南观看，似有一种景观完结的感觉。张志成以其多年的雕塑功力和经验，运用古建艺术中藏、露、障等手法，在中轴线最南端的城门外设计了一座照壁。

照壁上的浮雕《开天辟地》，表现的是华夏祖先创造人类的神话传说。中国的上古历史就是神话史，但中国上古神话与其他文明古国不同，如古希腊的神话都是与其“海盗经济”一脉相承的，主要表现为搏杀、争夺、占有、复仇；古埃及的神话主要是神权对奴隶的统治和征服；印度早期神话是修行、怜悯。

相比而言，唯独中国的上古神话是劳动创造，是为后代的人生幸福而勇于牺牲的伟大祖先。像开天辟地的盘古、征服自然灾害的女娲、为解自然之谜而牺牲的夸父等。张志成说，《开天辟地》包含的不仅仅是上古神话，更融有古代哲学、方位学、图腾文化、天上、人间、海洋、陆地、日、月、鲲、鹏，用传统的构图骨架连接，穿插避让的构成，是对中国祖先的礼赞，是对中国优秀民族的赞歌，也是通过对祖先的纪念，来歌颂那些为人民创造美好环境的建设者。

张志成还独辟蹊径，为永定门城楼东西两侧设计了一对《望柱》，以营造高差的缓冲，给人以纵深感和层次感。这虽然是一种古典手法和式样，但《望柱》的柱头装饰却没有用传统的皇家“龙凤”来表现，而是用烈马头像做顶。张志成说，现代建筑可以怀古但不能复古，今逢改革开放的盛世，是伯乐治世的千里马时代，故此《望柱》顶端设计了嘶鸣的千里马。

为什么想到用《望柱》来表现？张志成说，试想：如果天安门前没有金水桥、华表、石狮会怎样？这就是古建筑师的高明之处：擅长用群体组合方法求变化。鉴于古人的经验，永定门城楼不宜单体独立，应当附加显眼的附属建筑，这种陪衬手法不仅是建筑的需要，而且是一种表现技巧的升华。

张志成当年是中央工艺美院的高才生。而之前他就学习雕塑，并在 1963 年开始学习玉雕。1973 年在东北三省玉石会上首次发表学术讲演，并先后发表了《云冈石窟艺术分析》《刻画手臂的体会》《玉雕仕女发式问题》《玛瑙的使用与选择》《玉雕国事也》等论文。1979 年出席全国文代会，代表作玛瑙《喜像佛》被选为国藏珍品。1986 年，他调到山东威海城建局从事城雕创作，至今已有《海育》《神火》《北洋海军忠魂碑》《搏》等大型城雕在威海、南京、深圳、桂林、齐齐哈尔等城市建成，并在威海国际雕刻大赛中获奖。他曾连任八届、九届齐齐哈尔市人大代表，并任全国工艺美术学会首届会员、全国雕塑研究会会员、全国工业设计协会会员、全国展示协会会员等。后来，他受聘于传统艺术基地京城百工坊，主持雕塑研究室的工作。

张志成倾毕生之积累，欲为南中轴线做出贡献。《生生不息》的雕塑方案一出，百工坊的艺术家们叹为观止，纷纷叫好！有关领导和专家们在听取汇报之后也都予以肯定。然而，不幸的是，在疾病缠身之后，张志成就怀揣着雕塑方案《生生不息》的梦想去了天国，永远离开了他热爱的永定门中轴线。壮志未酬身先死。

…………

思念志成兄，举目再看城楼。恍惚中，似乎看到了城门两端的望柱，看到了嘶鸣的千里马。分明，志成兄没有死，《生生不息》情系永定门。

主编感言

这一篇起于情未了而终于未了情；既是旁观者情，更是当事者情。情情与共，又显系独家呈现。作者及其故友对“最美中轴线”的最爱与深爱令人感动！

作者简介

纪从周，中国作家协会和北京作家协会会员。著有《从周散记》《见证权利》《旅欧漫记》等书籍。其中报告文学《线魂》荣获第十一届亚运会优秀文艺作品一等奖，《一家公司与万家灯火》荣获北京作家协会“奥琪杯”征文一等奖，《收藏我的旧居》荣获“我的北京我的梦”征文二等奖。

遇见中轴线

全秋生

当年读书时知道故宫位于北京城中轴线的中心，皇帝端坐的龙椅下面就是中轴线的中心点。来京 20 多年了，我与中轴线的缘分还是值得念叨一下的。

那是 1999 年 9 月 9 日，从小唱着“我爱北京天安门，天安门上太阳升”的我到了北京，天安门当然是最想去看的地方。第二天一大早，我和同伴向天安门广场进发，先是排队瞻仰毛主席纪念堂。走在人流当中，心里满满的敬意，当从老人家的水晶棺旁经过时，我的脑海里却跳出秋收起义的画面，家乡修水是秋收起义的主要策源地和出发点，老人家曾亲临这片土地，中国工农革命军第一师第一团指挥部的旧址就在修水，第一面军旗也是在修水横空出世的；又想起了井冈山上红旗飘扬的硝烟里，老人家一声“黄洋界上炮声隆，报道敌军宵遁”的豪迈喜悦，再看看棺中安静仰卧的伟人，不由得暗暗祈祷老人家保佑自己能在北京留下来做自己喜欢做的事。因为参观有严格规定，不能说话，不能停留，我只能在想象中给老人家敬了一个标准的军礼，从小“到天安门去看伟人”的念想几分钟之内就实现了，但我心中没有丝毫喜悦，有的只是庄重肃穆。从纪念堂出来后，我们来到人民英雄纪念碑前瞻仰革命烈士，望着那些革命先烈前赴后继的大幅群雕，我又想起家乡修水县仅在册烈士就有十多万人的悲壮与史实，只是不知这些群雕上有没有修水籍的老乡烈士在内？

按照头天晚上的计划，接下来该去找地方吃饭，好在前门大街两旁不缺吃的地方，吃饱喝足之后，我们的目标直指故宫。

从踏上天安门前的第一级台阶开始，一切的一切对我来说都是新奇的，天安门城楼的金碧辉煌、古色古香，领袖像的端庄大气、伟岸睿智，甚至城墙洞门的金色门钉都让我眼花缭乱，肃然起敬：且不说午门的庄严肃穆、高大威猛，金水桥的精美华丽，金水河的神秘来源，也不说外朝三大殿太和殿、中和殿、保和殿建筑庄严、美轮美奂，成千上万条金龙纹装饰，屋脊角安设了十个脊兽，成了现存古建筑中唯一的一例，更不用说内廷乾清宫、交泰殿、坤宁宫建筑格局精巧，装饰豪华秀雅，单是故宫利用建筑物高低错落形成冬暖夏凉的通风系统，还有那些形似龟首的排水管道与金水河配套的排水系统，就更令人惊叹不已。就算放在当下某些“小水小涝、大水大涝”的国际大都市，故宫的地下排水系统也是匪夷所思的，数百年来从未因积水而造成任何损伤，真正做到了“雨停水干、布鞋不湿”的至高境界。特别是当我得知故宫居然是江西九江市永修县境内的“样式雷”家族所设计建造的，真是久久不能平静：我为乡贤前辈们的精湛技艺而惊叹，也为自己北漂期间的所见所闻而庆幸。

如果说这就是我跟中轴线之间的缘分，那就小儿科了，毕竟每年来游故宫的人太多了，仅此一游就自称与中轴线有缘分，那“缘分”二字是不是也太随意了？

2004 年前后于我而言，是人生路上的一个重要转折点。在时任民政部常务副部长、中国老龄事业发展基金会会长李宝库同志的主导下，中国老龄事业发展基金会下面成立了一个“给后代留下一本书”编委会。中国人民大学首任校长成仿吾先生的秘书余飘教授担纲编委会主任，我任副主任，负责编委会图书出版的具体工作，办公室就在钱粮胡同的一个小院子里。住在城南的我每天早早就坐公交车从永定门城楼旁边进城，中途需换乘 2 路公共汽车，从南向北经过天安门广场，然后穿过长安街进入南池子一路北行。记得当时 2 路公交的终点站是宽街，我需要提前几站下车，走几步拐进钱粮胡同某个院子开始一天的工作。在长达五六年的时间内，我先后审校出版了数以百万字计的、有着重要史料价值的图书：比如，延安时期老作家曾克的《乘着歌声的翅膀》、欧阳山百年诞辰纪念文集《百年欧阳山》六卷本、《草明评传》；比如，中央党校洛林教授的《生命的春天》、萧一平教授的《萧一平文集》、杨献珍秘书萧岛泉的《楚人吟唱集》三部个人专著；比如，北京军区空军后勤部原政委贺芳齐的《红星闪闪：一个少年红军的传奇故事》、上甘岭作战参谋张靖宇斩获“丁玲文学奖”的长篇小说《眷恋》……天天早上乘2路公交车路过天安门时我都会特别激动，加之接触的作者都是老革命，他们对党对祖国对事业满怀忠诚热爱，纵使历经坎坷也初心不改的伟大人格深深地吸引了我，只是没有想到来自江南小镇的我居然天天能在北京中轴线上大饱眼福呢？

2020年10月30日下午，好友邀约先登景山，晚上再去中山公园音乐堂听“一蓑烟雨任平生·苏轼词意琴歌与宋代琴曲”音乐会，我立即拍手称好。说实话，紧张的工作压力和疫情之下的焦虑情绪都急需一个宣泄的渠道，登高望远与欣赏音乐正是上上之选。

北京是政治文化中心、国之首都，有人喜欢说不到北京不知道官大，其实我想说的是，不到北京你肯定不知道会有多少饱学之士迎面相撞？同行的朋友我习惯称他李总，调侃他或许是大唐高祖李家的后裔吧！身为商界精英的他长得温文尔雅，从小习武，拳、棍、剑、棒无一不精，就连舞蹈都直追专业水准，闲时演习尺八、古琴和各种乐器，满腹才华却低调内敛，隔三岔五就会去登景山观日出，虽不从事写作、吟诗作赋，却把生活过成了一首诗。

我们一路向前，很快来到了景山五方亭之一的周赏亭，亭前有一棵连体古树，造型奇特，李总拿出相机推、拉、摇、移，走位取景与众不同，拍摄角度与效果让我自愧不如。再往前走，便是观妙亭，此亭重檐圆攒尖顶，孔雀蓝琉璃瓦覆顶，紫晶色琉璃瓦剪边，上檐重昂七踩斗拱，下檐单昂五踩斗拱，内外两圈柱子各八根，对应着八角，真的是金碧辉煌、美轮美奂。站在这些古色古香的亭子前追思怀古，不能说人生皆是浮云，每个人都在书写自己的历史，力争让自己做一个利国利民先小家后大家不负光阴不负卿的人，远比空喊口号重要许多。

万春亭位于景山的中峰，是北京城南北中轴线上最高和最佳的观景点。

登上万春亭时已近黄昏，只见一轮夕阳从云层中跳出来，霎时，似有一条巨大的游龙横空出世。我不停地按下快门，云海、树木、古建筑连同朋友的身影都成了镜头里的风景。此时此刻，整个北京城都笼罩在霞光祥瑞之中，原来这才是万众向往的紫禁之巅：往南可以看到故宫的全景；往北可以看到钟鼓楼；向西看则有北海的白塔，西南方可以看到中南海。在亭子的南北地面上各有一个圆形的铜质地标，写着“北京城南北中轴线”。我和李总静静地环顾四周，仔细欣赏着，仔细体味“山临绝顶我为峰”的意境……突然，几道弧线闪过我的眼帘，抬眼一望，原来是几只硕大的鸟儿在万春亭上盘旋，我按下快门，一幅“紫禁之巅双飞燕”瞬间定格在我的手机里。

如果沿着中轴线向北前行，鼓楼的存在注定是一处绕不过去的风景。2022年春节期间，当我爬上那座60度角的楼梯后，居然见证了一场击鼓祈福的盛况：三名鼓手戴着口罩，上身白绸宽松衫、腰扎黄色练功带、下穿红色宽松练功裤，先是那面整张牛皮蒙制、直径1.5米的鼓王前面的鼓手双手有力地敲起来，“咚咚咚、咚咚咚”，鼓声亢奋有力，两旁边鼓的鼓手不时敲几下鼓边，“嚓嚓嚓”“咚咚咚”，配合着鼓王发出的声音。激越之时，如千军搏杀、万马奔腾；低沉之时，似庭前迈步，观花赏草……此时此刻，游客欢呼不断，双臂高高举起，镁光闪烁，我穿行其间，全程录了下来。

说实话，客居京城20多年，鼓楼虽说不曾刻意造访，也至少到过五六回，但能巧遇击鼓祈福场景还是第一次，早走三分钟、迟到三分钟都会与击鼓祈福擦肩而过，正所谓：不争迟与早，刚刚才正好。

世上所有的遇见，都是人间最好的重逢。我与中轴线上南、中、北三段的古建、古树、鼓声不期而遇，我与李总的萍水相逢，我与天南海北作家朋友们在文字的海洋里相遇相知，又何尝不是如此？

主编感言

这是一篇资深“北漂”的扎根与成长之作，读来令人感奋不已。的确，北京中轴线与作者老家江西修水并不遥远；的确，作者工作在北京20余年一直与中轴线血肉相连因而得其所美，可谓功德有成；的确……这的确是一篇内容饱满文风质朴的应征佳作！

作者简介

全秋生，笔名江上月，作家、资深编辑。先后在《青年文学》《北京文学》《解放军文艺》等刊物发表文学作品数十万字。有散文入选《散文海外版》《海外文摘》等选刊。现供职中国文史出版社。

大屋顶下的小故事

咏 慷

每当我登上景山峰顶，都会驻足朝中轴线南北两方向长久眺望。南边依次是一片黄瓦的故宫、雄伟庄严的天安门……北边最引我注目的是两座墨绿色的“大屋顶”，其次才是鼓楼、钟楼……

它们都在我记忆深处留下难忘的故事。其中最有特点的则都与气势恢宏的“大屋顶”有关。

与“大屋顶”结缘，始于我童年时代。那时我的生活环境随着父母的工作调动而常变换。他们从抗美援朝战场回国后，长期在军委办公厅工作。

当时办公厅的地点在中轴线西侧的中南海居仁堂，与毛主席的住所丰泽园、彭德怀元帅的住所永福堂均一墙之隔。

首批随毛主席一道进中南海的机构除中央办公厅，就是军委和中宣部（主要分布在怀仁堂附近的庆云堂）。这一“武”一“文”两大机关始终不离毛主席左右。

儿时的生活恍若潺潺小溪，清澈、简单，无忧无虑。记得我曾几次跟父亲到中南海划船、游泳。那露天游泳池，长 50 米，宽 25 米。有跳水的跳台和跳板。东边搭有遮阳布篷，散放着几把藤椅。池子西边是看台，周围摆了些盆栽观赏树。西栅栏边是花圃和暖房。据说它是新中国成立前修建的，原水泥砌的池子因年深日久已裂缝。后来经过了修缮，焕然一新。

这个新泳池每到夏季，在规定的开放时间总是人满为患，有机关工作人员，也有家住附近的孩子，平均每天都在 150 人上下。

当时我家住中轴线西侧一个叫旃坛寺的地方。史料记载它始建于康熙年间，原称宏仁寺，因将西城鹫峰寺庙内的旃坛佛迎奉于此，故被人俗称旃坛寺，曾终年香火不断。1900 年义和团在庙内设过神坛，故被八国联军夷为平地，古庙仅为一地名被保留下来。

从旃坛寺到北海、什刹海都不远，能感到从喧哗到宁静，似乎不动声色地穿越了遥远时空，只剩纯粹的自然。这两个天然湖泊颇具“平民”色彩，是老北京人常自由自在地光顾、休闲、散步、玩耍、垂钓，颇能产生“幸福感”之地。

那时我常和小伙伴去什刹海游泳场。它只有一个标准池、一个练习池和一个 3 米深的跳水池。每次只需要 1 角钱，两小时一场，待上一场清场，工作人员搞好卫生，才放下一场的人，间隔一小时。人多，去晚了，会买不到票，特别是暑假时，要想游泳就得早去，买到票在一栅栏里等候，一开场大家就争先恐后地往里跑。

游泳场里多数是中小学生，或学游泳，或戏水乘凉，也有躺在岸边晒太阳的，如果用“像煮饺子”形容人多，一点也不过分。跳水池谁都可跳，负责救护的人员坐在高高的凳子上注视着每个跳水人，责任心很强。

在我最初的印象中，位于旃坛寺的那个大院儿几乎是大工地，正在盖一幢幢楼。

据说 20 世纪 50 年代，中办建议军委搬出中南海，在北海西侧盖大楼办公。由于北京市的重视与支持，军委在旃坛寺的办公大楼 1955 年秋建成，对外称国防部大楼。我家则搬到北海东侧的宿舍区，一个按建筑学家梁思成的主张设计的有深绿色琉璃瓦“大屋顶”和汉白玉栏杆的楼房。1953 年中央制定的指导和控制建筑设计的方针是“经济、实用和在可能条件下注意美观”。

当年我曾经问过一些长辈：“我们这宿舍区，为什么要建有琉璃瓦‘大屋顶’和汉白玉栏杆？”

他们答说：“这是北京市要求的，为了能跟中轴线上的其他建筑配套、协调。”

后来我才渐渐理解，北京城如此方正而气势威严的形象，在全世界独一无二。这种形式的构成和背后连绵的西山、身前摇曳的大运河连在一起。有了这些极具民族风格的建筑，才能和古老的京城匹配，也才会有洁白的鸽子响起清脆的鸽哨，飞起飞落在这样的黄瓦、绿瓦与红墙交织的上空，构成属于北京的独有画面。

所以那时梁思成和贝聿铭才爱登上景山，看那起伏而错落有致的北京城的轮廓线。那是世界上任何一座城市都没有的最漂亮的轮廓线！

北海在我家住处的西侧，我十几年来一直与它毗邻。当然，对北京这座城市来说，不只我与景山、北海有缘，它们是地标，是群体记忆的渊薮。而作为记忆，它们更深刻地印到我心上。有个小故事颇有意思——某天，军委办公厅的保卫科长领着公安局的警察来到我家，说："最近发现一坏人嫌疑者，就在这座楼和北海东墙一带活动，从你家的窗户望出去，是最佳观察点……"

父亲说："欢迎你们来执行侦查任务。"

"给你们添麻烦了！"保卫科长说。

"那有什么麻烦？"父亲说，"这是每个干部、公民的义务呀！"

北海和景山一样，也是我最喜爱去的地方，常是在园里游览一番后，漫步到画舫斋、漪澜堂等地的回廊上休息、读书。

记得当时"大屋顶"周围尚还宽敞，有些空地上堆满石子、瓦砾，长满野草、藤蔓。我们和有些邻居便清除它们，开辟出一块块地，并非刻意地撒上菜籽，形成了一块块菜园。挨到夏天，雷雨一赶，蔬菜"挈妇将雏"赶来：黄瓜、豆角、西红柿、小辣椒……有时来不及上街买菜，就来这里一伸手就是一道菜：凉拌黄瓜，小辣椒土豆丝，西红柿蛋汤……

"大屋顶"下大院的青少年们都很积极上进。记得门诊部有一年轻护士叫吴毅飞，其男友卢源泉在南疆那次战争中因重伤致残。一些人议论："这下小吴肯定要跟对象'吹'了。"但结果是他俩一直恩爱如初。当年各报还曾发表报道，赞颂过他俩革命化的爱情。

还有一孩子与我同龄，又同年入伍，本在军事科学院已有稳定的工作，但那次战事发生后，他坚决要求上前线，因表现出色，陆续担任了师长、副军长、大军区副参谋长。我从基层调到总部机关工作后，因为儿时在“大屋顶”下的交往，曾为项目到他所在的部队采访、参加演习。一次在海训现场，我俩和当年就颇关注军事话题一样，聊到我军发展改革的情况。

他告诉我：“如今我军正由传统的维护领土、领海、领空安全，延伸到维护海洋、太空、电磁空间等领域安全；由应对传统安全威胁，延伸到应对非传统安全威胁；由维护国家生存利益，延伸到维护国家发展利益……”

“那么，具体改革发展有什么情况？”我问。

“当前部队正瞄准多样化军事任务，努力建立与履行历史使命相适应的新体制编制。”他答，“近年来，正充分借鉴军史上‘三湾改编’‘精兵简政’‘新式整军运动’等宝贵经验，立足国情、军情，真正构建符合现代军队建设规律的体制编制。如在加强海、空、火箭军建设，促使军兵种建设专业化，增大高技术密集型部队比重，优化官兵编配结构，改善官兵编配比例……把着力点放在调整结构、理顺关系上，通过减少指挥层次，提高信息传输速度，增强指挥控制能力，适应信息化战争需求，提高我军整体作战效能。”

“的确，咱俩又想到一块儿去了。”我说，“实践证明体制编制上重质量，军队建设就能规模适当；体制编制上重结构，战斗力就会系统集成；体制编制上平战结合，军费就可能用出高效益……”

哦，这中轴线上的“大屋顶”，是引我回忆、思索的难忘之地。从它引发的小故事里，我足能感受到几十年来社会的发展变化，以及我军一步步发展壮大的历程！

主编感言

“大屋顶”是北京独具特色的一种建筑景观，而且大多依傍在中轴线附近。作者成长于斯又长期工作于斯，可谓息息相关，血肉与共。如今，作者种种悠远又亲切的回味令人读来口齿生香，不禁“醉美”于怀。

作者简介

咏慷，国家一级作家，中国作家协会会员，著有长篇小说、散文集、长诗、报告文学等几十部，获国家图书奖、全国“五个一工程”奖、冰心散文奖、中国报告文学大奖、全国人口文化奖、全军新作品奖、全军图书奖等。

空院落花深

史　宁

自从2004年永定门城楼复建之后，北京中轴线总算又一次有了确凿可见的起点，而不再只是一个空洞无依的站名。不久随着永定门公园的出现，南中轴的面貌开始一点点清晰而充盈起来。往来这座市级精品公园许多次，最吸引我的始终是路西的一座古刹观音寺。

作为一个南城人，自幼便居住在老崇文的西坛根，几十年来在永定门内大街上来往出行无数回，却从未见过这座历尽沧桑的老建筑。联系今日其所在的方位可知，在此前相当长的一段时间，它应当一直被后起的民居商铺层层叠叠地包围起来，再也没能露出过真容，好似故意大隐隐于市一般。当永定门城楼复建完工初次亮相之际，我几乎也是在同一时间见到了这座观音寺，想不到它曾经竟与我近在咫尺，却又远隔天涯。这就令我忍不住对它驻足打量起来。

这是一座很小的寺庙，小到连山门和围墙都没有，仅剩下一座正殿坐西朝东矗立，两侧各有一座配殿南北对望。正殿斜前方一株古槐粗壮苍劲，颇与古寺相映得宜。树下一块古碑，镌刻着清咸丰年间重修庙宇的经过。仅此而已，再无其他，小寺就那么孤零零地坐落在中轴线西侧的绿地之上。目前，其南侧的配殿已改建成公共卫生间，这差不多成了当下它在中轴线旁最为实用的一个功能。没有如厕需求的人们路过它时甚至连停下来多看两眼的可能性都少有，中轴御道、永定门城楼和街道两旁的小广场才是公园里的绝对主角。如今，寺内正殿挂上了“中轴绿化管理处·宣武段”的一块铜牌，里面全是电子屏幕显示公园内的监控画面，隔着屋门也能依稀望见屋里一片亮闪闪的。北面配殿大概是绿化工人的休息室，因为接长不短总能在门前的铁丝上看到晾晒的衣物被单。

除了眼前仅有的物象，我很想多了解一番它的过往。可能是我寻古探幽之癖作怪，又或是莫名感到这观音寺总与我有种莫可名状的因缘，我找到了几则有限的史料。

清《钦定日下旧闻考》记载：“观音寺与永定门相近，建于明万历三十二年，崇祯十四年王应魁建，凿井施茶水，今井尚存。”

清人吴长元著《宸垣识略》载：“观音寺在先农坛南，近永定门，建于明万历中，崇祯时王应魁凿井施茶。”

今人王同祯先生在《寺庙北京》一书里有云：“佛教，观音，明代，永定门大街旧七号（先农坛南），地三亩，房四十九间，新葺。”

还有一则记录说观音寺山门外设有精美的木影壁一面，正殿三开间，内中供奉观音，还有华祖神像。正殿后是五开间的建筑，名为娘娘殿。1958 年以后观音寺改为缝纫机零件厂，寺内僧人有的返回原籍，有的还俗参加工作，寺内神像被拆毁。

综合以上材料大致可知，观音寺始建于明万历年间，明末崇祯时由一名叫作王应魁的人开凿一口水井专供路人喝茶，清代咸丰年间重修，1958 以后被占用，直到 2003 年再次重修。能找到的材料大概仅此而已，别无其他了。上面的材料提到观音寺原应有前后两组建筑，共 49 间房，那显然原本规模比现在三座殿宇的九间房屋要大得多，占地 3 亩，相当于 2000 平方米，面积差不多要比眼下大上近 10 倍。《寺庙北京》里记载的面积或许有些夸张，但观音寺的古今差异的确是显而易见的。山门外的木影壁，也表明观音寺并非没有山门和围墙，只是不复存在。通过目前正殿和两侧配殿山墙砖瓦的新旧程度来看，只有正殿两侧山墙有斑驳嶙峋的历史印迹，两座配殿从上到下、从里到外似乎都是新建的，很可能观音寺后来在杂乱无序的现代建筑的不断裹挟之下独有中间的这座正殿幸存，其他房屋皆已随历史隐入尘烟。可是，我不禁又生出疑窦，既然观音寺在历史上是一座规模相当的寺庙，何以在后世留存的文献中记载却如此寥寥呢？

王应魁是一个什么样的人呢？文献里查询不到，我忽然对他凿井施茶的善举很感兴趣，于是又一次来到观音寺。在仅有的三座小房左右周遭一路寻觅，最终也未见水井的踪影。说明并不是此前自己疏漏，而是压根儿没有了，想来大概也是寺庙被占用改建工厂之后被损毁的吧。

时值4月，殿右的一株白玉兰纷纷迎风落英，使人忽然想起唐代张祜的《题杭州孤山寺》中那句：断桥荒藓涩，空院落花深。此刻的观音寺像极了张祜笔下的孤山寺，人迹罕至，庭院清幽，只是相比之下观音寺更显得单薄伶仃。可是，好像又有哪里不对。观音寺位居永定门内，距城楼仅一箭之地。这里曾是出入京城的必经之处，不论是出城奔京外或者外省进京的人群，路过这里大多会停一停步，歇一歇脚，为一口热茶理应稍事喘息。当年观音寺内外必定少不了路人的行迹；南来北往的旅人们聚集于此，观音寺里也必然少不了逸闻趣事。当初山东淄川东城的满井庄大路口上，每天金鸡唱晓、炊烟四起之后，蒲松龄便在路旁一棵大树下支起一个茶摊供路人饮茶。只要有人来喝茶，蒲松龄就与之攀谈闲聊，一来二去就搜集了满满24卷的神鬼妖狐故事。观音寺应是最不缺少故事的地方，想必王应魁没有异史氏那样卓越的才华，贩夫走卒们自然也无力作书立传，有关观音寺的故事和记忆就没有著成另一部《聊斋志异》，连同王应魁本人也最终名不见经传。

外城非比内城，观音寺不像北面正阳门城楼下的关帝庙和观音寺有名气，也不如天安门边上的太庙具有皇家风范，更不似地安门外的火神庙历史悠久，甚至永定门外的碧霞元君庙都比它香火鼎盛。相较之下，观音寺总是那么不温不火地兀自静立在南中轴的道边，用尽平生之力书写着平凡。

不单如此，当今站立永定门大街的御道西望观音寺，会发现它的正殿并不完全正对当街，而是略微向东北倾斜。整个观音寺昔日的山门、殿宇、草木、石碑和神像实际上都是偏斜的。不知是当初营建时太过匆忙没有校准方向，还是其他某种原因的无心之失，总之是触犯了营造上的禁忌。同北中轴那些正襟危坐的大庙相比，观音寺的外观实在有些寒碜。

我再次走近石碑，碑首刻有“万古流芳”四字，碑身铭刻碑记。其文曰：“闻十方善果代人以成，八部胜因须时乃建。寸砖寸瓦，无非长者三金；一木一椽，必藉仁人之力。兹因永定门内路西旧有观音寺一座，内有菩萨殿三间、关帝殿三间、配殿六间，屡因年久风雨摧残渗漏。僧不忍目睹，故设钉关一座兼志苦修，仰仗菩萨感灵感应。有王檀樾均瑞虔发善念，乐助资焉，诚修殿宇焕然一新，以答神庥而了心愿。僧弗恨隐匿善举，特此勒石万世流芳永垂不朽耳。龙飞大清咸丰十年岁次庚申六月吉日谷旦。”最下面是具名，为首的是信士弟子王均瑞，也就是出资重修庙宇的居士。

从王应魁到王均瑞，观音寺的慈行善举一直跨越了两个王朝。哪怕仅仅为路人提供一盏清茶或是重新油饰久已褪色的柱梁，观音寺的美名一定会在南城百姓中传布。正因如此，观音寺平凡粗陋的外表之下反倒有了一丝不凡。今日改造成公共卫生间的观音寺好似从某种程度上正延续了这一丝不凡的传统，它同样是为今天的行路之人提供了一分喘息和便利，不论它在中轴线上是否微不足道。作为南城人，我莫名地有种难以言表的欣喜。中轴线上的建筑数以百计，每一处都是独立而个性鲜明的存在。观音寺虽小，却如萤火一般将南中轴点亮。

日暮夕照不经意间从观音寺正殿屋顶倾泻而下，不知怎的，我脑海中又忽而响起阿赫玛托娃的《傍晚的光线》，仿佛观音寺正对我轻声诉说——

傍晚的光线金黄而辽远 / 四月的清爽如此温情 / 你迟到了许多年 / 可我依然为你的到来而高兴。

请来坐到我的身边 / 用你快乐的眼睛细看 / 这本蓝色的练习册——上面写满我少年的诗篇。

请原谅，我生活的不幸 / 我很少为阳光而快乐。

请原谅，原谅我，为了你 / 我接受的东西实在太多。

很幸运，我如失而复得一般遇见了南中轴线上一座小而美的观音寺，不单因为它竭力构筑着北京城中线上的历史文脉，而且它空寂清幽的庭院总能给人以一股无声的力量。祝愿它同中轴线一道能够万古流芳!

主编感言

此文百无一句是虚言，不蔓不枝，淋漓尽致，写得很是精粹而扎实。通篇卒章显志，很有力道：“很幸运，我如失而复得一般遇见了南中轴线上一座小而美的观音寺，不单因为它竭力构筑着北京城中线上的历史文脉，而且它空寂清幽的庭院总能给人以一股无声的力量。祝愿它同中轴线一道能够万古流芳！”好！

作者简介

史宁，出版社编辑，人文学者。现为中国老舍研究会常务理事，北京史地民俗学会会员，北京市东城区作家协会会员。长期从事老舍研究、北京文化史研究。著有《经典名著这样读》(合著)、绘本《北京的庙会》。

中轴线上写诗的非遗传承人

赵国培

他与中轴线密不可分。是近邻，是对门儿，是亲人，是密友、知心、莫逆……怎么说，怎么形容，都不夸张，都不过分，都没掺杂使假，没一丁点儿水分。

很长一段时间里，他住前门大街。他是响当当的非物质文化遗产传承人。提起京城名吃“爆肚冯”，大名鼎鼎，如雷贯耳，谁人不知，哪个不晓？本是报废丢弃、上不得台面的下脚料，神思巧算，“妙手回春”，拾掇得那么洁净，捣鼓得那么顺口，好吃得不得了。且又是清真食品，让人放一百个心。每日顾客盈门，络绎不绝，生意兴隆红火。

他写诗。这既是他的一大业余爱好，也是他的一份心中所恋。你可以不欣赏、不称赞他的心血之作，但是对于他的美好追求，对于他的高尚格调，肯定会伸出大拇哥，为他慷慨点赞！

我与他结识相交，时间并不算长，只不过四五年时光。缘起是承蒙残障女作家、北京作家协会会员曹雁老师高度信任，委以我“顾问”之称，将我拉入残障朋友们组成的北京市阳光文学社。说实在的，以我之水平、资历，哪有什么能量充作什么“顾问”？简直是天大的笑话，令人笑掉大牙。但因为都酷爱文学，都钟情诗歌，毫无功名利禄之心，也无哗众取宠之意，又都是平等地坐在一起，互相畅谈阅读、写作、朗诵诸多方面的心得体会，零距离、无障碍地接触交流，自己也就乐此不疲，自得其乐，全身心投入了。

就是这样的机缘、这样的背景，使得我们俩交往起来。身为肢障人士，他不向苦难低头，乐观阳光，一心向上。无论年轻时务工国企，还是如今经营非遗事业，一直都是拼命三郎，脚踏实地，爱岗敬业，全身心投入。更难得的是，他同我一样，如醉如痴，如迷如狂，一门心思地挚爱着文学王冠之上的耀眼明珠——诗歌。几年下来，一同沉浸、亲近在诗的海洋，沐浴着诗的温暖阳光和春雨秋色，探寻着诗的奥妙无穷与乐趣横生，结下了深厚的友情，成了好朋友，用句年轻人常常挂在嘴头上的北京口语来形容：铁磁，好哥们儿。

他一出生乃至长大成人、成家立业，相当长一段时间里，就与中轴线结下不解之缘。他参与经营的家族式企业、京味名吃名店——爆肚冯，开了多家连锁店，其中规模最大、顾客最多、生意最佳的一家，仍坚守在前门大街。说他是地地道道、纯纯粹粹、不掺杂一星半点水分的老北京、中轴线人，实乃名副其实、当之无愧。

让我们抚今追昔，先回顾一下爆肚冯的前世今生吧！

1885 年，亦即清朝光绪十一年，爆肚冯由第一代冯立山老人，创立于京城北中轴线上的后门桥边，专营水爆牛羊肚子。

清朝末年，第二代传承人冯金河老人，接班爆肚生意，使用的佐料更齐全，味道更浓郁，吃着更顺口。不仅在民间好评如潮，口碑颇佳，也深受大员宦官、八旗子弟偏爱。后经宫内太监举荐，冯金河老人把牛羊肚子送进了紫禁城御膳房，一时财源广进。辛亥革命成功后，王朝土崩瓦解，末代皇帝被迫迁至天津卫，冯家财路也断了。

1919 年，冯金河老人把爆肚生意转移到了南中轴线前门外廊房二条。日本侵占北平时期，又迁移到门框胡同一线天。老人一共有六个子女，老大冯广义、老二冯广俊、老三冯广聚，后来成为第三代传承人。

1958 年，公私合营，爆肚冯合并进了“同义轩”饭庄。1985 年，作为待业青年，冯广聚最小的儿子冯云亭，到宣武区工商局办理了个体工商营业执照，爆肚冯又重张开业。冯秋生、冯伏生、冯云亭兄弟三人，有幸成为爆肚冯第四代传人。1992 年，冯伏生从国企停薪留职，接过廊房二条的门脸，干起了个体，一直坚持到了现在。

1995年，兄弟三人正式成立了“北京市爆肚冯饮食服务有限责任公司”。1996年，国家商标局正式批准“爆肚冯”为国家正式商标。2014年，市政府正式批准“爆肚冯”为北京市第四批“非物质文化遗产”。

是的，这位爱诗写诗的冯姓京城名人，正是大名鼎鼎的爆肚冯家族成员，名不虚传的非物质文化遗产传承人——冯伏生。

是的，他的名字你很可能并不陌生——冯伏生。登过报刊，上过电视，进过电台，真可谓有文字有影像有声音。至于他大名的来龙去脉，我问过。他说因为是伏天里出生的，故得此名。就这么简单，就这么有趣。就像绝大多数京城人一样，胡同里扛竹竿——直来直去，痛痛快快，敞敞亮亮，与藏藏掖掖、遮遮掩掩无缘，八竿子打不着。

第一次见到他，是在西城区（相当于省、自治区地级市）一次文学作品征文发奖会上，他创作的诗歌获了奖。而我勉为其难，盛情难却，充任“颁奖嘉宾”，为他发奖。活动结束后，我们俩聊了会儿。他不仅早就知道我，而且他年轻时的一位工友，竟是我的密切文友、退休前曾担任过《劳动午报》副刊部主任的乔健。他说，乔主任不止一次跟他提起过我，说我是大好人，对我评价不低。闹得我红了脸，挺不好意思。如此说来，虽然从未谋面，却神交久矣，我们俩缘分不浅啊！

他开始称我“老师”，有时也按文学社安排，交我“作业”——诗歌作品。我当然不敢以“师”自居，根本没有那资格，更没有那两下子，也没有那胆量。但因为都是打心眼里喜欢读诗、热衷写诗，“诗味”相投，心心相印，年龄又相差无几，好多事都共同经历过，共同语言挺多。就这样，一来二往，三番五次，结成了不折不扣、如假包换的真正朋友、真正诗友。我常常对他的作品，直言不讳地发表自己的读后感想，也坦率地提出一些修改建议。还挑选出一些，刊登在我担任责任编辑的一家内部诗刊上。记录一下走过的痕迹，也留下一点儿念想。

他的一些诗作，我挺喜欢的。有感而发，真情实感，形式不拘，生动灵活。既有脱胎于古诗的四行、八行的五言七言体，也有不太考究、颇为随意自如的自由体新诗。试举几例：

《花开》：

桃花粉玉兰洁白，仲春时节添五彩。寒风回晖重袭来，难阻万树笑颜开。

《红叶》：

不于大山显俊容，未与香栌勇争锋。默默登上高墙外，欲问晚霞谁更红？遥对城楼诉慕情，羞涩融入圆叶中。蓝天为纸绘美景，画笔原来是秋风。

《暖冬》：

立冬未上冻，树木仍绿容。街巷不见冰，寒风独逞凶。园林闻童声，老翁乐其中。活动筋骨松，身心渐年轻。

《寒露》：

秋天很短／瞬间／还来不及／品完秋实／就已经／步入冬天／寒露很圆／眨眼／打开相机／摄下亮点／就已经／融入云端

各位师友，冯伏生的诗作，很有点意思吧！当然，见仁见智，您可以持不同看法，保留自己的意见啊！

有感于他——我可钦敬的回族兄弟，既是爆肚冯家族重要一员，又在心田里和稿纸上播撒着诗的种子，用心血浇灌着他心目中的诗花，我也写了一首“诗”，真诚地献给他：

《北京爆肚》

一种地道小吃／一道传统美食／偏好这一口儿的／遍布犄角旮旯／广及诸多部门／既有保安的哥／也有名流大师／声名远播啊／四九城里／哪个不晓／谁人不知／它有多好吃／您可尽情展开／充分想象的／一双

拍天双翅！

我是那么／喜欢它啊／喜欢它的清爽洁净／喜欢它的地道精致／喜欢它的色香味美／喜欢它的豪爽率直／喜欢它的亲民大气／喜欢它的厚道朴实！

我打心眼里喜欢它啊／更因为这个世界上／我最心疼的人／我的贴心小棉袄／我心爱的女儿喜欢吃／或一人独来独往／或约上同学同事／常跑到南中轴线／前门廊房二条／爆肚冯／点上三盘两碗／暴撮一顿儿！

我从骨子里／喜欢北京爆肚啊／还因为大名鼎鼎／爆肚冯家里边一人儿／跟我很熟识／跟我一样啊喜欢写诗！

主编感言

这一篇是写人的。的确，在“中轴线”上，生活着很多地地道道的老北京人，对他们或有所闻却又鲜为人知。今天从作者笔下走出的这一位，是不是个“熟悉的陌生人”？他的到来，让中轴线之美别有洞天！

作者简介

赵国培，中国作家协会会员，北京市朝阳区作协副主席，朝阳区政协文史研究员。发表文学作品千余篇，部分作品被转载、收入各类选本，获报刊征文奖，出版诗集《第一串脚印》《两种颜色》等，散文小小说集《另一种风景》《老二哥进城》等。小小说《玉笔筒》获北京市建国五十五周年征文优秀奖，入选《北京四十年四十篇小小说》。

一次难忘的采访

张国领

人一生中，都会遇到意想不到的事情。当年从河南借调到北京的第三天，我受领了一项光荣而艰巨的任务，就大大出乎我的意料：到武警天安门国旗护卫队采访，半个月内为即将试刊的《中国武警》杂志，写一篇头题文章。

我万分忐忑地来到自幼就无比神往的心中圣地——天安门广场，每天跟着护卫队的官兵们，往返于从故宫到广场旗杆基座之间的中轴线上，看护卫队员们迎着朝晖和晚霞，升降国旗。

更出乎意料的是，在国旗护卫队采访七天时间，写就的报告文学《生命的旗帜》，得到《中国武警》总编辑的高度称赞。当年年底，我便由借调变为正式调入中国武警杂志社工作，实现了我的进京梦。

把采访国旗护卫队称为一项光荣而艰巨的任务，我认为是比较确切的表达，因为我是来自省武警总队的基层新闻记者，来北京之前做梦都没有想过会住进国旗护卫队，和那些高大武威、面容俊朗、肩负着伟大使命的国旗护卫队员，朝夕相处一周时间。在这之前，每天都是从电视里仰视他们，在万众瞩目中，迈着矫健整齐的正步，走在五千年中华书脊样的中轴线上，护卫着国旗，在天安门前升起亿万中国人心中的自豪。在我心目中，他们可都是每天出镜的大明星啊。

我是作为《中国武警》杂志记者去采访的，去的时间我记得很清楚，是1996年6月25日，而《中国武警》杂志是半年之后的1997年元旦才正式创刊，可以说它尚未面世，试刊号正在等着我的文章做头题。

《中国武警》之所以会选择国旗护卫队作为的首刊头题进行宣传，是因为那一年全国开展的国旗教育正如火如荼。国旗护卫队是最好的爱国主义教育基地，每天来参观学习的人络绎不绝，各大新闻媒体的记者云集于此，护卫队成了亿万人民眼中的焦点。

说实话，来国旗护卫队采访我心中是没有底气的，说自己是《中国武警》刊物的记者，可刊物还没有诞生；说自己是总部派来的，可我又是临时借调人员。担心的是，像我这样“名不正言不顺”的记者，难以完成任务，这项任务又决定着我职业生涯的走向和个人的命运。

果然不出所料，到了国旗护卫队之后，队领导的态度并不热情，例行公事地把我安排到故宫午门外东侧的一间招待所里住下，他们便匆匆离开了。就这样，我每天除了吃饭时和他们一起在食堂见面，再难见到人影。

为尽快完成采访，我提出住在战斗班里，和护卫队员同吃同住，队长一听就笑了，带着我来到故宫午门前东侧的一排灰色瓦房前。大清时这里被称为候朝房。走进一间通道形的房屋，只见里面并排放着十张双人床，中间没有空隙。这是我见过的最拥挤的房间，那些一字摆开的床铺，其实就是上下两层的大通铺。国旗护卫队员们可都是一米八以上的身高啊，这么拥挤逼仄的住处，他们每天如何上床、下床？如果遇到紧急情况又该怎么办？彼此之间如何闪躲腾挪？

队长看出了我的吃惊和疑惑，就说队员们平常都是从床头的部位上下床，俯身躺进各自的铺位。说完后他看看我说：你要住进班宿舍，那他们就要有一个人住到外面去。

我一时无语。

总编给我的交稿时间是半个月，后面的话总编没有明说，可我明白，这次采访是对我能力的考验。一是把握大局的能力，二是采写重大典型的能力，三是刊物稿件写作的能力，四是争分夺秒抢时间的能力，五是应对突发采访任务的能力……他还特意交代说，国旗护卫队比较难写，因为写的人太多，写出新意不容易。最后还强调了一句：试刊号的头题就看你的了。意思明摆着，稿件写不好，我这个借调人员，过一段时间还得回原单位去。若是写好了，有希望被正式调到杂志社工作。

时间紧，任务重，又关系着我进京的梦想能否成真，心中的压力和焦虑可想而知。住下之后我就急着找护卫队的领导要求采访他们，可每次得到的答复都是：没有时间。这话不是敷衍，他们确实是没有时间，因为他们的一日生活进程表，白纸黑字在墙上贴着呢。

夏日的升旗时间是 4 点 49 分，每天凌晨 3 点半全体队员就要起床，然后在门口的操场上训练。尽管走路的动作、升旗的动作，他们每人都做过无数次，早已烂熟于心，做起来丝毫不差，可仍要求他们每天升旗前，按照仪式规定的完整要求，再训练一小时。

接着是升旗时间。庄重认真、一丝不苟地完成任务收队后，吃早饭的时间，只有十分钟。我自认为我这个老兵吃饭动作算是快的，可我还没吃到一半，他们都已起身离开了餐桌，待我匆匆忙忙吃完饭赶到营地时，他们已经扛起礼宾枪走向了训练场。采访中得知，护卫队的战士们在故宫门外驻守三年，95% 的兵没有进过故宫。

天安门广场上每天都有数万人在观看升旗，他们踏着这条连接过去与未来、体现中国建筑之美和文化之美的中轴线，看到的国旗护卫队，步伐、摆臂、目光、枪刺，包括衣角衣襟都是整齐划一的。所有的整齐划一，都来自平日里的训练一丝不苟，甚至是严苛严酷的程度。

游人沿着中轴线走向故宫的时候，常常会被训练场上官兵们那刚劲有力的动作所吸引，有的甚至忘记了自己是来逛故宫的，长时间专注于官兵们的一招一式，脸上的表情从好奇到惊讶，从赞赏到敬佩。

这时的中轴线，仿佛已不再是一条游览通道，而是一道壮丽的观景线。

擎旗手是护卫队的核心，对擎旗手的要求也分外严格。国旗的长度是 5 米，宽度是 3.3 米，重 10500 克，这样的一面旗帜，如果是风和日丽，扛在肩上没有问题，但北京的天气，刮风是大家习以为常的事，特别是到了冬春季节，几级风都有可能突然卷来，这对擎旗手是个重大考验，因为不管遇到几级大风，他都必须保持身体的不歪不斜、不偏不倚，将旗帜以45度角的姿势扛在肩上，正步向前。所以他的训练比别人都更加刻苦。

护卫队的食堂在中轴线的西侧，距营房有200米的距离，在这里我见到了炊事班的炊事员。他们在选入护卫队时，也是按护旗队员的高标准挑选而来，但来了之后又根据工作需要进了炊事班。我问他们在国旗护卫队里却不能参加升国旗，是不是有些遗憾？没想到得到的回答却令我大感意外。他们说护卫队是个整体，炊事员虽不能在众人的目光里参加升降旗仪式，但自豪感一点都不比擎旗手低，因为为了这面国旗，我们的党和人民，进行了长期艰苦卓绝的奋斗，无数中华儿女抛头颅洒热血前赴后继，才有了新中国。今天国家把国旗交给他们来护卫，这是党和祖国的重托，是全国人民的信任和期望，还有什么比这更值得骄傲的呢？

听了他们的回答，我内心发出由衷的敬佩。在护卫队的日子里，我的最大感受是，队员们无论分工如何，都有着强烈的使命感和责任心。

每天的升旗仪式，无疑是国旗护卫队的高光时刻。凌晨3点半，佩带指挥刀的警官、肩扛国旗的擎旗手、左右两侧的护旗手和全体护卫队员就到达了操场。

清脆响亮的口令，伴随着队员脚上马靴叩击石板路的声音，便惊醒了古老故宫的一夜沉梦。此时的故宫中轴线，犹如一根紧绷的神经或琴弦，等待着力量与韵律的弹拨。

采访的最后一天，我踩着一周内已经走了几十个来回的中轴线，提前来到国旗旗杆基座下，在洁白的汉白玉栏杆旁，以我标准的军人站姿，面向天安门伫立着，静静等待在护卫队员簇拥下的五星红旗出现在视野里。

不知是偶然，还是必然，我的目光正好与天安门城楼上悬挂着的毛主席像上那深邃的目光，遥遥相望。那一瞬间，历史的涛声激荡在我的心海，从南湖红船到红军长征，从新中国的成立到改革开放，再到中华民族伟大复兴，一代代共产党人，将他们的远见卓识、雄才大略和初心、宗旨，都凝聚在了这面红色的旗帜上。

站在历史和未来的中轴线上，我眺望着现在的东方，不知不觉间，把自己的胸膛挺得更高，把自己的目光放飞得更远，我感觉到了精神前所未有的振奋，我感受到了国歌声响起的欢畅……

调北京工作20多年了，我每年都会来几次天安门广场，重新走走中轴线。当年的官兵退役之后虽然不知去了哪里，但国旗护卫队护卫国旗每天从中轴线上走向天安门广场，正步183步通过80米宽的长安街，然后是国歌二分零七秒那震撼人心的旋律，却从来没有间断过。新中国是踏着这旋律走来的，国旗是在这旋律中升起的，祖国也必将在这旋律中走向伟大的复兴。

在国旗护卫队采访只是短短的七天时间，但我从中轴线起步的人生路，却始终走得豪迈而正直。

主编感言

绝对独家，作者威武！“日月之行，若出其中；星汉灿烂，若出其里。”本次征文尤其欢迎并期待此类独家之作，因为人人心中都有一条独属于自己的“中轴线”！请注目，请命笔。

作者简介

张国领，中国作家协会会员。《中国武警》《橄榄绿》原主编。主要作品有《血色和平》《和平的欢歌》《和平的守望》《千年之后你依然最美》《柴扉集》《意外的爱情》《张国领文集》（十一卷）等26部。

一张门票

高文瑞

我有一张故宫门票，没价钱，没时间，可以随时使用，尺寸不大而分量沉重。

20 世纪 80 年代，我由工厂直调北京市第二轻工业局。局里办了《北京二轻报》，我做文艺副刊的编辑。这是一张四开的报纸，四个版面，与当时的《北京晚报》相当。我也模仿“五色土”的版式与内容，照猫画虎：头条安排小小说或微型报告文学，报眼是杂文、言论，卧底有散文或连载，诗歌在中间，还有美术、摄影、书法、篆刻等美化版面。不想这张“五彩”副刊得到了当时《北京晚报》五色土副刊部主任，后来又出任副总编辑的李凤祥老师的首肯。

报纸是双周刊，办报的宗旨是活跃职工的文化生活。要想在系统内得到稳定的稿源并不容易，况且职工的欣赏水平不断提高，收到好稿更是难得。于是在领导的支持下，我在系统内组织起了文学协会。那时二轻局下辖 16 个公司，10 多万职工。文学爱好者有上百人，骨干有 50 余人。协会分成小说、散文、诗歌、报告文学等几个组。我搞征文，聘请中杰英、韩少华两位作家做评委，以求好稿；向大报推介稿件，鼓励作者；组织大小活动，联系队伍。文友熟络成了朋友。

诗歌组里有位王俊臣，写诗入迷，人也勤奋，诗写得好。我们经常在一起谈论心得。诗不在大小，有独到的发现也能出好诗。一花一草，一景一物，经他的奇思妙想，便闪烁出诗的光芒。他的年龄较大，是位老大哥，养家糊口不易。一天忽听他说，从工厂调到了故宫，那里的工资稳定，福利也好。得知这个消息真为他高兴。而他也有担心，不在系统内了，报纸上是否还能发他的诗。我说结交新朋友不忘老朋友，好诗也是二轻的荣誉。

他在故宫专司中和殿的安全，休息日除外，平时游客不多，殿里的椅子就是岗位，让我有时间就过来，并说跟故宫门口的人提他就行。我的单位在西单，经常从天安门路过，偶尔经过金水桥，骑车一拐，进故宫找他聊天取稿。一次老王拿出一张门票，说这是给职工的，算是福利吧，可以随时进。我说找你这么方便，不用了。他说票你带着，有个万一或让家里人来也行。

时光如梭。以后的时日里，社会发生很大变革，人才流动。二轻文学协会中先后有 30 余人调到了新闻单位。我的工作也有了变化，联系的作者也扩大到了全国。一次，一位江苏朋友来京。我问他的日程安排，他说第一天就去故宫、天坛，第二天去颐和园，第三天再去长城。他来的那天一起去了故宫。我花钱买票，没舍得动用那张门票。

中午邀他去前门大街品尝老字号。全聚德搬到了和平门，还有“都一处”，那可是乾隆皇帝赐的匾额。20 年前吃过烧麦，印象极深，皮薄馅儿足，撑出了大块的虾仁、肉、鸡蛋。那时肚里油水少饭量大，三两就腻住吃不动了。这次留有以前的印象，而三两过后又加了几只。

故宫也在变化，文物修复、扩大开放面积等，活动频出。我特别爱参加故宫的活动，有机会就去感受皇家文化的氛围。故宫举办的各种展览也爱参观，而每次参观都没动过那张门票的念头。一次午门举办印度珠宝与艺术珍品展，我站在门楼上南望，天安门、前门、箭楼、前门大街、永定门皆在目中，顿时心旷神怡，浮想联翩：祖国的心脏，北京城由此伸展，蔓延出锦绣大地，大好河山。我不由自主地拿出相机，咔咔咔按下快门。

展区外见到了故宫掌门人正在与外国朋友闲谈。我过去说：单书记，您在房山做书记的时候，将云居寺辽、金石经全部回藏到地宫中，功德无量，时间选得真好，正在 1999 年 9 月 9 日 9 点。石经回藏前后，房山区一个月能招呼我们去好几次。开会时您还劝说在良乡买房，真是有眼光。单霁翔记起了往事，相互交换了名片。

故宫门票从3元、5元、20元、30元、40元到60元，现在又预约扫码登记。故宫荟萃了中华文化，无论建筑还是展藏，博大精深，百看不厌，物超所值。这么多年出入故宫，从没拿过这张门票做尝试，可能早已作废，正好永远珍藏了。

这里面有一种友情，一段生活，更有对文学的共同追求，含量已不是价值能够承载的了。

主编感言

一张门票，是打开“中轴线”之门的钥匙；也是一枚奖章，它永远珍藏在“中轴线人”关于友谊、关于文学、关于……的岁月里。

作者简介

高文瑞，中国作家协会会员、中国散文学会理事、中国摄影家协会会员等。出版散文、随笔、报告文学、传记文学等十余部。文学作品获冰心散文奖等奖项数十次。

中轴线上踏歌行

张东之

北京中轴线恢宏而壮美的秩序感，令人震撼。漫步其中，总感觉有一种穿越千年而来的美，让人想放声歌唱。

“我爱你青松气质，我爱你红梅品格……”中轴线上，常年飘扬着热情的歌声。永定门外、景山之上、奥林匹克公园的广场，沿中轴线由南向北，处处可见北京市民组织的民间合唱团。在这里总有一种感动，让我驻足欣赏，甚至直接加入合唱队伍。

两年前，得知“北京中轴线”将作为我国2024年世界文化遗产申报项目的消息，就萌发“为中轴线写歌”的愿望。作为一个北京市民，我想为中轴线文化的保护和传承，做点力所能及的事情。

两年多，聚焦这个主题我创作歌曲已有20首，辑为一册《歌咏北京中轴线》。灵感从哪里来？古都北京博大而厚重的历史文化气息，历经千载而下，依然在我们身边鲜活而美好。从建筑到风景，从历史到文化，尤其是中轴线上遇见的朋友，让我继承《诗经·国风》的传统，像3000年前的华夏先民一样，唱出自然流露的心灵之歌。

写歌的过程也让我体会到，“大美中轴线”的很多特别的细节之美。比如，其中一首《鼓楼望月》，就是中轴线带给我的一个奇遇和惊喜。

2022年早春的月圆之夜，我漫步来到中轴线北端的鼓楼。站在胡同口，一轮明月跃上四合院的屋檐，而后大树又把它高高托举起来。

不久，奇妙的景象出现了。月亮下面，朵朵白云飘逸聚合，在半空中层叠而上，犹如楼阁，完美再现唐诗的意境：“月下飞天镜，云生结海楼。”面对良辰美景，从鼓楼向南眺望，抚今追昔：

夜幕下远去，那驼铃声声
月光中归来，这古都神韵

看啦月下飞天镜，云生结海楼
想那万里雁南渡，春来又回首

我还在眺望，你去的远方
我还能感觉，你就在身旁
你的微笑你的好，我会珍藏
你的温柔你的美，依然芬芳

…………

歌词和旋律，自然而然产生。我哼唱着歌谣，击节踏歌而回。

此后有一天，在离中轴线不远的一个胡同深处，偶遇一位对景写生的画家“涛声依旧”。一眼看上去，就被深深打动。传统水墨线条，灵秀生动，同时以素为绚，现代水彩画的光影跃然纸上。

涛老师的绘画风格，于我而言有着特殊魅力。传统中国笔墨与现代西方技法，自然融合。取景构图的背后，沉淀着国学根基和文化修养。我聊起了为中轴线写歌的项目，演唱了《鼓楼望月》。果然心灵相通，涛老师也表现出画鼓楼、画中轴线的浓厚兴趣。

深入交流得知，涛老师从乌鲁木齐来，是当地美术家协会副主席。而且他和北京有着特别的情缘，小的时候在北京西城的胡同里生活过，却因历史机缘离开了。如今退休之后来京探亲，是重返故里，也是上北京玩儿。

与涛老师的交流带给我写歌的灵感。其实对我来说，探访中轴线名胜，有时也有“上北京玩儿”的感觉。尤其在2022年六七月，北京疫情形势骤然严峻，我所在的社区紧急临时封控。

这是特别的人生体验，破天荒被禁足在家一周。平常轻松漫步中轴线，忽然变得愈加美好，甚至成为一种渴望。那时我真想《上北京玩儿》啊！

我在西海等你来
山岛春花儿就要开
杨柳青青潭水清清
野鸭海面起飞真可爱

我在北海等你来
荡起了双桨波浪开
鱼儿游游我心悠悠
五龙亭上雨燕多欢快

我们随时欢迎像涛老师这样的朋友，从全国各地来北京玩儿。歌词里北京四季的典型风景，都在中轴线附近，还包括我在奥海（奥森南园）、我在福海（圆明园）等你来……

疫情封控的经历，让我对友情倍感珍惜。联系了好久不见的大学同学，又得知大学时代老师的消息，大家已组织一个在奥森公园的健身跑团。为何不参加？在我心目中，奥森是中轴线上的一颗宝石，也是城市的绿肺，增添了北京的生机活力。健跑时《Hello！朋友》的旋律在萌生：

Hello，朋友
我们一起健跑
跑出快乐的心情

收获友谊和健康

Come on，朋友
相约森林公园
大自然值得爱恋
热情生活恒久远

…………

从奥森南园往南走，是奥林匹克公园的中轴线大道。2022 年金秋，就在高耸的奥林匹克塔前面，初见“一路风景”任老师和“月影合唱团”。当晚正好有一场浪漫的天文奇观：天王星和月亮在夜空中“相遇”。

在月光和星光的照耀之下，合唱团围成一个圆圈儿，手拉着手，洋溢的热情感染着每个人。我怀着激动的心情，酝酿一曲《欢聚今宵·相会奥运塔》：

你是我的月亮
你是我的星光
我们相遇在
奥运塔前的广场

你是我的黄河
你是我的长江
我们相会在
伟大祖国的心房

…………

奥运塔下的这个合唱团，成员主要来自附近的北京居民，是退休的国家机关和事业单位工作人员。大家的故乡也是五湖四海、大江南北，因合唱而走到一起。我和任老师都是路过被吸引而来的合唱团“临时团员”。

多数合唱团成员很像我的父辈，有着天然的亲切感。由团长成老师安排，我公开朗诵并演唱这首歌。大家热烈鼓掌，既是感受到歌词中的真情，也是对于后辈的慈爱之心和友善肯定。

很快，身为中国作家协会会员的任老师，新鲜出炉一篇散文《永不落幕的歌声》。文章精彩地讲述“月影合唱团”幕后的故事，自北京奥运会后的2009年夏天开始，13年来风雨无阻，从未间断合唱。

这篇散文很打动我，我们就中轴线文化进行深入探讨。对我为中轴线写歌的计划，任老师也很赞赏。我感觉遇见了“知音”，增添了继续写歌的动力。此后，我为中轴线写歌的感觉越来越顺畅。

2022年年底，历时三年的疫情防控，进入大决战阶段。短短一个多月，北京人短兵相接，一番鏖战，总算熬过来了。可歌可泣，向英雄的北京人民致敬！在家里我反复听着《我爱你中国》的旋律，歌词《我爱你北京》油然而生：

何时能回你温暖的怀里
我在千里万里之外想着你
胡同深处槐花洒落成雨
也在期盼着我的归期

鸟巢上空烟花千万朵
奥运塔前歌声永不落
月影下面绘一个同心圆
美好生活相伴有你有我

北京——我爱你
画出景山千万枝牡丹
是我长久深深的心愿

北京——我爱你
登上香山之巅的浪漫
俯瞰美丽的北京湾

…………

谷雨三朝看牡丹。2023年谷雨节气第三天，我和任老师相约奥林匹克公园的牡丹观赏园。北京中轴线上，牡丹名贵品种花王、岛锦、姚黄、墨池金辉等竞相开放，一片美丽的牡丹花海……

我们散步赏花。手舞节拍，我唱起了《我爱你北京》。任老师说，歌词也很适合海内外的华人华侨。是的，对北京和她历史文化的这份爱，属于北京市民和游子，也属于全体中国人，所有华人乃至每一个热爱中国文化的国际友人。

就在这个明媚的春天，来自21个国家的青少年荣获中国宋庆龄基金会“文化小大使”称号。小大使们齐聚北京，走进故宫博物院，近距离欣赏中国古代皇家建筑美学的精美绝伦；打卡前门大街，感受老北京风情和现代时尚的自然融合……

的确，在北京中轴线上，我们随时可能偶遇来自世界各地、喜爱中国文化的朋友。如果有缘结识，一起踏歌，又该唱一首什么歌呢？

恰巧，在我和任老师驻足聊天时，我发现牡丹观赏园门口有一句醒目的小诗，十分贴切。诗句源自《诗经·小雅》，表达了这样的心境：

裳裳者华，其叶湑兮

我觏之子，我心写兮

鲜花盛开灿灿
绿叶茂盛苍苍
遇见这位贤君子
我的心情真舒畅

因中轴线而结下的友谊十分美好。任老师签名赠我几本他写的书。读到他的散文《故乡的田野》《遥远的杏树林》，看似和中轴线不相干，却给了我写新歌的灵感。或许这就是古人所说的创作的“诗外功夫”吧。

结合今年上景山赏牡丹的最新感受，我写下《牡丹香》。在我心中，牡丹香是妈妈的温暖、北京的情韵、中国的气派。邻居看了说：这首歌体现了一种大爱。另外结合《诗经》意境，写了《裳裳者华》，以此欢迎所有来中轴线漫步的朋友，包括海外华人和国际友人。

期待明年北京中轴线正式列入世界文化遗产名录。文化在传承，歌咏中轴线也将继续，我们一起踏歌吧……

主编感言

这是一位歌者在中轴线上的所遇所想，所思所得，更有他用中轴线串联起的很多友谊及感赋，真真切切是“最美中轴线”的一曲天歌！

作者简介

张东之，曾任《中国青年报》首席记者、北京科技记者协会理事。多次获得包括中国新闻奖在内的国家级奖项。现供职于中国少年儿童新闻出版总社。

风生水起中轴线

李　辉

作为一个北京南城人，几十年来，自己在这条龙脉上从南到北，也留下了很多活动的印记，回忆起来，可以想起人生中的点点滴滴美好瞬间。

永定门，小时候对我来说只是一个地名，因为这座建于明朝嘉靖年间的两层城楼和箭楼、瓮城等在 1957 年被相继拆除，我出生后只留下了地名。这一带我从小就经常来，因为在永定门的东北面，有著名的北京天坛医院和北京口腔医院，这两所医院离我家比较近，看病很方便。我的牙齿正畸、颞颌关节综合征就是在北京口腔医院治疗的。后来经常陪家里老人到天坛医院神经科看病，因为这是亚洲最大的神经专科医院。

再往北走路东的天坛公园，更留下我许多童年的美好回忆。因为从小就住在天坛公园附近，所以天坛公园简直就是我家的后花园。那里的春花秋月冬雪，夏日的流萤，树间飞蹿蹦跳的松鼠，长廊尽头少年宫里的刺猬，都曾见过我的身影。小学时的学农劳动，我被分在天坛公园的果树班。有淘气的男同学抓住树枝上半熟的苹果，咬一口红的再放回去，半个苹果在枝头摇晃。后来被师傅发现了，问谁都不承认。然后师傅说：苹果树刚打完农药，这个农药一个星期后才发作，如果及时抢救治疗可以康复，不及时抢救身体会出大问题。吓得淘气的男同学赶快承认。现在回想起来，我还忍不住哑然失笑：小孩子怎么斗得过大人的心眼！而我自己的小家，几十年来，一直在天坛公园周围迁徙，最后兜兜转转，又搬回来天坛公园附近。

我小学高年级的时候，学校组织调研从北京体育馆路至天桥一带的新旧社会变化，听忆苦思甜报告，看过去的龙须沟、如今金鱼池地区的变迁。我的调研文章入选了当年崇文区小学生优秀作文选。那是我的文章第一次变成文字刊登入册，虽然是油墨印刷的，却也让我欣喜不已。

我记得小时候，曾经在天桥剧场，看过日本松山芭蕾舞剧团的芭蕾舞《红色娘子军》演出。现在想起来，那是父母为了我在八个样板戏以外，多接触一些多元化文化，好不容易搞到的演出票。

中国第一家肯德基餐厅，1987 年年底开在北京的前门大街西侧。1988 年，我们三个发小闺蜜相聚于此，送别其中一位远嫁美国。那时候吃肯德基，是一件非常时髦的事情。

位于前门西大街的北京老舍茶馆，是以老舍先生命名的茶馆，建于 1988 年，古色古香，京味十足。可以欣赏到曲艺、戏曲名流的精彩表演，同时品用名茶、宫廷糕点和应季北京风味小吃。开业以来，老舍茶馆接待了很多中外名人，享有很高的声誉。我们单位曾经在这里举办过中国茶叶的国际推广活动，影响力很大。

我曾经在天安门广场西面的西交民巷里工作了十年。西交民巷早年银行多，自清朝以来就是有名的金融街。各种各样的老建筑比比皆是。西交民巷的东口就是有名的中国银行和保险公司。很多反映旧时代的历史题材的老电影都是在西交民巷取景，我们经常能看见胡同口老建筑上挂满了繁体字的标语，演员们身着各种穿越民国的服装挥舞着小旗子，在游行，在呼喊口号。

我原单位据说过去是一个老电影发行公司，两层小楼，老旧的木楼梯一踩上去颤颤悠悠咯吱作响。单位东边紧邻着记协（中华全国新闻工作者协会），我们单位开大会都是借用他们的礼堂。当年风靡一时的电视连续剧《编辑部的故事》，就是在记协小楼里面拍摄的，至今回看还感到非常亲切。

天安门广场更是近在咫尺，早来上班的人可以看升旗仪式，加班晚回的人可以看降旗仪式，平时经常听见礼炮迎宾，外交风起云涌。我们在中国的心脏北京上班，而且是在心脏的最中央上班，一说起来引起很多外地亲戚朋友的羡慕。

单位东面銮儿胡同已经在地图上搜寻不到了，现在那里盖起了人大常委会的大楼。很多的单位也换了名称，唯一不变的是人民大会堂西南侧的北京市供电局大楼。

每天上下午的工间操，我们经常走去天安门广场，或者到大会堂西侧石碑胡同一带散步。后来北京亚运会前，石碑胡同旁挖地基形成了一个大坑，听说是要盖亚运场馆，但是后来迟迟没有进一步建设。于是乎我们去散步相约的时候就说：去不去亚运大坑散步？现在这里成了新北京十六景之一的地标建筑国家大剧院，是亚洲最大的剧院综合体，中国国家表演艺术的最高殿堂。尤其是每当夜晚，这个银色椭圆形的水上建筑，波光粼粼，流光溢彩，更遑论歌剧院里面每天上演的都是中外名剧。

故宫是我家外地亲戚到北京必去的景点。因为父母都是外地人，所以我家就像驻京办事处，经常有家乡亲戚来访。印象最深刻的是身为老中医的爷爷从湖南老家来到北京，第一时间就提出要去参观故宫。父亲请了一天假，陪爷爷去了整整一天。不料读过古书的爷爷兴致越发高涨，意犹未尽。父亲无奈地对我说：你再陪爷爷去一次故宫吧，我已经累得够呛。这一次爷爷在每座大殿前的每一副对联前站立良久，用极其难懂的湖南湘乡话忘我地吟咏着，陶醉着，完全不领会我这个当年学校批林批孔小故事员对传统文化的无知。

2001 年 6 月 23 日，一场经典的音乐盛会于奥林匹克日之夜，在闻名世界的北京紫禁城午门广场举行。世界三大男高音帕瓦罗蒂、多明戈和卡雷拉斯以他们华丽圆润的声音和充沛的感情，联袂演唱了近 30 首脍炙人口的歌剧选段或歌曲，赢得了现场 3 万名观众的热烈掌声。这是世界三大男高音在世界的第四场大型巡演，我有幸见证了这一历史性的音乐饕餮盛宴。估计紫禁城里的众鸟也会记得那一天，因为高亢入云的世界三大男高音，余音绕梁，让众多鸟在紫禁城上空盘旋，久久都不敢回到树上的鸟巢。

中山公园进南门的东面有一个兰室，里面收集了各种各样名贵的兰花。老一代中国领导人朱德元帅当年经常来这里欣赏，并亲自为门额题写了“兰室”二字。后来在内坛西北角的育花温室区，建成了为弘扬中国兰花文化以观赏兰花为主的蕙芳园，兰室从此迁走。

我参加工作的20世纪80年代，迁徙前的兰室已经成为我们公司的外商谈判室。每每有外事活动，三五成群的同事（外事活动有纪律：外事活动二人以上同行，不能单独一个人参加），从我们单位穿过天安门广场，凭着工作证就可以不买门票进入中山公园。中午，来今雨轩的冬菜包子至今想起来还让人齿颊留香、食指大动。当时因为单位有食堂，所以外出工作的话还有五角钱的午餐补助。

从景山公园登高远眺，可以看到紫禁城和北京城的全景。这里曾经是我们家驻京办事处推荐给亲友的必去景点之一，李自成打进北京，崇祯皇帝上吊的歪脖树，都是著名的历史故事。这里也是我们经常在冬天登高看京城雪景的好地方。

地安门大街上的马凯餐厅，作为北京的老字号，是我家湖南亲友们青睐的聚会地之一。每每从马凯餐厅出来，大家都要去钟鼓楼周边转转，这个元明清三代击鼓报时系统，是北京中轴线的北端，脑补当年的晨钟暮鼓，虽然现在并没有对外开放。

现在，北京的中轴线已经向北延伸，鸟巢、水立方、奥森公园都在中轴线上。2008年北京奥运会和残奥会的盛况仍然留在我的心中，我当时作为“编外”的奥运志愿者，陪同国际奥委会体育主任费利先生的夫人和儿子观看比赛并参观了北京城市风貌。我参加过2017年中央国家机关奥林匹克森林公园健步行，奥森公园也是最近三年新冠短时间缓和时期和北城朋友们的约会地之一。而奥森公园附近的国家会议中心，更是我们单位多次举办国际会议和展览的地方。

往事并不如烟，曾经的北京中轴线上我经历过的人和事都历历在目。历史的长河永远滚滚向前，风云变幻，风生水起。历史更迭时代前进，一个人的人生是那么短暂，但在个人生命中回忆却永远鲜活。这是属于个人的回忆，也是北京中轴线的变迁记录。

主编感言

中轴线并非高不可攀，实际上，许多百姓日月其华，蓦然回首，方知那美即在身边处。

作者简介

李辉，高级国际商务师。在《北京青年报》《中国经营报》《国际商报》等报刊及网站上发表文章。曾参与原农业部和外经贸部“关于农产品进出口管理体制改革”课题研究，文章收入1995年外经贸部国际贸易研究所论文集《形势与热点》。

我在心底绘制了中轴线

朱　晔

用脚丈量大地，用心记录行程。

在北京生活几十年，我的足迹遍布了北京的大街小巷。细看每一次旅程的足迹，应该是散乱的没有规则的，假如将无数次不规则的足迹叠加在一起，从空中俯瞰，那一定是个大大的“中”字。“中”字的外框是四九城，其间的一竖就是北京城的中轴线。

父亲兄弟五人，三叔正好处于中间。抗美援朝时候征兵，奶奶几乎未加思考地将三叔派去朝鲜。叔叔非常幸运，在朝鲜几年立功回国，组织上安排他在北京城的公安部门工作。

叔叔的工作地点在前门大街，小时候我们从报纸和新闻里听到的都是天安门和长安街，一直不知道前门大街在哪个位置。在外地孩子的心中，天安门等于北京，北京就是天安门。叔叔在前门工作，北京好像跟叔叔都没有关系。后来见过“大前门”牌的香烟，感觉“大前门”的地位非同小可。

叔叔的家先住在西单，这是家乡人从未听过的地名，然后搬到珠市口，再后来是方庄。读初中的时候，我看过北京市地图，知道叔叔的家在北京城的南边，靠中间的位置。叔叔的名字叫“守南”，似乎命中注定，他就应该住在北京城的南方。现在想起来，叔叔最初给我在北京城映射了一条中轴线的影子，影子靠南，好像线条不是很重。

我读大学得益于叔叔的接济，大学毕业后，我决定到北京读研究生。就在我拿到通知书后不久，获悉叔叔的噩耗。我甚至都没来得及收拾行囊，就匆匆地赶到北京，在天坛医院跟叔叔最后告别。

叔叔故去后，我来到北京。忽然觉得，叔叔生活过的地方都成了我的伤心地，我刻意地在脑子里想抹掉那些不好的记忆。读书及后来很长一段时间，我以南二环画了一条中间线，没有再去过长安街的南边，我也是怕触景生情，思念的种子一旦触碰，瞬间就会情不自禁。中轴线我是一直经过的，尤其读书那三年，每周我都要从钟楼、鼓楼，经地安门往南到景山往东，然后再原路返回。

那些年，钟鼓楼几乎被城市遗忘，要不是刘心武先生的《钟鼓楼》唤醒了沉睡的记忆，在岁月的长河里，那两座建筑只能寂寥地矗立着。去地安门的人，目的地大多设定在地安门商场，远远望去，后海就是重叠的树林掩隐的一片水域。火神庙被居民占用，即便是忽必烈曾经策马站立的万宁桥，在冬天的时候，也是一个尴尬的存在，很多车子因为打滑，被卡在桥上上不去。由此引发一连串喇叭催促声，可打滑的车，依然原地挣扎。

史上的万宁桥其实也是非常热闹的。北京人称它为后门桥，这是中轴线上非常重要的一个存在。它最初建于元至元年间，科学家郭守敬引昌平白浮泉水入城，建通惠河连大运河，让大运河的漕船过后门桥到达积水潭码头。当年，后门桥下，千帆竞发，中轴线上人头攒动，后海周边商贾云集，呈现一派繁华的天朝景象。

对一个新北京人来说，北京的热闹区域在后海以南，来了亲朋好友，我们差不多都是从前门，经天安门广场，穿故宫，爬景山，游北海，这也算是皇城里的“深度游”了，一天下来，累个半死。耳朵里听到的沿途导游讲述的天上一脚、地上一脚的所谓皇家奇闻，或者是京城逸事，心里其实什么都没有留下。其时，北京中轴线的“中”字，我已经走完了上半部分，可它在我心里依然是个影子一样的存在。所有的变化在我成为作家之后悄然地发生着。

有段时间，我在南城集中办公，由于离家比较远，我便每天住在那边。办公地挨着天坛公园，每天早晚我都会在公园里走走。集中办公结束后，我写了一篇《天坛游记》。

天坛于我是不一样的存在，因为在北京“见”到叔叔的地方是天坛医院的太平间，天坛几乎是我最早记住的地名，我写天坛公园的感情是饱满的。因为，我在天坛见到了天堂里面的叔叔。

文章发出后，有位北京籍的同事跟我说，文章写得非常好。原本以为他会恭维我一番，没想到，他跟我说，我写的是作家的文字，不是老北京人心目中的文字。他还问我是否明白他的意思。老兄的意思我很快就明白了，他虽然不是作家，可他用了最朴素且最简明的表达，我知道自己欠了哪儿。由是，我去了很多次天坛公园，我欣赏了天坛公园一年四季的景色。

有一次，我在天坛公园圜丘的东侧看古树。迎面走过来一个40岁左右的女人，她推着一个轮椅，轮椅里坐着一位老人，看样子她们是一对母女。她们慢慢地走，慢慢地说着事。在跟我错身的时候，我看见那个女人指着一棵树说：妈妈，您还记得枝丫伸出来的那棵树吗？您曾经抱着我上去在上面滑，当时天很晚了，您一个劲地催促我回家，可那天我怎么玩都玩不够，最后还是您强行给我抱走的。我走了很远，眼睛还盯着那棵树。母亲笑着说：当然记得，我小时候也跟着你姥姥在那棵树上玩滑梯，怎么玩都觉得玩不够。

听到母女的对话，我突然明白了，我写天坛公园与老北京心目中天坛的差距。我也知道了，为什么北京在我心里留下的只是影子。为了写出新北京人眼中北京的样子，我开启了北京之旅。从天坛到先农坛，从地坛到日坛和月坛，从建国门到复兴门，从鼓楼到永定门，最后，分别写出了《景山远眺》《长安街有座于谦祠》，入选了《新北京新京味儿——百年百篇话北京》和《最美长安街》散文集。

在行走北京的过程中，我在月坛公园遇到了一位老者，他退休前是国家外派到海外的专家。老者已经步入耄耋之年，他因为听力衰退，耳朵上戴着助听器。他看到我的时候，我正在因不得见月坛真容而沮丧，老者似乎洞穿了我的心思。他先是宽慰我说，月坛早在20世纪60年代就已经被隔离了，其实也没什么好看的，相对于天坛的圜丘和地坛的祭坛，月坛的祭坛非常小，也没有太多的特色。

欣赏这些文化古迹，最重要的是要怀着敬畏之心来对待历史和古人，老人让我伸出手，抚摸一下月坛外面的坛墙，他说，600 年前的匠人在砌好这道墙之后，我可能是第一个抚摸这条墙线的人，通过抚摸，我瞬间实现了与先人的对话。那是一种非常神奇的体验，这样的体验只有在北京这样的历史文化名城里才能触摸到，就为这跨越时空的一次触摸，我们就该怀着对历史的崇敬之心。那天风特别大且刺骨，但是，老人跟我说得特别认真和专注。以至于，不知不觉间泪流满面，不知道是风吹的，还是自己没有抑制住激动的心情。

也就那一瞬间，我对身处的皇城有了更深的了解。

我查阅了元朝刘秉忠和明朝姚广孝的很多资料，通过他们运筹帷幄、匠心独具的智慧，我大致了解了北京城的构思，尤其让我感到兴奋的是，我发现了明朝嘉靖皇帝在天坛的基础上先后建设地坛、日坛、月坛的深刻含义。嘉靖皇帝在朝堂上面对苍天，背靠大地，左手擎日，右手托月，在天地日月护佑下的大明江山，那是何等威武，何等自豪呢！

当我有勇气穿过前门继续往南行走，当我在永定门城楼下回首北望的时候，我知道我已经跟这座城市和解了，并融入这座城市之中。我经年累月的足迹已经镌刻了一个结实的“中”字。中轴线在我的心里是实实在在的一条线，这条线是我用心绘制出来的。

主编感言

这是走遍北京的一篇“中轴”履迹印痕，这是一线“最美”的精挑细选。这是“新北京人”对这片妙土的拳拳之爱，感谢作者一连三次参加我们的征文活动！

作者简介

朱晔，中国作家协会会员，中国金融作家协会常务副主席兼秘书长，就职于某国有商业银行。已出版长篇小说、散文集七部，有散文先后入选《新北京新京味儿——百年百篇话北京》和《最美长安街》散文集。

中轴线上有个“庄”

吴东炬

如果说横贯东西的长安街浓缩了我人生履历的太多足迹，那纵行南北的中轴线，则牵绊着我文学生涯里太多个“第一”。

1963 年 9 月 23 日，我手持盖了中组部政治处公章的介绍信来到了东华门外南河沿大街 1 号的翠明庄，正式报到。

清晨，故宫东华门外的大街，长天万里，碧空如洗。不知谁家的一群鸽子从瓦蓝的天空飞过，掠过筒子河，飞越宫墙角楼，自在地兜圈儿翻飞游弋；随着一阵悠悠的鸽哨声，邮递员的送报声、卖早点卖青菜的吆喝声，汇成了古都生活新一天的序曲。宫墙下筒子河边，是个遛早儿的好去处，顺着金瓦红墙，一溜儿绿意婆娑的宫墙柳，河边冲着城墙吊嗓子的，练太极拳的，遛鸟儿的，起早活动胳膊腿儿的，十分热闹。

东华门大街像一条扁担，一头儿挑着闻名世界的文化遗产皇城故宫，另一头儿挑着敢与世界热闹繁华商业步行街媲美的王府井大街。就在这“扁担”的中间，南北向的一条大街，叫南河沿。

翠明庄在北京皇城根儿遗址公园边上，南河沿大街与东华门大街的交会处——这是一处灰色翘檐、红漆大门、古朴神秘的建筑群。三层中西合璧绿琉璃瓦顶式楼房，大门为硬山调大脊，上覆绿琉璃瓦，带吻兽、垂兽及小兽。大门坐西朝东。主楼中间为三层，两侧楼高二层，这就是风云际会之地：南河沿大街 1 号。

翠明庄始建于 20 世纪 30 年代。梅兰芳在此购地拟盖戏园，1945 年北平沦陷，侵华日军在此建起一座高级招待所。日本战败之后，房产由国民党政府接收，改做励行社招待所。1946 年开启国共合作后，由共产党、国民党和美国政府三方代表成立军事调处执行部，监督国内停战命令的执行，中共代表团工作人员进驻翠明庄，成为党公开进驻北平第一站。周恩来、叶剑英、李克农、胡耀邦、王稼祥、邓颖超、王震、罗瑞卿等老一辈革命家都先后在翠明庄工作和居住过。电影《停战以后》即反映了这一时期斗争的史实。军调部为中共在北平公开活动提供了合法地位。新华社北平分社得以建立，创办的机关报《解放》成为在北平公开发行的报刊，社址就在翠明庄。新中国成立后，翠明庄接待了无数中央及省、自治区领导同志和各级组织系统干部，被誉为“党员干部之家”。周恩来总理曾在这里接待过外国友人，后成为中央组织部招待所。

上班第一天，袁书记跟我讲了三条：“第一，保密。第二，保密。第三，具体工作听招待班副班长全凤岐安排，工作岗位暂不定，好好向老同志学习，试工三个月，干出好成绩。”从此，16 周岁的我，脱下了学生装，换上了白卡其布的立领制服，蓝裤子，灯芯绒松紧口布鞋，整个一个服务员打扮，挺新奇的，从零开始，迈出漫漫人生第一步。

我人生第一个师傅——全凤岐，满族，北京人，家住崇文门外花市。这是一个富态甜润、和善可亲的老同志，挺有弥勒佛的神态，从新中国成立前就在六国饭店当招待员，能讲英语，见过大世面，听说他打得一手好台球。

“小吴同志，以后就由我带你了，没什么难的，人家出徒三年零一节，领导交代了，咱们三个月。甭怕，只要用心学，保你准成！以后喊我老全，我也把同志去了，叫你小吴！”就这么嘎嘣利落脆，我头一回成“小吴”了！师傅挺健谈，人又挺和善，真成了我人生学步的一个福分。

最令我茅塞顿开、大开眼界的，是 1963 年 11 月，文化部、中国文联、中国作协合办的读书会在翠明庄召开，这是一次规模最大、老艺术家最多的文坛盛会。这次读书会云集了当时国内文学艺术界所有能到会的著名人士，群贤毕至。如剧作家田汉、阳翰笙、陈荒煤，诗人光未然，戏曲评论家洪琛、郭汉城，作家赵树理、马烽、孙犁、魏钢焰、艾煊，演员金焰，音乐家吕骥，画家唐云、赵望云、廖冰兄等文学、电影、音乐、舞蹈、杂技、曲艺各个协会的著名艺术家。

在一周多的接待活动中，住在招待所里的艺术家们乐天自在，生活得十分快乐惬意，也给了我接近艺术家的机会。我曾是班里的语文课代表和文艺委员，对这些国家级的文艺大家的作品和形象早已耳熟能详，只不过无缘得见。能够这样星河近览，零距离接触到他们，真是文福不浅！

读书会结束那天的联欢会上，画家唐云、赵望云挥毫泼墨，我在画案一端为其抻纸，唐云的花鸟画清雅隽永，栩栩如生；赵望云挥墨高原秋色中，山道上的驴驮由近而远，点墨即现，宛若蹄声在耳，十分灵动。能近距离观赏“二云”大师的丹青墨韵，实属千载难逢。

当时河南豫剧院常香玉演出的《朝阳沟》轰动一时，大街小巷“豫”满城乡。文化部调演期间，还进中南海为毛主席演出。全团人员就住在翠明庄，为了答谢，常香玉特意请招待所同志去中直礼堂观看演出，让我看见了名角儿与观众的互敬互赏。哈尔滨话剧院的话剧《千万不要忘记》在社会影响很大，剧作家丛深也在翠明庄夜以继日地完善剧本，让我目睹了写作的艰辛与荣光。著名电影剧作家吴天在写作反映闻一多烈士业绩的电影文学剧本《拍案颂》的闲暇时间，为我逐字逐段地指点诗歌习作，并给我提出修改意见，字句推敲，不厌其烦，让我难忘他的诗心爱意，使我在百忙中不曾遗忘诗和远方。他送我的那本《拍案颂》剧本书页虽已泛黄，现在仍陈放书柜中。李准继电影《李双双》之后，又在翠明庄与夫人一起，夫唱妇随地谋划新篇，令人艳羡这对笔墨鸳鸯。

新中国第一部电影《桥》，还有《赵一曼》的编剧于敏就在205室写作，他不苟言笑，身穿中式夹袄，戴着金丝边眼镜，聚精会神伏案书写的形象定格在我心中。16年后，1979年9月30日，我在劳动人民文化宫北京工人电影创作评论班任班长学习时，于敏先生给我们授课，重逢叙旧后，他在我的笔记本上用钢笔题写了诗人韩愈的名句：“养其根而俟其实，加其膏而希其光；根之茂者其实遂，膏之沃者其光晔。”充满了老一辈电影人对年轻后辈的殷切勉励和期许，让我对中国影视文化钟爱一生，虽无大出息，却铁心追恋，乐此不疲。

当时最大的不可挽回的是，手头没有照相机，没能留下这些宝贵的瞬间，可谓大遗憾。

中组部八处是分管老干部的部门。翠明庄是许多离休的革命老人和英烈遗孀聚会的地方。井冈山年代、延安年代的革命老人张文秋、曾碧漪和好多叫不上名对不上号的老大姐谦和慈祥，看上去特别亲切，就像邻家奶奶。《我的一家》作者、电影《革命家庭》的生活原型陶承的公务员李文明是个让人见了就亲近的慈善老者，他带我去过东城北吉祥胡同的陶宅去见陶承老大姐。小说《红岩》中华子良的生活原型，贵州地委书记韩子栋同志，也来过翠明庄，我为他引路会客。最让我难忘并陪伴我一生的是，在翠明庄我遇到了老一辈无产阶级革命家、“革命五老”之一的谢觉哉老人和他的夫人王定国。没想到翠明庄一次短暂的相见，竟把我与老人长达半个多世纪的缘分延续了那样久、那样深，成为我人生路上的启明星。

许多年过去了，每逢我再次路过翠明庄那一带，又会想起当年的往事和故人，那是我为文的起点，难以忘怀，也是我曾为“中轴线人”的一个最美念想。

主编感言

翠明庄，离中轴线不远，却离很多北京人都不近。这是一个神秘的所在，难得作者能够光天下于此“庄”。这又是一篇独家之作！

作者简介

吴东炬，作家、资深记者，中国纪实文学研究会会员。著有《北京大观园》《在谢老身边的日子》《永是车头不落尘——记老一辈革命家王维舟》《白洋淀的呼唤》《废墟上的爱》等诗歌、散文、影视、纪实文学作品。

穿越时光，我的中轴线

王婧祎

我花了一天时间，沿着中轴线的“时间”脉络，走完了北京城的报时系统——从农耕时代元大都的齐政楼，一路穿越到新中国成立后响彻“东方红”的电报大厦，探寻古老京城持续数百年的时间尺度。

钟鼓楼“晨钟暮鼓”600年

沿着地安门外大街向北走，我在万宁桥上站了一会儿，忽必烈时代，古老的京杭大运河最终和元大都相逢，漕运船只得以进入皇城，最后一个闸口就是万宁桥。镇水神兽蚣蝮在河岸，桥头的火神庙香火不绝，时空穿越之旅开始了。

向北不远，就到了鼓楼脚下。鼓楼在元大都时称“齐政楼”，位于元大都的中心地带。这座高达46.7米的楼阁式建筑气势宏大，灰筒瓦绿剪边，红墙在绿树的映衬下更显沧桑，不少游人在此拍照打卡。背后的钟楼看起来比鼓楼“瘦”了一圈，但个头要更高一点。这里是明清北京城中轴线的最北端。

从元代肇始到清末的600多年间，钟鼓楼塑造着一代又一代北京人关于时间的记忆，报时的基本方法即“晨钟暮鼓”沿袭数百年。

如今的钟鼓楼，已经开辟为展馆，鼓楼一层展厅内，有悬浮于空中的虚拟大钟，可以模拟敲击，一天还有数场光影秀，观众可以在钟鼓之声中，沉浸式体验钟鼓楼的时空变幻。

沿着极陡的69级石阶，我登上鼓楼二层，顿感豁然开朗。凭栏远眺，地安门大街的尽头是景山万春亭，那里曾是老北京城的最高点。目光向西，漫过什刹海的碧水、白塔，国家大剧院的玻璃穹顶正掩映在绿荫中。脚下则是连片的灰色屋顶，姜文的电影《邪不压正》中，李天然曾在这样的灰色瓦顶间肆意疾驰、跳跃。

当年，每当钟鼓声响起时，“都城内外十有余里，莫不耸听”。展厅里还专门设计了一套“四九城里听钟声”互动装置，戴上耳麦，选取所处位置，就可以听到对应的音效。钟鼓楼附近自然最为宏亮，而相隔愈远，声音愈低，我选内城最南部的正阳门，按下按键，钟声犹如金石投入湖中，似水波荡漾，余韵悠长。

铸钟胡同、铸钟娘娘庙

出了钟鼓楼，我沿着鼓楼西大街西行 400 多米，来到铸钟胡同，这里因明代铸钟厂建于此而得名。如今，铸钟厂早已不存，就连老住户也不知旧址在何处。午间安静，在狭小的胡同中穿行，我努力去想象叮叮当当的金属敲击声，但听到的只有两边敞着门儿的大杂院中传来的锅铲碰撞声。

如今钟楼上悬挂的被称为“古钟之王”的报时大铜钟，就是铸钟厂铸造的。关于这口大钟的来历，民间有个传说。钟楼早先悬挂的大铁钟音质不佳，为当时的皇帝所不喜，限时 80 天造出一口新钟，否则就把全体工匠斩首。但铸造过程很不顺利，领头的老铜匠终日愁眉紧锁，被女儿华仙看在眼里，急在心上。

最后一次铸钟时，取样几次仍不合格，眼看又要失败，这时，华仙想到了干将莫邪铸龙泉剑的故事，心想，莫非这炉铜水也缺少点“灵性”？于是，她纵身跃入炉中，那一瞬间，炉火升腾，铜水翻滚，悲痛欲绝的老铜匠高呼：“铸钟！”大钟果然铸成，当人们用木槌敲响的时候，大钟发出宏亮的声音，而绕梁的余音却像唱起一曲悲歌……

后人为了纪念华仙，在铸钟厂附近建起了一座“金炉圣母娘娘庙”，也称“铸钟娘娘庙”，就在今旧鼓楼大街路西的小黑虎胡同内。

走进小黑虎胡同，娘娘庙所在 24 号现在是座大杂院，原始格局已消失殆尽。我找到一位老住户，她 20 多年前搬来时，就已经没有娘娘庙的任何痕迹了，她家的位置大致是娘娘庙的最北边。考虑到这儿曾是庙，她还专门找人打听过："能不能住？普通人能不能顶得住？"

娘娘庙里原来有块石碑，附近住户说，以前拆庙建房子时被埋在了大门的地底下。在北京胡同大规模拆改的年代，这种情况并不罕见，还有不少石碑被当成石料砌到墙里。

在娘娘庙附近漫步，我还看到一个疑似须弥座或柱础的石头残件，被旁边的居民拿走垫在自家的门柱下。我不禁感慨，数百年之后，华仙娘娘还在以这样的方式，温柔地荫护着老百姓。

钟鼓楼之后，谁来报时

1924 年，溥仪被逐出紫禁城，延续了 600 多年的"晨钟暮鼓"画上了句号，钟鼓楼也随之"下岗"。此后一段时间，北平取而代之的报时方法是午时鸣炮。鸣炮地点在宣武门城楼上，使用的是两尊退役的德国克虏伯野炮。这一制度一直延续到 20 世纪 30 年代，最后由于费用太大，不得不终止。

为了纪念这段过往，西城区政府在地铁 4 号线宣武门站周边，设置了包括"宣武午炮"石刻浮雕在内的一系列宣南文化雕像群。然而我走访宣武门地铁站周边，却没有发现这些雕塑和展示，或许是 2020 年年底宣武门地铁站为了缓解客流压力，在路面新增两个出入口时拆掉了？真真是无处可凭吊了。

午炮制度之后，北平还有过一段"标准钟"报时的历史。城内设了 7 处标准钟，均在天安门、王府井、东单、西单、鼓楼等繁华所在，供市民查对时间。

这一短暂的历史，几乎被人遗忘，如今只能在一些老照片中觅得它们的踪影了。记录、播报时间的载体不断变迁、消逝，不变的唯有时光永远向前。

《东方红》响起时

最后一站，我来到西长安街。新中国成立后，原新华广播电台定名为“中央人民广播电台”，播报的时间经全国人民代表大会批准，称“北京时间”。20世纪50年代，73.37米高的北京电报大楼拔地而起。它是我国第一座新式电报大楼。

站在西长安街11号，我仰望电报大楼，楼体黄白相间，略有欧式风格，楼顶的钟楼四面均装有塔钟，白色表盘上，红色的秒针醒目地走着圈。从早晨7点到晚上10点，每逢准点，塔钟就会播放《东方红》的片段——这是周总理亲自选定的曲子。

我和朋友感叹道：历史发展到此刻，电报大楼报时更多体现的是一种仪式感，因为当时家家已有钟表，即便走时不准，也可以跟收音机里的广播对点儿，不需要依赖电报大楼的钟声。后来高层建筑和机动车越来越多，报时声能传播的范围也十分有限了。

如果说当年听钟鼓楼报时最清楚的地方是附近的钟楼湾胡同，那么听《东方红》最清晰的，莫过于电报大楼西侧不远处的钟声胡同。

老住户老贺告诉我，钟声胡同以前分两段，一段属于兴隆街，另一段叫大栅（zhà）栏胡同，不是前门的大栅（shí）栏，北京电报大楼建成几年后，就把两段连在一起，于1965年改名为钟声胡同。

老贺家1993年前后才装上电话，在那之前，每当有急事儿要联络外地工作的姐姐，就得去电报大楼发电报或者打电话，很不方便。家里装上电话时，他参加工作20年，如今他退休都十多年了。准点报时的《东方红》陪伴了他一辈子，就像一位熟悉的老朋友。他在钟声胡同的院子里养了一大群鸽子，早晨7点第一次《东方红》响起的前后，他会放鸽群出去，鸽子扑棱羽毛的声音和乐曲声交织在一起，是专属于老北京胡同的独特乐章。到了傍晚，他再放一次。

钟声胡同老人很多，我跟老贺坐在他家门口，看很多老街坊颤巍巍路过，好像看着岁月在上演无声电影。傍晚5点整，老贺说：听见了吗？但我只能听到若有若无的声音，并不真切。我有点恍惚，一天内，我听到了鼓声、钟声，寻觅午炮和标准钟，又听了《东方红》。元大都至今700多年的光阴像一条巨河，在一天中奔涌而过，不曾停歇，也不会回头，最终留下的，是属于这座古老城市的时间尺度。

主编感言

这篇来稿甚是有点儿意思。作者当得上“中轴线上的发现者、思想者”，甚至是“穿越者”之赞！别开生面总是令人回味无穷。

作者简介

王婧祎，曾任《新京报》深度报道部资深记者、编辑，现任中新社《智族GQ》杂志资深报道编辑。曾在多家刊物发表文章、撰写专栏。

中轴龙脉润古今

沙　敏

我轻轻地打开清乾隆时期京城全图的复制件，这张地图绘制于1745年至1750年，覆盖北京“凸”字城墙范围内全部区域，其中标注有42座王府、1000多条胡同、1200余处寺庙等古迹。乾隆京城全图原件，珍藏于中国第一历史档案馆。

2023年年初，入选第五批中国档案文献遗产。

俯瞰中轴线，它纵贯外城、内城、皇城和紫禁城四重宫阙的主要城门，将宫苑衙署、王公府邸、皇家坛庙等重要建筑，有机地连为一体。中轴线这条龙脉，不仅是中华民族的脊梁，更是古都北京的灵魂与象征。它不但创下世界中轴线长度之最，而且绵延数百年，为京师首善，垂范天下。

我从南中轴线的前奏永定门外燕墩走起，阳春三月，南护城河边绿色垂柳依依，走进复建后的永定门城楼，联想起永定门的城楼、箭楼及瓮城的老照片旧影和相关档案，颇有些感慨。沿着笔直的石板“御道”一路向北，中轴线上的正阳门、天安门、景山公园、鼓楼，用脚板丈量着中轴线……初夏的一个上午，一阵密集的雷阵雨过后，踩着天坛的被水冲刷得滑溜的石板路，我穿过天坛西门，来到先农坛的古建博物馆，结识了研究古建的郭爽。她带我参观镇馆之宝——隆福寺藻井，隆福寺藻井是国家一级文物。上下共分六层，每层圆形主框架上均细雕云纹图案。现珍藏于北京古代建筑博物馆太岁殿内。隆福寺藻井，因1976年唐山大地震波及被震散。经转移至西黄寺后，古建专家修复拼好后，由古建博物馆收藏。

隆福寺藻井的一、二、三、五层，宛若琼楼玉宇、天上宫阙，天宫下为彩绘的二十八星宿神像，宫阙里有仙人天女，神态各异，栩栩如生。有和善安详的，有怒目圆瞪的，有颔首微笑的，有闭目养神的，惟妙惟肖。藻井的最上方是一幅星象图，存星1400颗，是否参照唐代星象图绘制，有待考证。在藻井外围，与室内天花板及藻井一、二层相平的为一正方形井枋，其上彩云缭绕中立着一个个神像，藻井第三层四角有木雕四大天王支撑……

骄阳似火的盛夏，行走在前门胡同里，拍摄北京的老字号，全聚德、便宜坊、都一处……寻找前门地区的七座戏园子，肉市街的广德楼，大栅栏的广德楼、三庆轩、庆乐园；天乐园，民国档案记载有京剧四大名旦在戏园子里演出的故事。金秋十月，是京城最美的季节。撰写中轴聚焦天安门时，恰逢我在国庆办，后期编辑国庆70周年北京市筹备与保障资料，天安门的烟火照亮了新时代的征程……

瑞雪飘飘的季节，当我登上鼓楼二层陡峭的69级台阶，倾听鼓楼响起的108声浑厚绵长的钟声，体验着光阴的轮回时，已经是第二年的春节后……走遍中轴线主要景点，在《北京文化创意》杂志撰写人文印记发表的《档案中的北京中轴线》系列文章11篇。

北京中轴线，连接古与今。中轴线对称的城市建造史，可追溯到商周时期。据《周礼·考工记》中记载："匠人营国，方九里，旁三门；国中九经九纬，经涂九轨，左祖右社，面朝后市。"忽必烈在金中都的东北侧兴建元大都，元代杰出的政治家刘秉忠正是依据帝都规制设计与建造的北京城。

1932年，梁思成先生在《敦煌壁画中所见的中国古代建筑》一文中，首次运用"中轴线"概念，强调中轴线多为南北向布置，主要建筑排列其上，左右以次要建筑对称均齐地配置。梁思成笔下的中轴线跌宕起伏，一波三折。仿佛是欣赏交响乐章，永定门是前奏，故宫是最华彩的乐章，钟鼓楼恰到好处地收尾。古都就在晨钟声中开启，在暮鼓声中，送走绚丽的晚霞，迎来一个又一个黎明。

中轴线是古都北京的脊梁。这条7.8公里的中轴线，统领全城，排列严谨，符合礼制规范，体现稳定有序的庄重之美。中轴线上的古建，体现出古人的建筑智慧。作为中轴线的前奏，燕墩上的乾隆御制石碑是画龙点睛之笔。这件国宝级的石碑，历经数百年风雨洗礼，见证着古都往事。

燕墩的故事，距今已有800年。燕墩又称为烟墩，始建于元代。据《日下旧闻考》记载："燕墩在永定门外半里许，官道西"，即今天永定门铁路桥的西南面。烟墩名称，始于元代，北京城有五镇之说，清代的李虹若在《都市丛载》中有所描述，并有诗文作证。东镇黄木，"大木千梱百丈高，东方作镇记前朝"；西镇大钟寺，"钟大难悬梁上穿，深深楼覆韵飘然"；北镇昆明湖的铜牛，"昆明湖上晚晴初，眼望铜牛柳半疏"；中镇景山的煤峰，"地安门里绕红墙，树影重重映夕阳"；京城南面在五行中属火，"沙路迢迢古迹存，石幢卓立号燕墩"，故堆烽火台以应之。烟墩初建时只是一座土台，至明嘉靖三十二年（1553）北京修筑外城时，才包砌以砖。清代的燕墩称为石幢燕墩，成为民间燕京八景之一。

当我走近这座燕墩时，还是被砖台上矗立的这座下宽上窄、装饰精美的石碑所震撼，碑顶有石檐，为四角攒尖顶，四脊各有一龙。碑座为束腰须弥座，刻有卷草花纹。

这座乾隆皇帝的巨幅御制碑呈四方形，碑身每面宽1.58米，高7.5米，南、北碑面四周刻以云状花纹。碑身南面刻有御制《皇都篇》，碑身北面刻有御制《帝都篇》，汉、满文对照，均为清乾隆十八年（1753）御笔。《帝都篇》主题是建国选都重在厚德，阐述了"在德不在险"的治国思想；《皇都篇》记述了燕京建都的概况。碑文内容具有历史借鉴意义。

燕墩最初有一对，在永定门外东西矗立，如今只留下西南侧一座。东侧的那座几经辗转，1915年移到先农坛后被埋在地下沉睡多年，直到2005年出土经修复后，迁移到了首都博物馆北广场的东侧，成为首都博物馆的镇馆之宝。

北京中轴线的故事，始自元代。金宣宗贞祐三年（1215），金中都被蒙古军队攻破，城池完全被毁。刘秉忠在设计元大都时，按都城规划贯彻了中轴线的理念，元大都中轴线，为日后北京中轴线奠定了基础。元代著名水利工程学家郭守敬，则提出放弃金中都的莲花池水系，引导高梁河水系进入积水潭，为未来的都城取得更丰沛的水源的设想。新城市的中心点，在积水潭的东北岸，也就是今天鼓楼的位置上。这一设计大胆地将成片的天然湖泊引入市区，元大都的设计体现了“人法地，地法天，天法道，道法自然”的道家思想，第一次将儒家与道家的传统思想兼容于大都城营造中。

中轴线上，还有关于北京城是三头六臂哪吒的传说故事。在7000万年前，因地壳变化，奠定了今天北京地区西拥太行，北枕燕山，东濒渤海，南向华北大平原，西北高、东南低的优越地势。至今，在北京许多地方还能找到海退陆升的痕迹；北京“苦海幽州”之称因此得名，民间传说的哪吒闹海将苦海幽州变为平地，似乎也找到答案。

我在民国档案中找到有关哪吒的记述，在北京永定门内有哪吒庙，印证了北京城与哪吒庙还真有关系。听说过土地庙、火神庙、娘娘庙，但哪吒庙鲜为人知。1933年，关于北京外五区永定门内黑龙潭一号哪吒庙的记载说，哪吒庙是绦带业公会兴建的，因为北京的各行各业都有祖师爷，哪吒庙当年被奉为绦带业的祖师爷，哪吒手中有混天绫，绦带业奉为祖师爷，是希望绦带产品如混天绫一样结实好用。虽说是由绦带行业兴建并供奉，但中轴线上的哪吒庙可是当年京城独一无二的庙宇。

据《周礼·考工记》规制，元大都设计分内城、外城、南城三重，共有11个门，奠定了北京城的基础，也构成民间传说中哪吒三头六臂的形象。外城呈矩形，分别是南面顺承门、丽正门、文明门为三头。东面光熙门、崇仁门、齐化门为哪吒左边三臂。西面肃清门、和义门、平则门为哪吒右边三臂。北垣健德门、安贞门便是哪吒的双脚……

如今，“胖”鼓楼与“瘦”钟楼中间，是市民乐园，钟鼓楼下市民舞动的彩带龙，翩然起舞，宛若惊鸿，成为清晨中轴龙脉上的流动景观。

主编感言

这是一位身体力行在中轴线上的专业人士为您做的深度导游。人生若只如初见，深游浅踱皆不乱。

作者简介

沙敏，供职于北京市档案馆，北京作家协会会员，专栏作家。参与编辑出版《北平解放》等图书多部，在《中国档案报》《北京档案》《北京日报》等发表档案类文章百余篇；2019—2020年撰写发表专栏文章《档案里的北京中轴线》，2020年在《北京晚报》五色土副刊栏目撰写专栏文章至今。

中轴线寻“味”

柯小卫

我小时候虽然不知道“中轴线”的说法，但我却知道，北京这座城市正南正北、东西分明，好吃好玩的地方集中在几个热闹之处。现在人们说起“中轴线”，我却联想起自己青少年时代沿着这条“轴线”寻得的许多“美食”“味道”。

20 世纪 60 年代初，外祖父每年来京参加全国政协会议，都会将在北京的儿女孙辈召集在前门全聚德烤鸭店聚餐。对于当时的许多家庭而言，这一顿“大餐”很难得。我记得，我们聚餐的包间临街，大玻璃窗外面车水马龙。全聚德旁边有两家餐厅，一家是“都一处”，主营猪肉、三鲜馅烧麦；另一家“力力”，主营川菜，前者以前叫王四酒家，有一次康熙皇帝外巡后夜里回京，在这家小店吃了一顿，龙颜大悦，隔几日后宫里的太监送来一块“都一处”三个大字御题蝠头匾送至店内，顿然间小店蓬荜生辉，一路发达。而“力力”店名来自大文豪郭沫若，据说 1964 年这家川菜馆准备开张，邀请郭沫若起名，他从“劳动”两字中各取一个“力”字，组成“力力”。从资料照片上看到，在这间川菜馆大门前有一副对联，上联“推陈出新实事求是”，下联“鼓足干劲力争上游”。

我读的小学在和平门外，我有时到大栅栏和前门大街转一转。有一家小餐馆留给我很深印象，位于鲜鱼口内的天兴居，专营包子炒肝儿，店内陈设很简单，沿着窗子一长溜儿白色木案，以及长条凳。吃饭的人们就着炒肝儿吃包子，有滋有味。我因为口袋里没钱，只能干瞪眼瞧着。只见两位伙计将一大笼屉刚蒸熟的包子，自后厨端上来，倒进草编笸箩里，包子个个白白圆圆，冒着热气，一咬一口油。以后我才被告知，这叫“顶气儿包子”，又香又好吃。盛包子的笸箩旁边是一个硕大的不锈钢圆盆，许多家庭给小孩子洗澡的那种。伙计提着一个不锈钢大桶，将里面的炒肝儿一股脑儿倾倒入盆。这边柜台上负责收款的服务员收了钱后递给顾客一个小纸片，口中念着：“包子二两，炒肝儿一碗。”那边顾客对盛炒肝儿的伙计说道：“多搅和搅和，来点稠的，多来点儿肝儿。”那一阵猪肝的价格超过猪肠子，以后倒了个儿，顾客就会对伙计说：“多来点肠儿！”

20世纪80年代改革开放，位于前门外大街上的大小饭馆逐渐恢复了生机，有两家餐馆在当时赫赫有名，可谓“开风气之先”。一家是开在磁器口附近的老北京炸酱面，一家是开在正阳门西侧的老舍茶馆。前者将平民市井炸酱面推向市场，连同许多过去上不了台面的小菜，如芥末墩儿、皮冻儿、炒红果以及羊油麻豆腐、豆汁儿等，由此使“京味菜”在川鲁大菜、谭家菜、江浙菜、淮扬菜的美食阵营中占有了一席之地。此后京城饮食圈内刮起了挺长一阵“京菜风”，这不是领时代风骚吗？后者是改革开放初期北京民间商业恢复生机的标志，当时中央电视台春节晚会，歌唱家李谷一一曲《前门情思大碗茶》，勾起了多少海外游子对故乡的怀念之情，许多外地游客到北京旅游都会做三件事：登长城、吃烤鸭、去老舍茶馆喝上一碗大碗茶。

其实，在前门西大街还有两家很有些来头的餐馆，一家是百年鲁菜名店——泰和楼，是清末民初“八大楼”之一，保留至今；还有一家是北京最早的国外品牌餐厅肯德基，两家餐馆一老一小、一中一西，其相同之处都分别是时代的标记，都是曾经发生在“中轴线”上的故事。

天安门城楼红墙西侧中山公园社稷坛的不远处的来今雨轩茶社，过去是文人雅士聚集之地，过去以口蘑鸡、冬菜肉包闻名遐迩。一两年前，陪家中老人去过一次，发现冬菜包子又涨价了，似乎七八元一个。但人们排起长队购买，依然热度不减。

出了故宫神武门，景山斜街把角儿是“大三元”，20世纪80年代京城最有名的粤菜餐馆，也是改革开放时期餐饮界的翘楚，似乎也能坐得上京城餐饮头几把交椅。我因公务去过两次，确实是正宗粤菜，排场也很不错，每道菜品摆盘精美，引人食欲，我吃过之后却无更多脱俗超凡之感。有两件事情应该知道，一件是虾、蟹上菜前，服务员先端上来的一个小水盂，上面漂着几片鲜花花瓣或一片鲜柠檬，这是供客人在食用后洗手用的，不能当成汤喝；另一件是鱼翅上席时，服务员会端上一小碟红醋（浙醋），将其倒入翅盅，味道会更好。那个时候，改革开放初期，人们收入普遍较低，我因为沾光体验了一两次，自然记住了。

在中轴线上，另一处美食集中之地应是地安门大街、钟鼓楼。或许是因为清朝时王侯贵胄子弟坐享其尊，不善经商等原因；抑或民国以后，什刹海一带成为市民旅游胜地，附近茶棚鳞次栉比，各类小吃叫卖声不断。现在有名的烤肉季过去只是一个小食摊，烤出的羊肉食材新鲜、香味十足，因而受到食客热捧，闻名遐迩，以后就在银锭桥畔盘下一处三层小楼，临湖赏景小酌，银锭观山怡情。

当时在地安门西大街，什刹海前海对面，有一家小餐馆，名号“苏造肉”。有一天中午，同事、青年作家朱晓平招呼我与他一道找地方吃饭，于是我们两人骑着自行车向北一直到地安门西大街，走进挂着“苏造肉”匾额的小木门，店内墙上挂有简介，由此我才知道“卤煮火烧”是由“苏造肉”演变而来。相传清朝康熙或乾隆皇帝南巡回京，带回了“苏造肉”，汤鲜味美，大快朵颐。后来这道“宫廷御膳”传到了宫外，许多在紫禁城做杂役的人，采用猪下水做主料，按照“苏造肉”方法烹饪。再将烙制的半发面火烧置于其中，二者相佐，加上几两小酒，何不快哉！我问晓平，此二者有何区别？他指着刚端上桌的两大碗“苏造肉”，除了堆了不少猪肠、猪肺、炸豆腐菜码以外，还有一两片切得薄薄的白肉，加上少许腐乳汁、韭菜花，撒一把香菜，就算“齐活”了。然而，这间小店早已关张了。

另外一家餐馆是位于钟鼓楼前后门桥附近的马凯餐厅，开业于 1953 年，后来成为北京城数一数二的湘菜馆，声名远播。最早带我去“马凯”见世面的是散文作家柳萌，他是一位爱美食的领导，平易近人，我的美食爱好也是这样熏陶出来的。那时候，张自忠路和东四十条交叉路口东北角有一家有名的餐馆“森隆饭庄”，店内的江浙风味菜品，无论食材还是烹饪堪称一流。但是，留给我印象最深的是有一次柳萌老师带我们去森隆吃饭，我见到两位老者，应该是一对夫妻，穿着短袖衣衫，从头到脚整整齐齐、一丝不苟，在临窗的餐桌前相对而坐，脸上表情非常平静、不大说话，深情地凝视对方。在两位老人面前摆着清炒虾仁、炒鳝糊和一小砂锅青菜豆腐汤、两小碗米饭。当时，我在脑海里跳出几个词语，一组是“优雅”“淡然”，另一个是“相濡以沫”“相敬如宾”。

我们在马凯进餐时，点的大都是东安仔鸡、腊肉萝卜干豆豉同炒、臭豆腐、红烧肉等家常小菜，还有四样小吃：酱牛肉、肉末小烧瓶、麻酱糖饼、豆沙包，食材新鲜、用料考究、现烙现烤，老少咸宜。怪不得外卖窗口前排着长队。在 20 世纪 80 年代经济大潮中，马凯餐厅改制，被华天饮食集团收于麾下。后来鼓楼大街改造，餐厅搬迁至长椿街附近。大概三五年前，中轴线规划并改造完毕，马凯餐厅在原址重张，食客们进进出出，烟火气重现。有一日我路过鼓楼，不禁向店内望了一眼，许多往事涌上心头。

日前，我去参加网时读书会活动，走在路上，听到身后有人喊我的名字。于是停下脚步，转过身去，我听到了一句纯正的北京话问候：“还在呢！”顿时感到眼眶内潮湿了，许多往事涌上心头！

北京——我们生长于斯的地方！

最美中轴线！

主编感言

到目前为止，本次“最美中轴线”征文尚缺一味美食。作者有眼，及时填补了这一空白。此文可谓真材实料，历久弥香！

作者简介

柯小卫，中国作家协会会员，出版或发表人物传记、纪实文学、文化研究、教育史研究等方面著作多部，受聘担任三所大学客座教授。

天桥之上舞芭蕾

陈剑萍

那是2015年金秋，中央芭蕾舞团以真实的江苏盐城国家级自然保护区“驯鹤姑娘”徐秀娟救护丹顶鹤壮烈牺牲的故事为蓝本，推出了凝结集体创作智慧的大型原创芭蕾舞剧《鹤魂》。因为我和爱人长期从事野生动植物保护工作，经朋友介绍作为特邀嘉宾来中央芭蕾舞团的主场天桥剧场观看首演。

演出前，贵宾室里，中央芭蕾舞团团长冯英和北京人民艺术剧院副院长濮存昕都在，两位同为西方舶来艺术品的当代杰出表演艺术家，与大家畅所欲言，冯团长热诚地希望大家观后提出宝贵意见。

当大幕拉开的时候，从欢快的青春舞曲到动情的青春礼赞直至徐秀娟壮烈牺牲，演员们通过专业的芭蕾语汇、精湛的肢体语言以及丰富的面部表情，礼赞献身理想的精神，述说着大爱的不了人鹤情，达到了“鹤如我、我如鹤”“天人合一”的中国美学高度，堪称是一部当代人与自然和谐共生的壮美诗意画卷。

观剧后，我激动地给冯团长写了一封信，表达我对中央芭蕾舞团不但关注芭蕾艺术更关注时代热点的敬意，也很率真地提出建议，将节奏缓慢略感冗长的第一幕裁去三分之一，增加篇幅在第二幕，适当增加工作场面，表现人与鹤、人与人之间的温馨和谐。

后来，我再观改版的《鹤魂》，新增序篇“鹤之念”，以倒叙开篇剧情更加抓人；“鹤之恋”篇，愈加简洁、阳刚、向上；“鹤之守”篇堪称点睛之笔，狂风暴雨夜，徐秀娟为救深陷沼泽的鹤王献出了年轻宝贵的生命。无论是天幕的色彩、质感还是天空的聚变乃至音效配置表现出的狰狞沼泽，通过声、光、电手段完美的舞台设计，更加衬托出英雄的不屈与坚强。震撼人心，观者共鸣。

作为一个生态工作者，我非常关注丹顶鹤这样的稀有野生动物，在自然界的四季轮回中，丹顶鹤南北迁徙，南有江苏盐城、北有黑龙江扎龙和吉林向海国家级自然保护区，它们是国家一级保护动物丹顶鹤的家园，一代又一代年轻的保护人，用激情梦想、大爱深情，正如剧终时那天空中喷薄而出的红日，是我们民族与时代的希望，与天地、与生灵一起正在谱写着人间壮美的爱的诗篇。

美丽的丹顶鹤感动、震撼着人们的心灵，《鹤魂》是我们用时代的故事与民族文化，以芭蕾艺术形式塑造出的中国的天鹅湖。为了美，为了保护美丽的生灵，世界同声，我们祝福。

童年的时候，盛夏的傍晚，登上106路公交汽车，爸爸妈妈又要带我去天桥剧场看演出了。一次在开演前的大厅里，梳着两个小鬏鬏的我学着芭蕾舞演员训练的样子，挺起小胸脯、伸长脖子，努力地拔高自己，然后肆无忌惮地一哒哒、二哒哒、三哒哒、四哒哒地比比画画。幼稚有趣的动作引起周围人的说笑："这是哪家的小孩儿，还挺有样儿。"

长大后，我再来天桥剧场，就是在这里，芭蕾，让我再次遇见你。当优美抒情的"万泉河水清又清，我编斗笠送红军"的歌声响起，《红色娘子军》就成为我对中芭最美好的记忆。

当了母亲，我对芭蕾的热爱自然要传承。春节前，我带女儿来到张灯结彩的天桥剧场，观看贺岁芭蕾舞剧《过年》。演出结束，走出华灯璀璨的天桥剧场，女儿蹦蹦跳跳嘴里不停地在述说着：京城庙会，大人们买年货，孩子们欢闹，怪兽"年"来了，老爷爷讲"过年"的故事。除夕夜，外国朋友来到爷爷家，他送的新年礼物胡桃夹子让小兄妹团团圆圆闹起了别扭。梦境里有福娃、十二生肖和冰糖葫芦，景泰蓝也来了……我知道女儿这是为了回家写日记，不禁暗暗地为她喜欢芭蕾艺术而高兴。"妈妈，这是我看过的《胡桃夹子》的中国版吧，圣诞节改成了咱们的新年，原来我们的芭蕾舞剧也可以这样美丽。你们大人说民族的就是世界的，我说世界的也是中国的。好像有个词叫中西合璧，对吗？”

《红色娘子军》是中央芭蕾舞团用芭蕾舞剧的形式，展现当代民族文化的一部史诗级的巨作，特别是它反映革命战争年代的红色故事，影响了一代又一代人。记得我第一次观看的《红色娘子军》，是彩色电影版的芭蕾舞剧，而首次在天桥剧场观看已经是吴琼花的第三代扮演者冯英主演了。在演出前，我看到了第一代的吴琼花扮演者白淑湘老师，丝毫顾不上矜持，马上上前问候并请求合影，还请白老师讲了《红色娘子军》的诞生经过。

1964 年，周恩来总理问：“我们能排练自己的芭蕾舞吗？”得到肯定的答复，周总理指出要求排演我们中国人自己的芭蕾舞剧。在他的直接关怀下，按照“革命化、民族化、群众化”的方针，中央芭蕾舞团进行了首次创作尝试。演员们到海南下部队，拜访第一代娘子军，与战士们同训练，排演出了独具民族特色的芭蕾舞剧《红色娘子军》。1964 年 9 月 21 日，在人民大会堂的小礼堂首演，周总理邀请了柬埔寨国家元首西哈努克亲王一起观看。10 月 8 日晚，毛主席观看后，予以称赞。

《红色娘子军》凝结着中国几代芭蕾舞人的智慧，走向了世界，经久不衰，成为中央芭蕾舞团演出场次最多、影响无与伦比的中国特色芭蕾舞剧。

有一回，在天桥剧场观看德国斯图加特芭蕾舞团演出经典芭蕾舞剧《奥涅金》中场休息时，我喜遇白淑湘老师和唐王老师夫妇，我们聊起戴爱莲先生 103 年诞辰纪念会，谈到德国演员的基本功与文化素养，细腻与激情、柔美与刚毅体现在对角色的深刻理解和丰富表现，值得我们学习。同时，我们也不妄自菲薄，中国人的艺术细胞，我们民族的优良传统，不屈的民族精神，更有文化自信和海纳百川的胸怀，广泛吸收外来的优秀文化，继承、发扬、光大、创新芭蕾艺术，取长补短，才能更快进步。那日恰有作家朋友从远方来，邀请一同观看后他诗意地感言：“在北京真好！可以在天桥剧场享受如此高水平的文化盛宴。”

始建于1953年的天桥剧场，位于北京中轴线前门大街南端，东临天坛公园，与自然博物馆隔街相望，既是北京重要的文化地标，也是中轴线上一颗璀璨的明珠。今年天桥剧场即将迎来60周年华诞，60年的岁月，这里迎来了许多世界顶级芭蕾艺术家，留下无数辉煌的记忆，经典的芭蕾舞台艺术为中国与世界的文化交流做出了不可磨灭的贡献。

“向前，向前，向前，我们的队伍向太阳。”中央芭蕾舞团在前进，承载着时代文化精神的芭蕾舞剧在天桥剧场不断推出，一“桥”架起东西方文化交流的平台，一“桥”横贯东西。如今，中央芭蕾舞团有超过200部保留剧目，始终秉承借鉴古典的、探索创新民族的、开拓丰富现代的齐头并进的艺术方针，同时展示着中国文化海纳百川的强大力量，不断为世界人类文明共同的汪洋大海注入中国的活力。

天桥之上舞芭蕾，我们同在。

主编感言

作者热情洋溢，为我们呈现了一场“天桥”之上的芭蕾之舞；而且，由此生发开来，为我们展现了在那座不朽的“中轴线”宫殿里，曾经奏响过多少华美乐章！中轴线最美，也在你的由“生态工作”而升华“人文艺术”中。

作者简介

陈剑萍，供职于国家林业和草原局野生动植物保护司。中国报告文学学会会员，中国散文学会会员，中国林业作家专业委员会理事，《今日国土》特聘生态作家，中国野生动物保护协会资深会员，中国现代文学馆义务讲解员。

难忘北京中轴线上的童歌、军歌、国歌

王 新

夏天的北京完全是座绿茵覆盖的都城。每当春风吹来，北京的绿色便蔓延开来，先是扬起漫天柳絮，不到半月，北京城就绿意盎然。如果把北京比作是挂在北半球项链上最大的一颗绿宝石，那么，北京的中轴线就是这颗宝石中央的精美链孔。

我的青春岁月，竟然与这个精美的链孔发生了特殊联系。18 岁，有人说，那是“青春洋溢的 18 岁”；有人说，那是“理想丰满的 18 岁”；有人说，那是“激情四射的 18 岁”。我呢，18 岁那一年，我从地处渤海湾南岸、从那依河傍海的故乡，来到从小就在心目中渴念、仰慕的首都北京，穿上了绿军装，成了一名光荣的中国人民解放军战士。

1990 年 10 月的一天，我和同批入伍的战友，踏上了开往北京的列车。第二天一大早到达了北京火车站，出站后，指导员带领我们坐上了大巴。我们一双双好奇的眼睛，新奇地望着窗外，没多久，车子开到了长安街，我们兴奋至极。当经过天安门广场时，看到神圣庄严的天安门城楼、毛主席画像、人民英雄纪念碑，我们个个都激动不已，这就是祖国的心脏，向往已久的地方！不一会儿，就到了驻地大院，指导员到办公楼报完到，我们就在大巴上等着，接着把我们拉到了教导大队、郊区的训练大队，开始了新兵连生活。经过三个月的军事训练，我们从一名学生转变成了合格的军人，又回到了连队。或许是上天善解人意的安排，军营就坐落在北京的中轴线旁，与充满皇家园林气息的北海公园也只有一墙之隔。

我喜欢绿色的北京，但遗憾的是，一年中北京只有一大半时间是绿色的。然而，地处中轴线的军营，却全年都是绿色的，这给我的心灵带来了莫大的安慰和鼓励。

春夏的北京，充满了活力。我还记得，那时每当部队放假允许外出，我就会像小鸟般飞出绿荫，沿着中轴线一路漫步，来到鼓楼、地安门、景山公园万春亭、故宫后三殿和前三殿、午门、端门、天安门、毛主席纪念堂、正阳门、永定门打卡，足之所至，情为所动。尤其是在景山公园牡丹和北海公园荷花盛开的季节，我必流连忘返，陶醉在大自然的美感中。还有走在故宫城墙外，看着护城河、脚下的路、高高耸立的城墙时，那种感觉像是穿越时空，很美妙地与古人对话。

中轴线的金秋，是北京最美的风景。军营的紧张生活严格有序，在这个季节，部队都会组织运动会。我还记得那一年，在金秋十月，连队组织运动会，经连队批准，允许我们几个运动员晨跑进入天安门广场，北京中轴线中点的天安门，是我们自幼向往的地方啊！那首《我爱北京天安门》的童歌，在童年时我经常唱起。即使在今天想起来，内心里也还会有一种旖旎的荡漾。那天大家都早早起床，沐晨风，迎朝晖，赶在升旗之前跑步到天安门广场，感受升旗的庄严肃穆，接受了灵魂的深层洗礼。国旗护卫队队员个个精神抖擞，威武雄壮，步伐铿锵有力，振国威，壮军威。这是我第一次在雄伟的天安门广场观看国旗的猎猎升起，这是我第一次站在北京的中轴线上倾听中国人民解放军军乐团激扬奏响的国歌。我记得：那一刻，我心潮澎湃；那一刻，我激动万分……

童歌，军歌，国歌，在北京中轴线上此起彼伏，有的婉约抒情，有的豪放壮怀，有的让人血脉偾张。

冬日，每个清新的早晨，每个落日的黄昏，绿色的军营里都军号嘹亮、军歌雄壮，队列行进整齐划一、铿锵有力，给冬天的北京注入了无限生机。还记得，那时，我们最喜爱、最熟悉的一首军歌是《打靶归来》，也是我们在新兵连学会的第一首军歌："日落西山红霞飞，战士打靶把营归……歌声飞到北京去，毛主席听了心欢喜。”军营距离北京中轴线旁的中南海这么近，我们用最响亮的声音把那“一、二、三、四”喊得更有力量了。通信兵是首长的“耳目”、军队的“神经”，《通信兵之歌》也是我们每次开大会必集体合唱的歌曲：“前进向前进，人民的通信兵，首长的耳目军队的神经，银线连接雄师百万，电波飞翔大地长空，为人民解放为祖国安宁，我们奉献青春和生命。政治坚定技术精明，迅速准确保密畅通。自豪吧，人民的通信兵，共和国的无名英雄！”一首《通信兵之歌》，唱出了我们的使命和担当。我们在北京中轴线旁用青春守卫着祖国的心脏，做共和国的无名英雄。一代代通信兵还将继续在电波中追寻梦想的价值，用担当书写着青春无悔。

随着一个个冬去春来，北京的中轴线越变越美，我的军旅生涯也越拉越长。绿色的军营把一株幼苗变成了一棵大树，枝繁叶茂，小女兵最终成了绿色方阵中的带兵人。

铁打的营盘流水的兵。每当一批老兵复员时，都会组织老兵们沿着中轴线去天安门广场看升旗，在“祖国的心脏”拍照留念。

当国旗和旭日冉冉升起时，我看到了每位老兵眼里饱含的泪水，看到了他们从心底油然而生的家国情怀，看到了他们走向新的生活的坚定决心。

花开花落，转瞬间军旅生涯已过 30 年。从军路上，我到过了很多地方，转过了许多岗位，但最难忘的还是我在军旅起点上经历的那段青春芳华。如今当我再次漫步中轴线时，每到一点，我都会久久地驻足仰望。每到一地，我心中都令人不可思议地升腾回响起那童歌、那军歌、那国歌……遥想当年，自豪之情油然升起，我曾经是北京中轴线上的一抹绿色，是北京中轴线的守卫者、呵护者；站在今天，望着北京中轴线上的簇簇绿意，我依然是北京中轴线的追求者、爱慕者。而串联其中的，还是那永生难忘的童歌、军歌、国歌……

中轴线上的绿色军营已成了我心中的圣地，每当驱车经过这里，我都会投去一瞥深情的回眸，情不自禁想起新兵时的青葱岁月，脑海中浮现出与战友们一起工作、一块儿说笑、一起出操的情景和趣事。

最美中轴线，难忘军旅情，这里封印着我的人生梦想，储存着我的“初始状态”。如果人生可以回放，我愿穿越时间的帷幕，再次与春风为伴，回到当年，甘愿再做中轴线上的一抹绿色！

主编感言

这篇来稿的特色是绿，基调是歌。这绿色可以覆盖中轴线上来来往往的很多军人、士兵，这歌声可以代表曾经或正在生活工作于中轴线上很多军人、士兵的心愿与心声。这是一幅中轴线上不可或缺的声色印记、大美一瞥！

作者简介

王新，军旅30年，工程师，研究员。

中轴线，我的爱情线

阿　桐

年轻那会儿，对中轴线的概念不是很清楚。近些年，随着申遗宣传力度加大，我陡然发现，原来我与中轴线的不解之缘，竟与爱情有关。说来挺有意思的，每次从前门走过，都会让我想起爱情的起点就始于中轴线上的前门大街。

今年4月23日是世界读书日。我一大早就匆匆从东四环的家赶往前门广和楼，去参加一场朗诵会。我穿行在前门大街熙熙攘攘的人群中，一眼就看到了大北照相馆，禁不住停下脚步，深情地凝望这个让我情深意长的地方。那里有我的初恋，是爱的风帆升起的地方，每当经过这里，我的眼前都会浮现出当年我和她的身影：沿着长安街，挽手走过天安门广场，再到前门大街转上一圈，那是多么令人回味的美好瞬间啊。

我还清晰地记得：那是1984年3月16日下午2点，一个阳光明媚、白云飘飘的日子，我依照媒人约定的时间和地点，与她在前门见了面。那天她迟到了，我也等得不耐烦，以失望的眼神顾盼着，若不是介绍人在身边，我说不定转身就离开了。这会儿，一个高个子姑娘推着一辆26自行车，红着脸，缓缓朝我们走来，我意识到这就是我要见的人了，也故意慢悠悠地迎了上去。介绍人来了个开场白，蜻蜓点水似的说了两句就走人了。我俩都有点尴尬，不知该说些啥，就沿着前门大街缓缓地走着。可光走也不是事呀，也就没话找话地聊了起来。你一句，我一句，话题是围绕前门大街说起的。

她告诉我，新中国成立前父亲就在前门跟爷爷做小生意，对前门很有感情。她小时候，父亲也喜欢带她在前门玩，讲一些前门楼子发生过的有趣故事。我插话说，我父亲13岁就在前门一家药房学徒，父亲如何被人欺负，被日本兵毒打，等等。后来，我父母结婚都是在前门廊房二条结的，婚房是父亲向药房学徒时的东家借的，后来搬家去了东四，又从东四搬到灯市口，经常和小伙伴到前门来玩，等等。说到前门，我打开了话匣子，越说越来劲，有声有色，没完没了，像压抑许久的火山喷个不停……

真像一位哲人说的那样：“天才都是在爱情中爆发的。”那一刻，我也不知道我的口才为什么那么好，从前门聊到了天坛，不觉间竟聊到了傍晚。她一路笑着，一路听着，时不时，还目不转睛地看着我……

我正讲在兴头上，她倏地停下脚步说：“我们改日再聊吧，我快到家了……”

我说：“好！你们家住天坛附近呀？”

她说：“是啊，以后咱们可以到天坛来玩的。”

“好的！”我依依不舍地说。

从那天起，我心里就多了一个人，前门也就成了我和她约会的地方。现在说起来，人的相爱，真需要缘分。我俩见面之前，双方为谈恋爱，都见过不少人，但都以失败而告终。因而那次前门之约，我俩谁也没抱啥希望。可我和她谁也没料到，这次却一见钟情，一见定终身，相识还不到半年就步入了婚姻殿堂。按现代的说法，这就是“闪婚”，看似有点盲目，但近40年的美满婚姻印证了我们双方的眼力，也印证了我们之间纯真而忠贞的爱情，这也就是人们常说的“天赐良缘”吧。

“阿桐老师！”一个熟悉的声音，打断了我的回忆，原来是一同演出的志新老弟在笑呵呵地看着我，“您在这发什么呆呢？”

“哦，想起一件事，不瞒你说，这地儿是我初恋的地方。”

“是吗？哈哈，那您得给我好好讲讲……”

“好，咱们边走边聊。你们年轻人是不知道啊，那个时代找个房结婚比找媳妇还难呢。我跟你嫂子结婚还是托了很多关系，才在天桥租借一个单位的宿舍结的，那个小平房才12平方米，非常简陋，冬天冷得睡不着，夏天下雨屋里漏，可我们很知足了，一切冷暖不在话下，因为心中有爱！哈哈，我说的是真的，在那里我们度过一生最甜蜜的时光！”

“看您现在的样子，想必当时一定很幸福的。”

“是啊，那时候人的物质要求不高，精神生活非常充实，总是有所追求，上业大，考大专，边工作、边生活、边学习，对未来充满了希望。”

“真羡慕你们那个时代的人，简直是精神贵族！哈哈……”

“人都是与时俱进的，有了孩子后，为了贴补家庭生活，我在永定门车站百货商场租了柜台做起了服装生意。几年后，我又转到地安门租门店。几十年为了这个家，到处劳累奔波。”

“真是不容易啊，还要养孩子。”

“还好，孩子在姥姥家长大，因为姥姥家离前门和天坛都近，姥爷几乎天天带孩子去前门和天坛去玩，我家孩子简直是在这一带长大的，所以，我们这个家与前门和天坛结下了不解之缘，那里留下了太多、太多难忘和美好的回忆……”

“至今我的孩子都30多岁了，虽然老人们都不在了，他也常带我们到前门和天坛来，回忆他的童年与少年时光，怀念他失去的亲人们……我们在家时，也常常拿出不同时代的照片，全家人一同回味在前门和天坛度过的人生时光，那里有对亲人不尽的情怀与思念。这些照片可不下1000张，可以说前门和天坛记录了我们的爱情、亲情以及孩子的成长，我们与北京中轴线已融为一体了！”

“阿桐老师，您越说越跟今天咱们演出的主题——‘说说北京的中轴线’靠近了。”

“可不是吗！这北京的中轴线就像我的爱情线，哈哈……”

“阿桐老师，你看，咱们的演出地广和楼到了！”

“好嘞！一会儿咱再接着聊！”

我们到了广和楼，见台下已坐满了人。没想到，人们对老北京的故事，对咱们的中轴线这般青睐。看这广和楼，就是一个历史悠久的戏楼，有 300 多年历史，还是京剧大师梅兰芳首次登台之地。朗诵会选在前门的广和楼，这为北京中轴线申遗做推广宣传，太有意义了。前门大街是北京中轴线文化的一大亮点，尤其像广和楼这个最具典型性的百年剧场，更是中轴线上的一颗闪耀的明珠。

演出都开始了，观众还在陆续涌入，因为广和楼是露天的，又临闹市区，许多外地游客也挤了进来，没座位的人都乐于站着看我们演出。我们演着老北京的故事，说着地道的北京话儿，老北京人听得亲切，外地游客也听着新鲜。此情此景，台上台下，有应有答，就像老街坊唠家常一样，聚在一块儿其乐融融。

我演出的节目是《胡同味道》，一上来就是一大段胡同名称的贯口“福祥胡同、仁寿胡同、纳福胡同、东不压桥胡同、南邻帘子胡同、东吉祥胡同、西吉祥胡同、南晓顺胡同、北晓顺胡同……”说完贯口又详细说说胡同的来历，特别说了说最受中外游客喜欢的南锣鼓巷胡同。

演出谢幕了，观众久久不愿离去，有个外地游客跑过来问我：“你怎么那么熟悉北京的胡同呀？”我笑着回答道：“我是土生土长三代老北京人，就是一个胡同串子，哈哈……”

真的，我一个老北京“胡同串子”，对家乡北京太热爱了，一条中轴线走过了我的童年、少年、中年，并将走进老年，这里记录着我的亲情、爱情和友情。

我离开了广和楼，一个人又从前门大北照相馆门前走过，一直向南，向着爱的方向进发。一路欣赏着新前门大街欣欣向荣的景象，一路又重温着我的爱情中轴线，重温着岁月留给我的难忘而幸福的时光……

主编感言

一条中轴线，不知有多少感人的北京故事！这篇事涉相亲、婚房，甚至父辈的前门和晚辈的天坛，等等，更涉及作者在中轴线上的事业有成，读来有真切感，很实在，是一篇咱老百姓自己的中轴线纪实，也是一篇颇得北京之味儿的难得故事。

作者简介

阿桐，影视剧及配音演员，北京著名朗诵家。

中轴线，永不休止的乐章

陈　揆

如果把中轴线当作一副骨架，皇城的百姓就是这骨架中穿梭的血脉。绵绵 15 里泱泱 700 年的中轴线上铭刻着国运的荣辱兴衰、承载着岁月记忆和生活的写照。

作为一个北京人，不用翻阅那些历史重卷，仅从身边的鲜活人物和不争事实，就足以围绕中轴线道不尽、说不完。外祖母一生历经了 106 个春秋，她对中轴线最深的记忆，是英法联军残留在长安街华表上的弹痕和辛亥革命胜利后天安门城楼悬垂的中华民国五色国旗；父母是新中国的建设者和见证者，他们对中轴线最深的记忆是 1945 年太和殿前日本战败受降仪式中庄严的汽笛和礼炮，还有国庆大典毛主席在天安门上宏亮的声音；我也曾生活在中轴线附近，若问我哪些记忆最深，我会讲述拱卫在中轴线东侧和北端的两颗星。

北京市对外友协坐落在中轴线东侧的南河沿大街 97 号院。中式的大堂庭院，中式的二层楼阁。这里是改革开放后北京人民与国外友人交流互通的桥梁，每当我从那门前经过时都会深情地望到庭院深处。我的良师益友陈辉曾作为副会长，在那里工作了 12 个春秋。

中轴延长线上与钟鼓楼遥相辉映的奥体中心水立方几乎无人不晓。它结构独特，光彩柔媚，吸引了无数好奇之客。但很多人有所不知，这硕大的馆舍，是用海外华侨的捐款所建。无论我站在景山的万春亭向北眺望，还是驾车从奥体大道旁匆匆驶过，水立方都会带给我无尽遐想。我的另一位良师益友吕燕雄，曾代表北京市侨办细心呵护了水立方多年。

说起我与他们二位的情谊，还要将时针倒转 45 年。国家恢复高考时我已是一名电工，为了实现当工程师的梦想，我翻出旧课本夜读，终于在 1978 年考上大学分校。我从小在体校专修篮球和田径，1973 年代表东城区获得北京中学生篮球联赛的第三名，田径会上获得三项全能亚军。开学后，大家选我当学生会文体委员，这使我很快结识了两位专职辅导员老师：团委书记陈辉、副书记吕燕雄。陈辉大我六岁，一米七六，浓眉大眼，身材魁梧，说话虎虎生威。他曾是海南航空兵的一名机械师、师篮球队主力，分管学生体育工作；吕燕雄略高一些，大我两岁，生得眉清目秀、身材纤瘦，总是面带笑容侃侃而谈。他是一位业余小提琴手，对音乐和摄影颇有研究，分管学生文娱工作。

依照二人的智商和情商，完全可以成为我的同学，但在国家需要和个人前途面前他们选择了前者。我的大学叫北京航空学院第二分校，校长是航空航天大学派来的留美归国的空气动力学和力学双衔博士王俊奎教授，这足以让人羡慕。但校舍很惨，400 多名学生挤在一个教学楼 20 多间教室里，虽然有个大礼堂但乒乓球和羽毛球馆及食堂都要用它，教职员工 20 多人拥有一个二层小办公楼，再加两排平房就是学校的全部。基础课对着电视学，专业课请航空航天大学本校教授来讲，所有的实验都要租借大轿车去本校做。以这个状况想在高校林立的北京占有一席之地可谓难上加难。学生会成立后，陈辉立即组织三大球联赛，建立校男女篮、男女排和足球队；吕燕雄组织全校文艺汇演，成立室内管弦乐队、女声二重唱组合、舞蹈队，大家积极备战北京市高校的各项活动，寂静的校园热闹起来了。课后，操场上奔跑和呼喊声此起彼伏，礼堂中歌声与琴声回荡。大学分校是走读制，为了获得好成绩，团委组织文体队员假期住校进行集训。上大二时，学校聘请了一位从体大毕业的北京女篮原主力前锋雯老师担当男篮主教练。陈辉亲自担任女篮教练，集训期间，他每天带着女篮队员晨练十公里长跑，遇到雨雪天气，就拉着她们从一楼到四楼循环奔跑一小时，直到累得抬不起腿为止。大三这一年，男女篮在北京市 100 多所高校参加的篮球联赛中脱颖而出，双双打入了八强成为北京高校甲级球队。吕燕雄率领学校文艺团队演出的女声二重唱《我爱你中国》也在这一年获得北京市高校文艺汇演一等奖。校招生办刘刚奇主任高兴地说：咱们学校这回可出名了，今年有不少一本分数线的考生报名，新生质量得到很大提高！吕燕雄还经常利用周末给大家普及艺术知识，他提着录音机从交响乐、爵士乐到轻音乐；从歌剧、流行歌曲到合唱，边讲边播放事前准备好的录音示范。他还拿着相机给大家讲摄影，新学期伊始都要举办学生假期摄影展。

四年大学生活转瞬而过，在王俊奎校长给我们授予学位的时候，陈辉和吕燕雄也拿到了成人自学高考的毕业证，我对他们的敬佩打心底油然而生！我在学习专业的同时，还学到很多有益的东西，我懂得了一个道理——拼搏者会把不可能变为可能。

此后，他俩也由市委组织部门安排了新的工作。陈辉到北京市对外友协任副会长，吕燕雄到北京市侨办任外联处长，我们仍保持着联系。1990 年我在东京研修期间，陈辉也到日本考察，在我的公寓里住了一晚。他高兴地说，市政府要拨款翻建友协。我说快把你那破院推了吧，建个漂亮小洋楼，再弄个平台，等国庆阅兵时我们都到你那看实况去。陈辉说：那可不行！会里也有人这样想，我坚决反对，南河沿大街是天安门到故宫的东侧卫，无论如何不能失掉传统格局。两年后我回到北京到友协做客，新建的大堂和楼阁一砖一瓦都与中式古建水乳交融，我向他竖起了大拇指。

2001 年 7 月，北京奥运申办成功，陈辉把我和吕燕雄请到他办公室，取出珍藏的咖啡、红酒一起庆贺。还拿出友协 2002 年行动计划，邀我们参加，有春季马拉松、夏季环昆明湖跑、藏文化汽车万里行。我俩都想去西藏，陈辉苦笑道：其他活动可以，去西藏得看情况。出发前一个月，他打来电话说：这次有 20 多名美、英、日记者和友好人士报名，这是展示西藏民族政策的绝好机会，我们作为主办方要全力以赴，你们二位只能下一次了。

2002 年 9 月 20 日，陈辉率藏文化汽车万里行车队从北京天安门广场出发，电视新闻报道了出发式。我也给陈辉打手机预祝此行成功，没想到这竟成我们最后的通话。

车队 10 月 2 日顺利抵达拉萨，受到藏族群众和自治区领导的热烈欢迎。当深入藏族生活区考察时，可能因舟车劳顿体能透支，陈辉突发腹部疼痛。为保证此行的成功，他和随队医生要了消炎止疼药坚持着。在车队通过海拔 5000 多米的岗巴拉山口时，遇到了恶劣天气，好不容易穿过疾风和雨雪，又发现有一辆外宾车辆因故障掉队了，陈辉带上两部车返回去救援……藏文化汽车万里行一路艰辛圆满结束，他却住进了北京医院 ICU，经诊断是非常危险的胰腺炎。可能是耽误了最佳的治疗时机或是医院的治疗方案不对，两个多月的紧张抢救以失败告终，宝贵的生命定格在 52 周岁。

2003 年初春寒风凛冽，1000 多人参加了陈辉的遗体告别式，我和吕燕雄都去了。党旗覆盖在陈辉身上，他的夫人和一对双胞胎子女站在身旁，我们含泪向陈辉鞠躬告别，而那在天安门广场起始和终结的中国藏文化汽车万里行，成为我永不忘却的记忆。

2008 年北京奥运圆满成功后，水立方作为华侨捐建的瑰宝备受关注。吕燕雄被市侨办派驻到水立方担任副主任进一步弘扬侨界的爱国精神。2011 年，腾讯公司在手机上创立了微信平台，我在2013年和吕燕雄建立了群聊与私聊。此后，不管工作多忙，我们都可以通过朋友圈，了解对方的活动和心理感受。水立方杯“海外华裔青少年中文歌曲大赛”每年举办一次，吕燕雄不失时机地借此宣传华侨的爱国心。2014 年，水立方举办了 APEC 会议。会议结束后，我带着区政协港澳台侨专委会的委员们参观了水立方主会场，吕燕雄亲自介绍雕漆剔红屏风和曲水流觞晚宴大厅，他说原来我们只是向平民百姓讲述华侨的爱国情结，这回习近平主席和 20 多国的元首都感受到了海外华侨的拳拳赤子心，这是我们侨务工作者最大的欣慰！

2015 年，吕燕雄在水立方举办了一个别开生面的中国华侨抗战摄影展，他不辞辛苦从海内外征集了百余幅珍贵照片，浓墨重彩地将华侨在 70 年前对伟大的抗日战争所做的贡献展示在水立方的华丽大堂里。

退休后的吕燕雄还有一个小小的心愿没有完成，那就是举办他向往多年的个人影展，他再一次背上心爱的徕卡相机和那组蔡司镜头，从江南水乡到长江三峡、神农架、青藏高原、宁夏中卫沙漠……他把美景转发到朋友圈里，我看到后问他以前不是都去采过风吗？他说随着年轮的增长，对光与影的认识也有所不同，我去补拍过去的遗憾。

真正遗憾的是吕燕雄没能如愿举办个人摄影展，他在踌躇满志梳理那几千张摄影资料的时候，癌肿瘤突然出现在肺部，他与新冠病毒和癌症进行了两年多顽强抗争后，于2022年5月静静地走了。

我把他意寓深刻的作品从手机下载到电脑上反复浏览，犹如站在他的摄影展厅里。他的镜头聚焦了美丽的瞬间，他手中的快门就像他爱憎分明的品格一样，总能凸显出主题而过滤掉杂碎。

人民是历史的创造者。在几代中华儿女百年奋斗、实现伟大中国梦的时候，我更加怀念那些为妆点中轴、复兴中华忘我工作的人们。他们生生不息代代相传，演绎着中轴线这部永无休止符的华夏乐章。

主编感言

中轴是根线，它不仅可以穿物，还可以串人。感谢作者对后者这么动心、用情、运笔，以至念念不忘！是的，中轴线上有我们很多老朋友，“生如夏花之灿烂，死如秋叶之静美”，此谓“飞鸟集”。

作者简介

陈揆，高级工程师。中国科技产业化促进会理事，民革北京市第14届委员，东城区第10、11届副主任委员，东城政协文史专员，东城作家协会会员。

我在中轴线上追寻他们的身影

苏 菲

2023 年 3 月 28 日，蒙藏学校旧址暨中华民族共同体验馆开放仪式在西单小石虎胡同 33 号举行。我的母校旧址在荒废多年之后，终于以红色教育基地的身份恢复了原貌。

其实我 1968 年在此上学时，母校名称是“中央民族学院附属中学”，它的前身就是北平蒙藏学校。再往前捋，这座有 600 多年历史的院落，曾是明代的宰相府、清代的驸马府和贝子府，又做过教育皇家宗室子弟的右翼宗学，民国时新月社也在此驻扎。吴应熊和建宁公主、曹雪芹和敦诚敦敏、徐志摩和林徽因都在这里留下脚印……然而这一切，都被李大钊等共产党人带来的光芒所遮盖——这里诞生了中国共产党历史上第一个由少数民族共青团员组成的团支部；这里也是中国共产党历史上第一个由少数民族党员组成的党支部诞生地。从此，蒙藏学校输入了红色血脉，它在中国共产党民族工作历程中，树起了无可替代的历史丰碑。

在母校旧址修复前后，我无数次来过这里。今天，是正式开放后我第四次来。我在“蒙藏学校旧址专题展”“中国共产党民族工作光辉历程和伟大成就主题展”的各个展室间来往穿行、反复观看，在被那些历史文物和图片的不断触动中，我忽然意识到，母校的红色故事和先辈校友，竟与中轴线有着千丝万缕的联系啊！于是，我走出校门，去中轴线追寻他们的身影。

顺着长安街向东，走过电报大楼、新华门、天安门广场。一路上，来往车辆从身边飞驰而过，雪白的玉兰和粉色的碧桃映衬着红色宫墙，阵风吹过，花枝起舞，香入心魄。我走在有着600年历史的长街上，回想着那些100多年前的图像，恍惚间又沉浸到悠远的历史岁月中去了……

那震天动地的呐喊声是来自1919年5月4日吗？我在队伍中看见了蒙藏学校学生荣耀先等人涨红的面庞。那天，他们与北平13所大专院校学生共3000多人，呼喊着“誓死力争，还我青岛”，会聚天安门前，表达“外争主权，内除国贼”的爱国要求，并在《晨报》上以《蒙藏学界之愤慨》为题，刊登了蒙藏学校学生罢课宣言。荣耀先面目清秀，身材颀长，看上去文质彬彬，却是个热血满腔的蒙古汉子。他奔走呼号，与瞿秋白、许德珩、张国焘等人共同发起成立北京学生联合会，以“蒙藏学校一百三十人”名义，参与签署《致巴黎专使电》《致巴黎和会电》等爱国文电。

我的目光停留在天安门华表上那对石犼上，这瑞兽也被称为“望君归”。莫非在五四运动中学生们喊出“还我青岛”的时候，它们也在眺望着那座美丽的海滨城市吗？

蒙藏学校学生在五四运动中的表现，引起了李大钊的注意。李大钊住在离西单很近的文华胡同，他后来经常到蒙藏学校来，向荣耀先等宣传革命思想。1923年，李大钊指示荣耀先回家乡动员进步青年到蒙藏学校学习，共招收土默特旗30多名蒙古族青年，其中包括乌兰夫、多松年等。蒙藏学校成为蒙古族第一代共产党人的诞生地。

这时，天空响起了悠扬的鸽哨，一群从午门飞起的鸽子在天安门上盘旋后，向北飞去。我的思绪仿佛也长了翅膀，飞过金色的屋顶，飞过景山，飞向一座红色的楼房。

记得上次在参观“蒙藏学校旧址专题展”后，我曾专门去了一趟北大红楼，探寻李大钊在北大红楼与蒙藏学校之间活动的印记。

进入红楼，顺着棕红色的木质地板，“咚咚”的声音仿佛是历史的回响。我走过一层李大钊的图书馆主任室和二层的文科教员休息室，当时这是北大师生可以无所顾忌辩论的场所。在争论中，新思想冲破了封建、呆板、沉闷的空气，也为马克思主义在中国的传播打开了一扇门。在三层的33展厅，恢复了“亢慕义斋”的场景。“亢慕义”是德语“共产主义”的音译，“亢慕义斋”即为“共产主义小屋”。这里是李大钊组织的马克思主义学说研究的活动室。1920 年 3 月，李大钊、邓中夏、高君宇等 19 人在北大红楼成立了马克思主义学说研究会。

我想，在北大红楼里，一定有蒙藏学校荣耀先等人的活动痕迹。因为自 1923 年秋季开学后，李大钊、邓中夏、赵世炎、韩麟符等就多次到蒙藏学校，宣传马克思主义，教育和引导这些热血青年。1924 年春天，中共北方党组织在蒙藏学校成立了团支部，多松年、乌兰夫先后担任团支部书记。1924 年下半年，吉雅泰、李裕智、乌兰夫转为共产党员，继而成立了中共历史上第一个由少数民族党员组成的党支部，其中，荣耀先是我党吸收的第一个蒙古族共产党员。李大钊、邓中夏还指导多松年、乌兰夫、奎璧刻印出版了面向蒙古地区宣传马克思主义思想的刊物——《蒙古农民》，这也是中国共产党历史上第一份少数民族革命刊物。

到 1925 年 1 月，蒙藏学校 120 多名学生中，已有 90 多名中共党员和青年团员。李大钊后来还安排蒙藏学校的党团员们分赴莫斯科、广州农民运动讲习所、黄埔军校学习，这些人中很多后来成为党在少数民族地区播火的重要骨干。1984 年 3 月 6 日，已是国家副主席的乌兰夫回到母校，在东寝室门口驻足，回忆当年的入党仪式；在那棵 400 年的大枣树前，他抚摸着粗大的树干，深情地说，共产主义在少数民族中的传播，就是从这个学校开始的。

我的目光回到天安门广场，我看见了那面神圣的国旗，还看见了国家博物馆、人民大会堂上呼啦啦飘扬的红旗，那旗帜正伴随着一个声音在空中回响：试看将来的环球，必是赤旗的世界！

我沿着中轴线向南，来到前门大街。重修的正阳桥五牌楼金漆彩绘、红柱绿瓦，拢着这条著名的商业街。现在，前门大街上熙熙攘攘，到处都是前来购物逛街的人。不知不觉间，这场景幻化成彩旗挥舞、锣鼓喧天的那一天。1949 年 1 月 31 日，北平和平解放，解放军列队从前门大街进入内城。我在欢迎的秧歌队里，看见了蒙藏学校的学生们，其中那个梳着两个鬏鬏、男扮女装的小孩扭得格外起劲。他就是我七年前采访的1950届校友、志愿军老战士郭忠雄。已经82岁的郭老说到这一段仍十分兴奋，他说：战士们看我可爱，一下子把我抱上坦克，我是坐在坦克上和解放军一起进城的！

郭忠雄是达斡尔族。1947年13岁时，随妈妈从张家口来到北平，进了管吃管住管学习的蒙藏学校。两年后北平解放，郭忠雄在学校里接受革命教育，从懵懂少年成长为向往进步的青年。1949年6月，他成为学校第一批共青团员。郭忠雄说：那一刻，我感到无比光荣和自豪，感到自己的命运和新中国紧紧连在一起。

正当中国人民准备建设自己的国家时，朝鲜战争爆发！蒙藏学校掀起报名参军参战的热潮。1950年11月，郭忠雄与10名同学被批准入伍，被送到刚成立的防空部队探照灯团。集训4个月后，部队开赴前线。

我在后来撰写的文章《当战争来临的时候》中写道：朋友，不知你是否想过这样的问题，当战争来临，需要你走上战场保卫家园之际，你会犹豫吗？当生与死的考验摆在面前时，你会退缩吗？而当我们真正静下心来思考这个问题时，就会从心底里钦佩那些为保家卫国舍生忘死的人。

郭忠雄所在的探照灯团负责保卫水丰发电站。敌机经常飞来开枪开炮，意图炸毁水库大坝。记不清多少次警报响起的冲刺，记不清多少次滚烫的炭精棒把手燎出血泡，记不清多少次敌人的炮弹从头上飞过……但郭忠雄唯独清楚地记得那年五一前夕，他爬上高高的木架去搭松枝彩门，战友们在下面喊："你爬那么高，能看见祖国吗？"郭忠雄为这句话而心驰神往，他喊道："我看见天安门啦！"

我相信，那时候他一定又看到了开国大典的红旗飘扬，听到了震撼寰宇的欢呼声。

郭老告诉我，蒙藏学校先后有90多名校友参加了志愿军。他说，如果不参军，我们会顺利完成初中、高中学业。而现在，我永远是1950届初中肄业。但是，参加抗美援朝，是我这一生最难忘的经历，因为在祖国需要我的时候，我做出了最正确的选择！

此刻，我站在前门大街那条中心线上，思绪随着中轴线不断向南北延伸，越来越被它的深厚底蕴和磅礴气势所感动：中轴线不仅体现着古老北京的庄严和华美，承载着古都历史文化的典雅和厚重，对于在血与火的淬炼中诞生的人民共和国来说，中轴线像一条红线，穿起了北大红楼、蒙藏学校、李大钊故居、来今雨轩等 31 个红色历史地标，让我们看到了在中国共产党建党史中的“北京贡献”；中轴线也像一条红色长廊，闪动着无数共产党人包括我的先辈校友们为争取民族独立、国家富强而浴血奋战的身影，有很多人为此献出了生命，还有更多的人仍然在不懈拼搏。他们的身影可能会随着时光慢慢隐入历史隧道，但那不忘初心、薪火相传的精神却始终清晰。

我爱我的母校，我爱这红色的中轴线。

主编感言

在北京，很多人的母校都是与中轴线密不可分的。但这一篇，虽大音希声，却与黄钟大吕可谓绝配。

作者简介

苏菲，高级编辑，中华诗词学会会员，野草诗社副理事长。曾任中国工商报社常务副总编辑。先后荣获中国记协第二届“全国百佳新闻工作者”，中国产业报协会“总编辑金笔奖”“媒体创新奖”。

天上的中轴线

王　童

说故宫是建在天上的宫阙，许多人或许感到诧异，但实际上这座紫禁城本就是座带着天地感应的“天宫”。其建筑渗透着中国古代“天人合一”的规划理念，用天上的星辰与都城规划相对应，将天帝居住在紫微宫同人间的“真命天子”相对应，称为“紫禁”。无论是华表上的犼还是屋脊上的“骑凤仙人”，仰首向日的龙、凤、狮子、海马、天马、押、鱼、狻猊、獬豸、斗牛、行什等，无不在呼风唤雨、吟风弄月。

天际上的紫微垣为三垣的中垣，在北天中央位置，故称中宫，以北极为中枢。有 15 星，分为左垣与右垣两列。《宋史・天文志》：“紫微垣在北斗北，左右环列，翊卫之象也。”古代皇宫多以紫微垣命名，西汉的未央宫、隋唐的紫微城及至今明清的故宫。

2022 年 11 月 29 日晚，神舟十五号成功发射！并于当天 23：14 分许，飞过故宫角楼的那刻，似乎也成了一种象征，印证了神祇与人间相会的瞬间，这浪漫的邂逅，足以让人产生无限的梦幻。

说起中轴线，自然离不开故宫的檐和房、离不开天安门。这应是中轴线的中心点，由此串联起的那些城、那些城门，以及在这城脚下、门洞里流动着讲不完、说不尽的酸甜苦辣的故事。各种此起彼伏的建筑、场馆都无不打上时代的烙印，折射出流金岁月中的记忆。

建筑大师梁思成赞美这条中轴线是一根长达 8 公里，全世界最长，也最伟大的南北中轴线，它穿过全城，将北京独有的壮美、和谐、对称的层次叠替出来，前后起伏、左右呼应，时间与空间在这中轴线上，南北延伸、聚合辐射，产生了一种舒适的景观。

我曾不止一次登上俯瞰故宫全貌的景山，眼望着那层峦叠嶂的金色屋顶，拍下过不同季节里的微妙变化的照片。黄昏中的紫禁城，披着夕阳，展现出浮光掠影的轮廓，毗邻的人民大会堂及国家大剧院与之相互辉耀，体现出了那种悠久、厚重与现代的交织。中轴线串联起来的历史，就在我们眼前浮现出百年、千年，以及浩渺星空中离合聚散的神秘传说。雪色下的故宫建筑群则呈现出银装素裹的旖旎，宫檐顶的脊骨上显露出错落有致的洁面，煞有白雪公主飘然降落人间的感觉。而西北方向的白塔与雪色融为一体，显得飘逸而又洒脱。雪色中的景山覆盖着崇祯帝自尽的悲剧，那棵吊死他的树也在这中轴线上的一个角落里，看后令人感慨万千。

中轴线上拴结着的往事，似都和中国的命运息息相关，近代以来五四运动中争民主，争自由，追求平等、博爱、科学的口号带来华夏的变革，开国大典的盛况，翻开了新中国崭新的一页。还有那些夹杂其间不堪回首的动乱，都无不让人百感交集。

从金水桥上过去，站在天安门的中心门洞向前望去，人声鼎沸的广场及立在广场上的旗杆，伫立在旗杆下的护旗卫兵，构成了一道肃穆庄严的天际线，头顶上的国旗似也在诉说着往事。电影《末代皇帝》中有一细节便是年幼的溥仪被囚禁在此，想奔向中轴线，一开眼界不能而被封闭在宫里。

开国大典上，天安门城楼挂着的是毛泽东那幅戴着帽子、微笑着注视前方的画像，此是周令钊在董希文画笔基础上重新绘出的。应该说这幅画同民众有很大的亲和力。领袖望着中轴线旗杆升起的国旗，宣告着一个国家的诞生。由此，我曾建议过，每年的国庆日，应重新挂上这幅画像，以志纪念，也可让人抚今追昔。

从悬挂的毛泽东画像下进入故宫，除了那些让人叹为观止的飞檐斗拱、气势如虹的建筑外，太和殿露台左面迎天的日晷更让人难忘，它的晷针斜指着上苍，对接着日月，告知着这方天地的辉煌。

故宫的壮观在世界上是无与伦比的。我见过英国的白金汉宫等世界上其他一些国家的皇室建筑，虽各有特色，也很巍峨，但比之故宫的灿烂炳焕，简直是小巫见大巫，无从可比。日本的皇宫，依山傍水而立，虽很精致、干净，相对故宫来说，它只是一个微缩景观。故宫的四体八方、宏大及雕梁画栋，渗透着延续至今的文化氛围是无处无人无他方可取代的，它是伟大的，也是我们的瑰宝。

林徽因在《谈北京的几个文物建筑》一文中，曾写道：北京是中国乃至全世界文物建筑最多的城市。城中极多的建筑物或是充满了历史意义，或具有高度艺术价值。她认为天安门广场的平面是作“丁”字形的。“丁”字横画中间，北面就是那楼台峋峙、规模宏伟的天安门。楼是一横列九开间的大殿，上面是两层檐的黄琉璃瓦顶，檐下丹楹藻绘，这是典型的、秀丽而兼严肃的中国大建筑物的体形。上层瓦坡是用所谓“歇山造”的格式。

中轴线再向南延伸，便到了外城的永定门，永定门被拆除后又按原图原址重建了起来。在建党百年的日子，东城女企业家协会曾组织过百名企业家朗诵过我创作的诗作《北京·东城》，其中录制视频的一个景点，就是从永定门门楼上开始的。登上曾被拆除过的箭楼、瓮城，举目远眺，城下笔直的林荫路射向远方，将中轴线的笔锋遒劲有力地画向法源寺、天坛公园等处，当然，也会重新插进故宫的角楼。

角楼这一景致，引无数摄影爱好者来拍摄其风姿，这是故宫的起点，也是终点。站在上面仰看着天空，会有某种感慨油然而生。沉睡在地上的元大都、明嘉靖、清康乾似都从梦中醒了过来，它们与现代、与太空融为一体。

天宫空间站现就在我们头顶在轨运行，航天员梯队般接二连三地穿梭往返，而古来“道生一，一生二，二生三，三生万物”的理念中，天地的感应已真实迎来了杂交水稻、玉米、小麦、辣椒、番茄等蔬菜离开地心引力，茁壮生长，并又重返地球繁殖、培育的轮回。中轴线已联结到了紫微闪烁的太空中，那里将会有我们智慧、理想的中轴线在熠熠生辉。

主编感言

一条中轴线，引发作者天上地下，多番求索，无限感慨，并且一一用文字呈现在我们眼前。这是流动的美，也是一种厚重的美。

作者简介

王童，诗人、散文家、摄影家、小说家，供职于中国作家杂志社。中国作家协会、北京作家协会、中国诗歌学会、中国报告文学学会会员，中国摄影家协会会员，中国散文学会理事。《北京文学》原主编助理、资深编辑。第四届鲁迅文学奖最佳编辑。洛阳师范学院客座教授。《中国诗界》微信版主编。发表中短篇小说及散文诗歌等百万字。诗歌散见于《人民文学》《诗刊》《草堂》《星星》《人民日报》《光明日报》等报刊。作品多次获奖。部分作品被译介至欧美。另有诸多摄影作品获国内外奖。出版有小说集、散文集、摄影集多部。诗集《寻找旅行者一号》获第四届中国长诗奖。

兜兜转转三部曲

金京一

你到过北京吗？我相信，凡是到过北京的人，都会在中轴线上留下一段故事。无论是苍松翠柏的园林，还是条石铺路的街道，无论是红墙金顶的紫禁城，还是晨钟暮鼓的城楼，大脑深处都会被留下一个挥之不去的痕迹。凡是在中轴线上吃（吃喝）、住（住宿）、赏（欣赏）、购（采购）、游（游览）过的人，一旦遇到蛛丝般的刺激，痕迹马上就会从脑海中蹦跳出来，咀嚼回味。而我经常回味的是对中轴线兜兜转转一生的伴随。

（一）

20世纪50年代初，我出生在紫禁城边上的东厂胡同，这条胡同在东黄城根南街上，这条街因为紧邻故宫，新中国成立前一度叫“皇城根”，后来以示破除帝制，便将“皇”字改成了“黄”字。可老人们依旧喜欢使用“皇”字，以示这里是天子脚下的根吧！就连当时我上的学校名称现在互联网上去查，仍能看到“东皇城根小学”字样。2000年年初北京城市改造，学校被拆除，老师和学生合并到了其他学校，原校址变成了现在的“皇城根遗址公园”的一部分。

由于时间久远，依稀记得学校是几进的套院，教室是经过改造的灰墙灰瓦大屋顶的房间，操场与北河沿大街一墙之隔，长不过百米，宽不过几十米，是学生们课间活动的唯一场所，一到课间乌压压一片嬉笑打闹的同学。校区因为场地小，很多大点的集体活动比方大队日、运动会甚至春游，学校都是组织学生到距离很近的景山和北海公园举行。清楚记得，二年级时我加入了少先队，刚入队就被推选为中队文体委员，这个少儿的光荣时刻，恰恰是在景山公园北侧的寿皇殿也就是原来的北京市少年宫那里实现的。队日结束后，我扛着两道杠牌牌和我“下属”的小队长们，兴奋地从后山爬上景山最高的万春亭，向北眺望雄伟壮观的故宫城池，尽情地享受“六一授衔”的愉快！从那以后，我就经常以文体委员身份，组织我们中队到景山公园搞一些文体活动。

少儿记忆最深的地方，也是中老年后最向往和常去的场所，几乎每年牡丹盛开季节，我都要去景山公园转转看看。在寿皇殿前的广场上站立一会儿，寻找儿时的记忆，似乎还能听得到那时少年宫里面传出的歌声、乐器的弹奏声，看到参加不同课外活动的少年儿童的身影。在公园前后山的牡丹园中吸闻满园沁肺的花香，用相机捕捉那些雍容华贵五彩缤纷的单朵或成片牡丹的身姿，尤其是围着环山的园林道走一圈，寻找那难得一见的“二乔”。

（二）

1985 年我从部队转业回到北京，进入了当时对外经济贸易部的一家进出口总公司。这家总公司位于北京知名的“出口大楼”里面，在这里有中国粮油食品进出口总公司、中国纺织品进出口总公司、中国土产畜产进出口总公司等五家公司。巧的是“出口大楼”也坐落在“皇城根遗址公园”旁边，距离我小时候的家和学校仅有一里之遥。命运总是在不经意中巧合，虽然中轴线地理位置没变，但是时间的中轴线却发生了改变，童年的我变成了中年，20 年一回首，又到了原点。

那时“出口大楼”内的外贸公司肩负着为国家出口创汇的重任，1985 年，我们国家的外贸进出口总额不到 700 亿美元，同事们在一起经常聊的话题是，什么时候我们国家的进出口总额可以超千亿？什么时候我们也可以位列于世界经济大国？伴随着改革开放，中国的对外贸易发生了巨大的变化，国际贸易交流日益增多，外国商人鱼贯式地前来中国洽谈贸易，商讨投资交流，其中很多外宾是第一次来中国。为了增进相互了解，促进和扩大贸易往来，公司往往是在贸易谈判之余，向他们介绍中国的历史文化，介绍中国的发展变化。

说起介绍历史文化，“出口大楼”地处东华门一侧，各公司有着一个得天独厚的地理条件，就是带客户去参观故宫、劳动人民文化宫和中山公园，不用开车步行几分钟就可以从东华门进入故宫。我们多数习惯是谈判参观一条龙，通常上午安排谈判，中午在左近饭店宴请，宴会结束后去故宫参观。多年来，业务部门的领导或业务员，都不止一次地带客户去过故宫参观。记得一个年轻的业务员刚刚大学毕业分配到公司工作，上班没几天领导就安排他准备好带客户参观故宫，因为不知道故宫的景物怎样用英文讲解，弄得他几天没睡好觉疯狂背单词补课，最终还是连比画带说地完成了任务。还有一个业务员，一年中带客户参观故宫达十多次，他曾诙谐地说：我以后不怕失业了，失业了我就去做故宫专职导游，肯定比一般导游受欢迎，因为我是中英文全能，可以国内国外游客“通杀”，哈哈。

几十年过去，外贸人曾经梦寐以求的愿望终于实现了，我们国家的进出口贸易取得了天翻地覆的变化，到 2022 年年底我国进出口贸易总额达到了 42 万亿元人民币，按美元计价是 6.31 万亿美元，远远超出了我们当年的梦想。而我们的国家也一跃成了世界第二大经济体，我国的经济实力在不断地强大。

（三）

时间跨进了 21 世纪，转眼间我从童年变成了中年，又从中年步入了老年。然而不变的仍是那中轴线上的天坛公园、前门大街、正阳门城楼、天安门、故宫和再向北的景山公园、钟鼓楼……

退休离开工作岗位后，刹那间时间充裕了，好像人可以自由地在时空中漂流，中轴线上的景观，变成了经常的打卡地。

闲暇之余，偶尔去趟天坛公园，停留在一棵棵古老的松柏树下闭目凝思，极力地想看到几百年前它是怎样的身影，又想进入树中去细数它内心的年轮，感受那一圈圈的百年灵气。

有时踱步在前门大街上，手持一串冰糖葫芦，穿梭在鲜鱼口和对面的大栅栏，尤其是走到同仁堂药店门前，总要驻足看一眼门口的那两尊石狮子，欣赏它的傲气和霸气，有一次利用傍晚光线的衬托，用手机照出了一张满身金黄、一张通体灰白两张相同但不同色彩狮子的照片，至今还珍藏在手机中。

疫情防控期间，出门的人少了，来北京旅游的人更为鲜见，就连故宫也闭馆谢绝了参观。一次偶然的机会，我和姐姐随博物院工作的朋友进到故宫里面，空旷的故宫里就我们两三人信步漫游，对喜欢摄影的人来说，没有人头攒动的游人，景色才最为安静和惬意。我那天端着相机不停地按动快门，拍下了许多难得称心的照片。

有时间还会去天桥剧场欣赏一场中央芭蕾舞团的演出。

退休的生活可以是闲散的，也可以给自己找点喜欢的事情做。因为一个机会我加入了北京科技诗苑，因为大学学的是新闻专业，在部队是修理电台，摄影和电脑操控这得天独厚的条件，让我华丽转身成了北京科技诗苑的音画总监，朗诵诗歌的背景和音乐几乎全部出自我手。在由诗社社长宋毅根据京味作家刘一达作品改编的“中轴线故事由儿”“遥想当年护城河”“胡同味道”等情景剧的背景和音乐制作中，为了剧情、背景及音乐交融一体，和中轴线又产生了一段交集，走前门大街，拍摄铛铛车和前门城楼，绕故宫、东便门、右安门、广安门的护城河，记录京城护城河的影像，穿大街走小巷，拍摄胡同照片……把《前门情思大碗茶》《故乡是北京》等歌曲插入背景音乐中，通过诗友们的共同打造，情景剧成功地在东城区第二图书馆剧场首演，继而又在很多地方演出过，还包括在前门大街的广和楼大剧台上。

作为一个土生土长的老北京人，几十年来，我与中轴线结下了一辈子的不解之缘。人生是有限的，但是北京的中轴线却是久远流长的。因历史的沉积和文化的积淀，它会越来越为时代所延续，定会在北京这个历史舞台上绽放出长久永存的活力。

主编感言

情真意挚，兜兜转转中轴在；年深日久，心心念念一线情。此文于平白直叙的质朴中，深溢出很多老北京人对中轴线的一个“情”字，文殊意广。

作者简介

金京一，毕业于天津师范大学中文系新闻专业。军人出身，转业后曾任中国土产畜产进出口总公司子公司副总经理。喜好文学、摄影和电脑平面及视频制作，现兼职北京科技诗苑音画总监。

划线人

尧山壁

北京中轴线，最初由谁划定，刨根问底，找到一个人，刘秉忠。

刘秉忠公元1216年生于邢州东静安村，祖上三代为地方小吏。自幼聪慧过人，学习儒家经典、诗词书画。23岁辞官进山，修炼全真道，又被天宁寺虚照禅师招之为僧，后在邢西创建紫金山书院，主攻数理，有学生郭守敬等人，史称天文、卜筮、算数皆有成书，无不极其致，诗词乐府又皆脍炙人口。之后云游四方，挂锡云中南堂寺，潜心阴阳、律历、三式六壬之学，声名不胫而走，被人推荐到蒙古王子忽必烈幕府，成为智囊核心。有凿通三教、经邦建国旷世奇才，谏言："采汉法，以儒治国。"他辅助忽必烈改朝换代，革故鼎新，建立了中国史上版图最大的帝国，大元取《易经》"大哉乾元"之意。

原来蒙古人居无定所，冬夏两迁。刘秉忠筹建都城，选址蒙古高原与燕山山脉接合部的龙岗脚下，符合中国古代风水学，"龙岗蟠其阴，滦江经其阳，四山拱卫，佳气葱郁"，城市与草原融为一体，宫城、皇城、外城三环相套，军营、阓市、民居、馆驿四部分明。用时四年建成，定名开平府，即元上都。

忽必烈称帝，采取刘秉忠的建议，中心南移，在金燕京基础上建元大都。刘秉忠为总设计师，有建设元上都经验，更发挥《易经》理念，规划城市为长方形，郭城、皇城、宫城三重套合，前朝后市，左祖右社，南开三门以象天，北开两门以象地，四方五位，立中树轴，正统尊大。中轴大体顺子午线，以丽正门外第三桥南一树为向，北对丽正门门缝。在积水潭北岸立“中心之台”石碑为基准点，台东 15 步建“中心之阁”。中轴线北起鼓楼，南至永定门，7.8 公里。全城面积 50 平方公里，主街道宽 25 米。他的学生郭守敬纳西山泉水入城，完善了水利系统。一个世界级的大都市横空出世，较大唐长安更为整齐、开放。中国著名建筑学家梁思成说：“北京独有的壮美秩序就由这条中轴的建立而产生。”世界著名城市规划专家罗斯穆森说：“整个北京城匀称而明朗，是世界奇迹之一，是一个卓越的建筑物，一个伟大文明的顶峰。”

刘秉忠还是一位文学家，有《藏春集》六卷传世。他的诗词曲赋清新壮丽、洒脱平易。常常选录元曲首篇。如散曲《南吕·干荷叶》：“干荷叶，色苍苍，老柄风摇荡。减了清香，越添黄，都因昨夜一场霜，寂寞在秋江上。”“南高峰，北高峰，惨淡烟霞洞。宋高宗，一场空。吴山依旧酒旗风，两度江南梦。”刘秉忠 59 岁无疾而终，葬于卢沟桥北。可能有些偏见，这个人物没有得到应有的评价，声名不如他的学生郭守敬。可是他一手策划的北京中轴线，历经明清两代没有变更，延续至今，成为一项重要的世界文化遗产。

到了北京不容易迷失方向，这是最起码的共识。我学生时期进北京，如临天国仙界，庄严雄伟，威风八面。因为有了中轴线，北京城的格局显得十分伟大，堂堂正正，规规矩矩，走在天安门广场和前门大街上，自然地昂首挺胸，身板笔直，走起正步来。离开北京，永定门到保定的铁路，方向明明是西南，而觉着是正南。据说去往天津、太原、张家口、承德的人也有这种感觉。后来，长安街的形象日渐突显，中轴线和长安街形成了一个大大的十字、一个大大的加号，一个地球上最著名的地标，中轴线展开了双翼，不知当年的刘秉忠预见到了没有。

主编感言

“北京中轴线，最初由谁划定，刨根问底，找到一个人，刘秉忠。”谢谢作者这篇破高温、越长途投来的“刨根问底”之作！

作者简介

尧山壁，1939 年生于河北隆尧农村，河北省作家协会原主席，中国散文学会顾问。

在另一条“中轴线”上

沈俊峰

那些年，午饭后散步成了我的习惯。

出单位大门，两三百步就穿过了门前的马路和广安门南桥，到达护城河西岸。那里树木茂密，绿荫匝地，是走路散心的好去处。唯一的不足，是紧邻西二环，车流如水，噪声轰然，片刻不息。我曾经站在路边，数一分钟驶过多少辆车，结果几次都以失败告终。机枪子弹一般闪过的汽车，让我头晕眼花。

不过，在绿荫中走着走着，噪声似乎就不复存在了。如果更想清静一些，就可以下到河堤半腰上的廊道去走。这下沉式的河堤，能吞没那些细微的噪声。走到白纸坊桥，折身返回，差不多半小时。走路是休息，也是思考，常常于不知不觉间明白了许多事情。所以，只要上班，刮风下雨抑或大雪纷飞，我几乎没有中断过。

这个路段，是北京营城建都滨水绿道。从地图上看，这条滨水绿道就像是一根拐杖，从木樨地开始，往东，经过公安大学桥、白云桥至甘雨桥，是拐杖的手柄。从甘雨桥南拐，途经天宁寺桥、金都苑桥、广安门北桥、广安门桥、广安门南桥、枣林桥、白纸坊桥，一直到永定门桥，这大约 9.3 公里的距离，就是拐杖的杵地长杆了。

我就在这杵地长杆上散步那么一段。

广安门南桥的西头，长着十几棵银杏，高大挺拔。银杏树光滑的肌肤，常常让我忍不住一棵接一棵地抚摸而过。那一丝滑滑的凉意透过掌心，沁入心脾，让人顿有空灵之感，似乎感应了银杏树承天接壤的气息与力量。

往南，一路皆是柳树、槐树、银杏、桃树、松树、翠竹以及迎春亭、栈道、石桌、石凳，它们的错落有致构成了一个绿意盎然的小花园。

过枣林桥不远，矗立着一座高高的青铜纪念阙。第一次看见它，我充满了好奇，驻足良久，盯着“金宫殿故址”那五个大字，心中着实有了一点震动。古城北京的每一寸土地，似乎都埋藏着值得说道一番的历史。

纪念阙四周的基座，铺砌了汉白玉大理石。北向的大理石上，刻了密密麻麻的文字。细看，原来是著名历史地理学家、北京大学教授侯仁之的《北京建都记》：“北京古城肇兴于周初之分封，初为蓟。及辽代，建南京，又称燕京，为陪都。金朝继起，于贞元元年即公元1153年，迁都燕京，营建中都，此乃北京正式建都之始，其城址之中心，在今宣武区广安门南。”

又说：“金中都以辽南京旧城为基础，扩东、南、西三面有差，而北面依旧。城池呈方形，实测四面城墙，东长4510米，西长4530米，南长4750米，北长4900米。四面城垣各开三门，北城垣复增一门，共13门。城内置62坊，前朝后市，街如棋盘。”

侯仁之先生的文字，还让我知道，金中都的皇城略居全城的中心，四面各有一门，正南的叫宣阳门，门内，有街直通皇宫应天门前的横街，两侧建有千步廊，廊东有太庙，西有中央衙署。而宫城位居皇城东偏，宫室建筑分为三路，结构严谨。

侯先生的考证，画出了一幅非常清晰的线条图：中路殿宇有九重，前有大安、仁政两殿，为常朝之所，后有后宫，为帝、后所居。主殿大安殿建于三层露台之上，规模宏伟。东路有东宫、寿康宫、内省诸建筑。西路有蓬莱院、泰和宫等建筑。宫城内西南隅凿鱼藻池，建鱼藻殿，以为宫城之内苑，故址即今白纸坊桥西之青年湖。宫城迤东置太子东宫，迤西为同乐园，有瑶池等湖泊。

元朝定都北京，是在金中都城的基础上进行了规划扩建，奠定了明清及今日北京城的基础。

1990年，北京市有关部门在右安门外大街迤西之凉水河北岸，发现了金中都城的水关遗址，于是就地建成了辽金城垣博物馆。同年，北京城两厢道路改造，市文物研究所沿宣武区滨河路两侧，探得金中都宫殿夯土13处，南北分布逾千米，经过局部发掘，确定了应天门、大安门和大安殿等遗址的位置……

眼前这座纪念阙矗立的地方，就是金中都大安殿的遗址。

纪念阙的南北地面上，分别嵌着金中都与现代北京城的位置对比图，让人一目了然。现代北京城在地理位置上，与金中都有着部分的重合。

原来，北京城有两条"中轴线"。其一，是现在我们熟悉的，从永定门往北，经过正阳门、天安门、午门、神武门、景山、地安门、钟鼓楼的中轴线。其二，就是沿广安门外滨河路的南北一线。我和同事天天散步的地方只是其中的一段。不过，这条"中轴线"上的建筑物早已淹没于历史的长河，不为世人瞩目，我们只能通过历史文献和考古勘探来凭吊想象它们的遗迹和面貌。

据史料记载，这条"中轴线"南起金中都城丰宜门，北止通玄门，主要建筑有丰宜门、龙津桥、宣阳门、应天门、大安殿、仁政殿、拱辰门、通玄门。

在这条"中轴线"上，如今只残存了金中都的宫城应天门，外朝大安门、大安殿、鱼藻池，内廷仁政殿等遗迹、遗址以及零星的地名：丽泽桥，位于金中都城墙的丽泽门处；北京西站附近的会城门，是金中都一座城门的名字；仿古建起的宣阳桥，取名于皇城的正门宣阳门。这些残砖断瓦般的遗存，是对一代王朝兴衰存亡的最好注解。

"天子中而处，此谓因天之固，归地之利。"中国历史上那些封建帝王统治者，"唯皇权为大"，都将都城建造得宏大奢侈，视天下为私，无视人民疾苦，最终被历史无情地抛弃。"中轴线"留给我们的，是往昔的辉煌，是中华民族融合发展的见证，是无法复制的历史文化遗产，是骄傲和自豪，却不能成为前行的负重。

历史限制了我们的想象。

历史也广阔了我们的想象。

在北京城的另一条“中轴线”上，我从春走到夏，从夏走到秋，不知不觉走过了十多个春秋。那些年的每一天都有我的收获，成就了我的今天。

主编感言

此篇来稿令人惊喜，没想到“中轴线”还可比翼齐飞！作者甚是“上得厅堂，下得厨房”——这厨房就是鲜为人知的“西中轴”——或可曰：没有厨房，哪有堂皇？

作者简介

沈俊峰，中国作家协会会员，中国散文学会理事，鲁迅文学院高研班学员。作品散见于多家报刊，入选多种选本或中小学生读物、中高考试题。出版散文集《影子灯》《在城里放羊》《在时光中流浪》，长篇纪实文学《邓稼先：功勋泽人间》，长篇小说《桂花王》等数种，《桂花王》入选安徽省中长篇小说精品工程。获冰心散文奖、中国报人散文奖、安徽省政府文学奖。

中轴线西爆肚冯

冯伏生

清光绪十一年（1885），我太爷爷冯立山在北中轴线的后门桥创立了“爆肚冯”，一开始摊位就设在西不压桥胡同附近。到了光绪末年，我爷爷冯金河接手了这摊买卖，成为爆肚冯第二代传人。

我爷爷既是个勤快之人，又是个俭朴之人。他在摊位门柱上，贴了一副“善良是求财源泉，勤俭乃致富根本”的对联，作为座右铭时刻告诫自己。我爷爷为了降低成本，充分利用原材料，把下脚料变废为宝，为了节省煤钱，他经常到后海达官显贵大宅门前，去捡人家倒掉的煤核，用来烧火做饭。

我爷爷一直遵守我们回族定下的规矩：饭前洗手，餐具专用，右手取食，压饭敬客，生熟分开，冷热分开。货真价实，童叟无欺，礼貌待人，深受广大食客的喜爱。

在后门桥以西，什刹海那一带住的清朝官宦人家比较多，那些八旗子弟也是我爷爷爆肚摊的座上客，他们非常喜食我爷爷水爆的羊肚子。后来，经宫内当差宦官的推荐，我爷爷把牛羊肚子卖进了紫禁城御膳房。

辛亥革命废除帝制以后，中国最后一个皇帝溥仪迁出紫禁城。作为以前宫里的特供点，我爷爷也就不再往御膳房送牛羊肚子了。再加上居住在什刹海这一地界儿的八旗子弟，没有了宫里赏赐的俸禄，也就拿不出闲银子再到我爷爷的摊位去品味爆牛羊草芽子了，彻底断掉了老冯家在内城的买卖资源。

为了养家糊口，也是为了能在外城找到生活出路，我爷爷在1919年，索性把爆肚生意迁移到京师最为繁华、时尚，也最有商业气息的大栅栏地区。

京都老回民做生意的讲究“三把刀”：一把剔羊肉，一把切年糕，还有一把雕玉器。前门外廊房二条，清末民国那会儿是享誉中外的古玩玉器街，90余家商铺，就有 30 多家是回民经营的。老回民开的古玩玉器铺，好多家是前店后厂，他们精雕细琢的翡翠玛瑙，大部分都被中外游客、达官显贵、文人墨客高价淘换走。

我爷爷就是看中了这块宝地，在廊房二条东段路南租了一个门脸卖爆肚，从此“爆肚冯”在这儿扎下了根。

我爷爷也在门框胡同摆摊卖爆肚，这里紧靠着同乐轩影戏院的东山墙。摊位北边是林记奶酪铺（奶酪魏），南边挨着年糕杨、豆腐脑白等几家回民小食摊。再往南走，就到大栅栏街了，门框胡同南口紧对着乐家老药铺“同仁堂”。老乐家哥儿四个掌柜的，都是爆肚冯的常客，他们都是冲着我爷爷的手艺来的。郭宝昌导演的长篇电视连续剧《大宅门》，里边就展演了白七爷带着他孙子，到门框胡同我家爆肚摊吃爆肚的情节。

我爷爷起早贪黑在门框胡同卖爆肚，始终坚持“和为贵、忍为高、实为美”的原则，童叟无欺，和气待客，做生意一点儿也不敢马虎。您老人家每天都要选购新鲜的绵羊全肚儿，用活水冲洗干干净净，撕掉肚油，把羊肚子（羊的四个胃），分裁成肚领、肚板、散丹、食信、蘑菇、葫芦等几部分，然后把肚领去皮剥成肚仁。根据不同部位，肚子有的切成韭菜叶宽的横丝，有的切成骰子块状，有的切成扁豆条状。

摆摊卖爆肚跟店里卖爆肚不一样，因为条件有限，只能舍弃油爆和芫爆，光卖水爆肚。卖的品种少了，为了吸引顾客，只好在水爆上下功夫。我爷爷的水爆肚，掌握火候全凭感觉，水爆羊肚仁儿、羊肚领儿、羊蘑菇头、羊散丹，生熟就在手颠漏勺在沸水锅中一焯，相差几秒之间，就能做到不早不晚、不生不老的“恰到好处”。让慕名而来的食客，吃起来又脆又嫩，越嚼越起劲儿，越品越有味儿，唇齿留香。

吃爆肚离不开佐料，我爷爷在配料上也下了大功夫，小料酱油、醋、虾油、糖蒜必买六必居的，酱豆腐必购王致和的，芝麻酱、香油必用粮食店街的。还好，店铺都在廊房二条附近。这些原材料和我爷爷现炸的花椒油、现捣的蒜蓉、现熬制的中草药料配在一起，就是上得了台面的好佐料。食客用筷子夹着水爆肚，在小料碗里蘸满佐料，往嘴里一送，赞不绝口，吃了一盘再要一盘，从爆四样开始吃，一直吃到最嫩的爆羊肚仁儿，过瘾了为止。电视剧《大宅门》里，白七爷爷孙俩一次就吃了 15 盘，一点儿都没夸张。

我爷爷凭着“选料精、刀工细、火候准、佐料全”这四大法宝，带着我大爷、二大爷、我父亲，创出“爆肚冯”这个品牌，一直在门框胡同卖爆肚卖到 1958 年公私合营。

公私合营后，我家爆肚冯摆摊的那个地界儿，又恢复成同乐电影院安全门。30 年后，爆肚摊位旧址后面，盖起北京第一家球幕电影院。

1984，我最小的弟弟作为爆肚冯第四代传人，到宣武区工商局申请了个体餐饮营业执照。借着改革开放的春风，爆肚冯在廊房二条老店旧址附近，又恢复祖业，正式重张。

1986 年，宣武区政府联合宣武工商局，动员我家爆肚冯和年糕钱、白水羊头李、年糕孟、锅贴王、茶汤李等近十家京城老字号，在东琉璃厂西口南面的北京一商局大楼二层，开办“厂甸市场”，重现老厂甸庙会的繁华景象。

厂甸市场开业那天，当时的北京市副市长焦若愚，亲自前来剪彩。京城百姓也接踵而至，楼上楼下挤满了凑热闹的人，可以用“人山人海”四个字来形容。慕名而来的食客，排几个小时的队，就为了能吃上一口久违的老北京传统小食。那场面，比过去京城百姓过春节赶厂甸庙会还更加热闹。

末代皇帝的弟弟、全国政协委员溥杰老先生，也几次到厂甸市场，品尝我家的爆肚。只可惜，我大哥虽然把溥老伺候得非常周到，但也没能向溥老先生求到一幅墨宝、照两张合影作为纪念。

21 世纪初，前门大栅栏地区进行拆迁改造。大栅栏街北的廊房二条和头条也在拆迁改造范围之内。我租用的门脸规划拆除，我们几代人居住过的胡同也彻底铲平，盖起了“北京坊”大楼。2006 年初夏，我把门脸搬迁到对面的小楼。这座小楼，虽然上下面积加起来只有八九十平方米，但它却是 20 世纪二三十年代北京八大楼之一“鸿兴楼”饺子馆旧址，后来改造成古玩金珠店，在京城也很有名。我在这里卖爆肚，接待过港台演员恬妞（朱凯莉），内地演艺界常宝华、师胜杰等大腕儿。也经历了2008年奥运会，中外游客排300多号队，抢吃北京老字号爆肚的热闹场面。

现在，这座小楼已经被北京文物局标定为“重点文物保护单位”，中外游客不但能品尝正宗的老北京爆肚，还能亲身瞻仰这座清朝末年小楼的真容。

近几年闹新冠病毒，对店里生意造成影响。但今年春节后，疫情减弱，爆肚生意又好了起来，现在赶上节假日，顾客们得拿号排队等吃爆肚。不但我家买卖好了，附近几家餐饮店也是买卖兴隆，整个前门大栅栏街区又开始繁华起来，再次成为中外游客打卡之地，也让我看到了小时候那种人挨人、人挤人，人潮涌动的热闹场面。

我们老冯家在中轴线西的大栅栏地区居住和经商已经100余年，到现在爆肚冯门店也没离开廊房二条，做生意一直遵守祖训，不敢“贪大求洋”，一直保持“小本经营”，小门脸做出大名堂，所以三年疫情，没有太伤筋动骨。我深深热爱这片土地，她养育了我们几代人。100余年来，我们始终在前门廊房二条这条胡同坚守，这里是我们的根。

我真心希望北京南中轴线，沿着中华复兴之路，走向更加辉煌。

主编感言

这一篇难能可贵，是“爆肚冯”家人亲写自家事。能文能武者，中轴线上所在多有也。但千里马常有，伯乐不常有，感谢王升山兄力荐此文！

作者简介

冯伏生，回族，文学爱好者。

聆听中轴线上的交响乐

汪乐玲

南风正兴，榴花正燃。5月，如期而来；北京，如愿抵达；一切尽意，一切刚好。

朝思暮想的北京，脑海中一直翻飞的是老舍、沈从文、汪曾祺等众多名人作品，他们笔下的北京，既有日常，也有烟火气下的美食，还有四季分明的色彩。心中一直念念不忘的，是来自影像：天安门、颐和园、故宫博物院、首都博物馆、国家博物馆、国家图书馆、中国共产党历史展览馆。那些走心的文字、入心的文物、入眼的画面，连呼吸到的空气，都是千年大美，沁入肌骨，无可替代。

北京于我，一直是诗和远方。总有刘禹锡身穿长衫，《和乐天洛下雪中宴集寄汴州李尚书》中的场景，时不时会在哪个转角突然出现；总有在宋代文学史上最早开创一代文风的欧阳修，他的《退居述怀寄北京韩侍中二首》，有迎面而来的幻觉；总有唐代著名的田园派诗人孟浩然，挥毫即兴《同张将蓟门观灯》的身影，栩栩如生鲜活在我的面前。

从古至今，每个文人雅士，都喜欢北京。文字描绘，有声有色；深植胡同，驾驭汉字；触动人心，风光迥异。名人笔下的北京，可以做到像摄影师一样，把色彩定格在取景器中，色彩斑斓，月光皎洁。

每个音乐人，都喜欢北京。用一首乐曲，代表这座城市，点亮这座城市，在京味京腔中，寻找城市中的自己。用艺术活动，温暖城市的建筑空间，丰富人们的生活。有趣有味，千古浪漫。

每个设计师，都喜欢北京。他们的爱，有情有义，深植于北京的每条道路、每个建筑。就像歌中所唱：“当我走在这里的每一条街道，我的心似乎从来都不能平静，除了发动机的轰鸣和电气之音，我似乎听到了它烛骨般的心跳。”

各路英豪，云集北京。梁思成曾说：“北京独有的壮美秩序就由这条中轴的建立而产生。”南起永定门，北至钟鼓楼，这条全长约 7.8 公里的北京中轴线贯穿城区的中心，串联起北京的历史和灵魂，也串联起中国的古往今来。不是设计师、名作家、音乐家的我，想不到用脚步、用文字、用和弦，记录自己与北京这条中轴线产生的交集与共鸣。

有的人，天生是能把所见谱成音符的艺术家，他们行走在北京中轴线，于是便把所遇悠扬成动人的旋律。幸运的我，一踏入这座古城，浑身就沾满了韵律。当一座青砖蓝瓦、三层飞檐的文明风韵，透露着古典气质的城楼耸立眼前时，《北京欢迎你》瞬间在心中响起，我毫不犹豫把脚步放慢，希望时光也放缓脚步。从永定门开始，前面一片平地，舒缓地往北进行，内心泛起一种特别的柔软和温情，甚至愿意将自己的一切，投入这段乐章里，和其间的任何一个音符去碰撞、去交融。

有的人，命中注定是个能把花草、云霞、建筑，泼成一幅清雅水墨画的人。于是我也效仿，将夜色磨成一池墨汁，站在天坛，明清两代帝王祭祀皇天、祈五谷丰登之场所，五线谱中刚刚呈现小高潮的地方。用真情回望刚刚路经永定门，一个从诞生、成长、老去到重生，触碰其整个生命过程，复苏出厚重文明的地方；用脚步，沿着时间的节点，去感受他的灵魂、感受他的失落、感受他的激动；用素笔，沿着老墙砖，感谢政府复建永定门，将古老文化完整保存，才使我们以及后来人，有机会瞻仰祖辈智慧的结晶。拿起相机，聚焦厚重的南大门、一左一右两只白玉石狮、紧靠狮子旁的我们，在同学协助下，记录下蓝天与白云、古典与现代、人物与静物完美结合的画面，简直是妙不可言。

有的人，生来就是歌唱家，于是一张嘴便会让百鸟驻足。当我们由外城永定门，沿着这条物理轴、文化轴、智慧轴，行进到中国明清时期的皇家宫殿，全世界熟知、最大、最完整的木结构古建筑之一的景点，位于北京正中心的故宫、被称为紫禁城的地方。我仰望太和殿、中和殿、保和殿，目光所及的地方，发现故宫的屋顶上没有落鸟。经了解，是建造紫禁城的设计师，根据鸟的脚趾间距计算墙脊，使其坡度不适合鸟站立，加上屋顶使用的都是华丽、光滑的琉璃瓦，在阳光下闪烁出非常耀眼的光芒。如果鸟想落在上面，爪子会打滑，抓不住重点，眼睛也会受到强光刺激。

激动的我，好想在位于北京中轴线的中心点，放声高歌，留下自己曾经到来的痕迹。在连着四重城即外城、内城、皇城和紫禁城，好似北京城脊梁的地方，打上自己的烙印，待到重逢的时候，就是满满的回忆。然而，连鸟都明白，这是不可造次的地方，鲜明地突出了这里是九重宫阙的位置，足够体现这里是居天下之中“唯我独尊”的地方，且所有建筑就是一首交响乐。我想，生活在这里的人们，所有拜访者，只需用自己的故事，为中轴线伴奏，奏出新时代发展最动听的和弦，就足够欢快和谐。

世间风景万千，唯有行走过北京中轴线，走到前门，才有久久回眸；走到紫禁城，才有魂牵梦萦；走到天安门广场，才有暖心入梦。因为围绕这条中轴线的建筑，不仅仅是跳动的音符，也不仅仅是乐章到了高潮，这条街更是包含了半部中国史。这里有中国最珍贵的宝物，更有中国赋予世界的财富，还有天安门，那个打小就藏在我记忆深处、美好与向往的地方。当然，升旗仪式，更是珍藏在我心底的一份感动，永远不会被任何人、任何景所替代。

站在天安门城楼前，我情不自禁在心底哼起：“我爱北京天安门，天安门上太阳升……”这首欢快流畅、朗朗上口的歌曲，悠扬深情，句句动容，回荡声伴随一代代儿童幸福成长，饱含了各族人民对天安门的特殊情感。此刻唱这首歌曲，不仅是触景生情，更是爱在升华。

我的目光，循着天安门城楼、迎风飘扬的五星红旗，仿佛时空进行了大挪移。我分明是身临其境，多么幸运、多么骄傲啊！站在天安门广场装满鲜花的大花篮下，透过鲜花、透过历史、透过暖阳，明白今天的新生活，是无数革命先烈，用自己的热血，为我们铺就。“人民英雄永垂不朽”八个大字，字字千钧，牢记心坎，铭记不忘。毛主席纪念堂前，长长的队伍，排成九曲十八弯。瞻仰的人们来自东西南北中，人们怀揣崇敬情、崇拜心，缓缓步入纪念堂……

连续三日，我一直在紫禁城三大殿，聆听乐章的高潮部分。记得那天在前门，定居北京的东道主告诉我，这里就是北京市中心的大栅栏街，是最著名的特色商业街。这里位于京城中轴线，北起前门月亮湾，南至天桥路口，与天桥南大街相连。仅前门大街两侧，有近200家商户，其中包括全聚德，我已经预约了，今天在此就餐。那晚，一顿全聚德烤鸭，至今还鸭香盈齿；“喝”的《前门情思大碗茶》，感受音乐里的故事，分明是享受汪曾祺先生所书的饮食文化。

十天行程，我俩从外城永定门，经内城正阳门、中华门、天安门、端门、午门、太和门，穿过太和殿、中和殿、保和殿、乾清宫、坤宁宫、神武门，越过万岁山万春亭、寿皇殿、鼓楼，直抵钟楼的中心点。从南到北，一直延伸到鸟巢、水立方、奥运观光塔等地。夜以继日欣赏新时代新北京的新图画。将北京的灵魂与魅力，北京的文明与古老，精心打包。将每个音乐符号，运抵心灵的仓储，做一个精神收藏者。让北京中轴线的庄重壮美，成为爱的书签，夹在我被“支架”精装过的收藏篇里。

聆听中轴线上的交响乐，是令我骄傲、令我着迷的事。

主编感言

此文写得很有激情，令北京编辑们读来甚受感染甚为感动。据悉，作者是从一友人处听闻此次征文活动后，即从安徽赴京亲走中轴线，而后投来这篇“知而后写”散文大作的，实在是对北京、对中轴线热爱之情溢于言表、跃然纸上！感谢！

作者简介

汪乐玲，女，安徽省作家协会会员。出版专著《乐玲玉缘》。

在中轴线上，我看到了自己的时光印记

郭秀景

在北京生活了近30年，虽然多次听说过中轴线，但对方位感不强的我来说，它只是一个概念。概念的内涵和外延并没有统一成实际的路段，也没有和哪个景点发生真切的关联。直到最近对着地图，从上到下，从南到北，细细捋了一遍中轴线，才知道它指的是永定门到钟鼓楼之间的那条连接线，才发现自己和中轴线竟然有过太多的交集点。看着中轴线上那一个个熟悉的点位，昔日情景一股脑儿地浮现眼前，禁不住深入岁月的年轮，捡拾出一串串记忆的碎片，穿出了中轴线的独特文化魅力对我这个新生代都市移民，春风化雨般的影响印记。

沿着岁月的车辙回溯到28年前，我看到一个年轻的姑娘行走在地安门外的大街上，她一边走一边向周边观看，这是她开始融入北京的崭新脚步，也是她和中轴线交集的第一站。那年夏天，军校毕业的她，被分到了东城区的一家部队医院。虽然人进了北京，但对这座城市还很陌生，工作之余，她开始在单位附近游转，试探着去接触这座城市。当她看到“地安门”三个大字时，她知道这是北京众多门中的一个，至于有什么来历一概不知。她转了转周边，也没有找到这个门的具体位置，于是便向北一路行走，走到了鼓楼和钟楼前，看着两个高大漂亮的建筑，她佩服建筑师的匠心独运，也佩服古人凭借斗转星移、沙漏燃香就能定位出时间的分界点。她想描绘一下它们的气势和样貌，读书不多的她却找不出几个词语。

悻悻然离开钟鼓楼，她一头扎进旁边的居民区。在那里，她看到了烟袋斜街、黑芝麻胡同、东棉花胡同、拐棒胡同、炒豆胡同……看着“胡同”前的这些字眼，她身心舒畅，因为这些词语她从小耳濡目染。那些上了年纪的青砖灰瓦，更是让她有了走在家乡小村庄的感觉。有了这些熟悉的味道，这座陌生的城市一下子变得亲切起来。随后，地安门外的那一片平房区域就成了她的游乐园，一有时间，她就去那里转转，钻胡同，看门匾，欣赏门墩图案。有时一个拴马桩，也能拽住她的脚步停留半天。

地安门外的新华书店，可以说是她与中轴线交集的第二站。我看到一个青春的身影经常在那里流连忘返，从早到晚翻书看书孜孜不倦。她和这家书店的结缘完全是个偶然，那次之所以进书店，是因为那天她又去胡同里转，突然间大雨倾盆，没带伞的她跑进了这家书店。雨始终下个不停，她觉得一个劲地傻站在店内实在不妥，于是便走到书架前，浏览那一排排的图书，琳琅满目的书名让她好比刘姥姥进了大观园。不经意间，《安娜·卡列尼娜》映入她的眼帘。对它印象之所以深刻，是因为小学时去邻家玩，看到他们家有一本《安娜·卡列尼娜》，她顺手拿起来一翻，结果扉页上是她父亲的签名。她知道这是自家的书，对方借了没还，她想拿回，对方不但不给，还将书撕成两半，一半给她一半留下剪鞋样。

她从书架上拿下完整的《安娜·卡列尼娜》，开始翻看后边的那一半，她想知道被邻居留下剪鞋样的部分写了什么。当天她没有看完，之后又去了两次才把它读完。就这样阴错阳差，她和这家书店结了缘，她开始用读书打发空闲时间，天热时她去书店乘凉，天冷时到那里取暖。在那里，她买过看过许多书籍，搞清了老北京内九外七皇城四、外加紫禁城的多个门，知道了有关北京的一些知识。

天安门广场、故宫博物院、国家博物馆是她和中轴线交集的第三站。随着她在北京扎根落户，时间一长，朋友、同学来京游玩的越来越多，每次她必带着他们去故宫、天安门转转，看看皇城的模样，感受一下身在红旗下的神圣和庄严。为了让自己更像个地道的北京人，也为了显示一下自身的学问，她开始寻访天安门的历史，记故宫里的宫殿名称，探听坊间传说，实地查看行走路线，以便适时给朋友们讲解一番。

她曾以为天安门是庆祝中华人民共和国成立时修建，一做功课才知道天安门修建于明朝永乐年间，是皇城的正门，开国大典时在它上边设计了国徽，后来又加上了毛主席像和两边“中华人民共和国万岁”“世界人民大团结万岁”的大幅标语。她暗自庆幸提前下了功夫，否则出丑事小，还会是半辈子的遗憾。从那以后，对待任何事物她都不敢有丝毫马虎，总是在求证以后才敢放心使用。她经常去故宫里边游玩，转前三殿、后三宫、御花园，看它们的建筑格局，了解它们的过去。现役军人的身份，为她省了不少门票钱。

那时的中国国家博物馆还叫历史博物馆，里边收藏着大量古代、近现代文物，以及图书古籍善本、艺术品等。看着那些从岁月中走来的古物，莫名地让她心安。她看过《边城》，久闻沈从文的大名，佩服他一个男人竟然能把十几岁女孩的细腻心思写得那么惟妙惟肖。她知道沈从文曾在历史博物馆里当过讲解员，她没想过要当作家，但偶有灵感爆发时也愿意写点东西。在心理上对沈老喜欢，于是走在历史博物馆的大厅内，就觉得走近了沈老的身边，就能得到沈老的神助。她幻想没准哪一天，自己也能写出流芳百世的孤篇。这异想天开的想法，左右了她很长时间。

前门、大栅栏是她与中轴线交集的第四站。对北京有了一些了解后，她决定去前门、大栅栏那一片转转。自古以来，那一片就是繁华地段，承载着北京 3000 多年的文化基脉。走进粮食店街，她闻到空气中有一股淡淡的咸菜味道。吃了十几年的咸菜，她对这味道很敏感。走过去一看，原来是一家叫“六必居”的店面，专门在卖咸菜。小时候家里穷没钱买菜，每年母亲都要腌上两大缸咸菜，作为一家人一年的餐桌主菜。因为咸菜放着不会坏，中学住校时，她也是一带就是一周的咸菜。在她的心目中，一直觉得吃咸菜就是贫穷的象征，有鱼有肉才是幸福生活。没想到，这家有着 500 多年历史的六必居，竟然把咸菜做成了民族品牌，不但成为京城许多家庭的必备小菜，还上了国宴，并且远销海内外。看着那一瓶瓶、一罐罐包装精美的咸菜，在她心中郁结的那份对咸菜的厌烦，瞬间消失得无影无踪。

她知道了在天安门广场升起的新中国第一面五星红旗的面料来自瑞蚨祥，当年百废待兴的中国，物质非常贫乏，要想找到一块面料上乘、颜色鲜艳、能随风飘扬的红绸布相当困难，制作国旗的负责人找了很多地方，才在瑞蚨祥找到合格的红绸缎，让新中国的第一面红旗高高飘扬。瑞蚨祥讲究的是纯手工，每一朵花、每一个盘扣都一丝不苟，花样百种活灵活现。当年毛主席对民族品牌寄予的厚望，激励着一代一代瑞蚨祥人用“至诚至上、货真价实、言不二价、童叟无欺”的经营之道，让这家老店经久不衰。

她还看到中国第一瓶二锅头酒诞生的地方，就在粮食店街40号的“源升号”酒坊。300多年前，酒坊的技师发明掐头、去尾、取中段的蒸馏方法，酿造出味美醇香的二锅头酒。内联升内那价格不菲的老北京布鞋，让她想起母亲灯下做针线活的模样，浓浓的爱蕴含在针线中。只可惜，那时的她，身在福中不知福。还有张一元、都一处、王麻子、荣宝斋等都是百年老店，看着这一个个民族品牌，她的心中油然生起强烈的民族自豪感。它们之所以能传承下来，靠的就是对自己产品的自信，她找到了传承民族文化的信心和答案，她开始名正言顺、光明正大穿民族服装、手工布鞋，听《百鸟朝凤》唢呐，学《高山流水》琴弦，在传承民族品牌的道路上做着自己的贡献。后来，她又去探寻过天桥遗迹，找过老舍笔下“龙须沟”的痕迹，去过天坛公园、游过自然博物馆，利用几年时间把北京城基本逛了一个遍。

以上是我20年前作为军人身份时的记忆片段。看着地图上的中轴线，那个在岁月的时光中，经常行走在京城脉络深处的年轻女人，与现实中的我此起彼伏不断在交叠。那段在部队时期的美好时光，仿佛就发生在昨天，没想到转瞬间已经过去了20年，那个青涩姑娘如今已到中年，从对北京一无所知到有所了解，从不学无术到懂得珍惜时间。

转业后，我成了一名公安，面对新的岗位、新的挑战，我曾有过气馁，但想想鲁迅、郭沫若还有余华，都是弃医从文的经典，于是便安下心来开始完成领导交办的工作，编织文字，组织语言，把身边同事的一个个为民故事呈现在读者面前。虽然没有写出什么名篇，但也偶有文章见诸报端。虽然家也搬离了东城，但和中轴线的交集并没有中断，我经常到天安门广场执行勤务，护卫五星红旗猎猎招展。百年大庆时，我站在故宫身边为党的生日守望平安。我还拓展了和中轴线延长线的关联，一度火爆的大红门服装市场是中轴线的南延，我多次去买过服装，如今这个地区正在如火如荼全面提速升级，将变身成南中轴国际文化科技园。向北的延长线，去鸟巢、水立方看过比赛，多次参加过勤务安保。

在北京居住的这些年，不管是工作还是生活都和中轴线发生着密切关联。我被这条有历史、有文化、有内涵、有生机的中轴线深深感染。清楚了它的具体位置后，为了表达对它的感谢，我又从南到北重走了一下这条线，故地重游，感慨万千。前门、大栅栏依旧人流如织，那些百年老店依旧以上乘的质量、优质的服务迎接着四海宾朋。新修建的永定门、天桥、雁翅楼让北京的历史复现。地安门外的那家新华书店重新做了装修，主打起北京的文化宣传。感谢这些老朋友为北京增光添彩，让我的精神得以丰满，寄语那些新朋友，你们的未来肯定风光无限。

美丽的中轴线，我想对你说，感谢你渊源深厚的文化底蕴对我的滋养，让我成熟，让我成长，让我在精力充沛时可以用文字激情高唱，让我在生命的时光中写下了许多文化篇章。让我知道了作为一个中国人，应该为这个社会、为这个国家，贡献什么样的力量。

下次再有朋友来时，我一定给他们讲讲北京的这条中轴线，我要把它的文化魅力传播得更广更远。

主编感言

此文以我写她而水乳交融，内容波澜不惊而水深长流，文风质朴而接近于卓越。这位平凡岗位上写作者的优秀表达是中轴线之幸！

作者简介

郭秀景，女，法学硕士，北京市公安局丰台分局民警。全国公安文联会员，丰台区作家协会会员，老舍文学院学员，中国社会主义文艺学会法治文艺专业委员会特约作家。出版纪实文学作品《南城警事》，长篇小说《刑侦女警》。

醉卧鼓楼东

姜思琪

北京的夜是叫人迷醉的。看吧，上灯了，三环路二环路的彩灯一圈圈地盘着，CBD 的写字楼投射出万丈白光，它就卸下了白天的庄重与忙碌，换上了另一副脸孔。它卸了妆，随即又上了夜的浓妆。如果你只见过白天风尘仆仆、奔忙不停的北京，见到黑夜的它时就会让你茫然无措。你不认识它了，灯火里你辨不出熟悉的方向，不知道它竟是一座白夜之城。

从中轴线看去：有的在夜色里掩藏，飞过老树的栖鸦记起了满肚子的故事，于是景山就成了黑漆漆的煤山；有的在夜色里苏生，紧闭的宫门隔绝了墙内墙外的时间，于是故宫又成了紫禁城。鼓楼就大不一样了，如观灯下的脸谱，夜色揭去了一层灰，上了一道油彩，只等披红挂绿的幔帐掀开，锣鼓点敲起来，这时就显露出它彻头彻尾的“两副脸孔”。

白天的鼓楼是属于市井的，晚上呢，就属于文艺青年了。鼓楼东边挨着南锣鼓巷，“中戏”本部就扎在那小巷子里，所以高颜值满身艺术气质的姑娘小伙常出没于此。来鼓楼“打卡”的一半为吃，一半为颜值：为这条街和街上行人的颜值。几乎没有谁是为了凭吊历史古迹来的，即便鼓楼背负着百代光阴，可那些故事却没人再去关注了。

鼓楼往南去和往东去的两条街小吃店特别多，南边老字号居多，东边就是网红店的天下。白天吃的是字号，晚上就是小酒馆。常见街边小店门口等位的队伍排成长龙，店名都挺有个性，就是看不出吃的是什么，有的还掺着些外国字，更是看不出。越是看不出吃什么的，队伍越长。七八点钟最沸腾，

9点一过，吃饭的人陆陆续续散了，街面上清静了不少，深巷子里的小酒馆开始躁动起来。这时候往鼓楼大街上随便一走，就能听见隔壁什刹海那边震破天的鼓点和电音，鼎沸的人声和各种唱法的嗓门，怕是要挤破那条狭窄的烟袋斜街，硬生生钻进鼓楼的耳朵里。

虽然仅隔着一条街，一到了鼓楼风格就陡变，节奏一下子慢了下来，这边的小酒馆是有些温吞的。与什刹海那种霓彩晃荡的灯火不同，鼓楼东倒是一种难得的宽和持重，没有太闪耀的招牌，可也不乏格调；也没有飘飘杂杂的音乐，吵到目眩。你不会有压迫感，不用担心跟不上肆意释放的节奏，没人劝酒也没人劝歌，只需要放心地看一看夜色就好了。

人们不知道从什么时候起开始向往夜，并不是有了彻夜灯火带来了安全感开始的，从前只有皎洁的月，也能引得文人“欣然起行”“对影成三人”。直到很多次触碰了黄昏的边际，才渐渐想明白，原来夜对人们是一种庇护。人们可以暂时躲避一下，那些或真实或虚伪的苦乐都可以躲进夜色里，暂时收容下这些悲戚与欢释。

鼓楼的小酒馆我去过几次，第一次是大学毕业时候几个同学吃散伙饭，喝得晕头转向全然记不得了。只记得没有一个哭的，全都亢奋得不得了，店员也跟着我们一起闹，帮我们客串酒令裁判。可能那时候还并不知道离别是什么，也并不是我们感情淡薄，而是个顶个儿地自信，觉得即便兄弟各分散也是“天下谁人不识君”。宋代蒋捷写了一首词，讲的是不同年龄段听雨的感受，“少年听雨歌楼上，红烛昏罗帐”“壮年听雨客舟中，江阔云低，断雁叫西风”……后来想想这首词对应各年龄段的酒也不无道理，假设少年时喝的是烈酒，痛饮狂歌不知愁，那么后来便有幸在鼓楼上品尝中年苦酒的滋味了。

记得是个工作日的晚上，游人不算多，晚饭点一过街面上更清静了。那一阵子过得挺不顺意，很多事情堵着也宣泄不出来。就这么漫无目的在鼓楼大街上晃悠，无意中登上了一个二层楼的小酒馆，就想去坐坐。起初还犹豫，怕人声嘈杂灯光频闪，毕竟一个人，多少有点忐忑。然而一进门，心就立马放下了。

店面不大，装潢很简单，都是木质的桌椅，灯光是寻常小饭馆的那种自然光，让人觉得很舒服。酒都放在冰柜里，说是酒吧，连个像样的吧台也没有，好歹装上一两个氛围灯，也没有。店员是个挺漂亮的姐姐，却不怎么精致，半点脂粉也没涂，可是她一开口，立马感觉是多年的老朋友在和你唠家常，爽朗，利落。“喝什么您随便拿，最后结账就得。”开口一句地道的京腔，我知道，我到家了。冰柜里啤酒特别多，看着都像进口的，外国字瓶装的那种。我说不爱喝，喝多了长肉，问她有二锅头没有。她就看着我笑，说她家都是欧美风，要找老北京风味得上后厨翻翻去。说罢给我倒了壶茶，真去翻箱倒柜了。

客人不多，我拣了张靠窗的桌子坐下，心情一下好多了。想起很多年前在厦门，也是这样一间小酒馆，淳朴得像自家客厅，我和几个朋友围着一台跟家用电视机一样的点唱机，唱了通宵。那夜的酒无甚特别，那夜的歌也并不精彩，只是后来一有压迫感的时候就会想起那间小酒馆。不知道怀念的是夜还是酒，只知道厦门的夜来得很早，北京的夜过得很长。

姐姐喜滋滋地拿了一小瓶二锅头给我，说那是她爸藏的，还剩下最后一瓶，让我悠着点喝。时已入秋，茶壶里的热气嘘着手，酒是凉的，落在胃里滚烫。坐在楼上看鼓楼大街，灯火黯然了许多，热闹会让人迅速疲惫，深宵的通明成了快撑不住的眼睑，一个劲儿地眨。这条街是否也和我一样，已经累得不想说话？店里客人走得差不多了，姐姐在柜台里边嗑瓜子边刷剧，自顾自地看，投入的时候还跟着剧情哧哧地笑。举杯消愁的人很多，小店人来人往，司空见惯了，所以把来她店里的客人都当作自家人。不用刻意制造欢笑，也不用灌什么心灵鸡汤，只需要给他们留张桌子，坐下来沉一沉。

结账的时候我无意中抬眼，注意到柜台里竟赫然摆着两大瓶二锅头！想起方才她面露难色，又反复叮嘱让我悠着点，哦，原来是她故意不拿给我的。

走出酒馆，鼓楼的背影在黑夜里凝成了一道深眉，红墙在昏黄的灯下面把身子拉得很长，这时才忽然觉出了些许它身上一直存在的时间的味道。城楼高架在那里，周遭的建筑都比它年轻好几百岁，它就这么自然地熔铸了进去，和那些捧着红墙照相的年轻人没有半点隔阂。我凝视它的平和、包容，忽然又看到自己的形象，还未老态龙钟便唉声叹气不成样子，竟有些羞愧。白天拼命奔忙的人，需要夜的庇护，在黑夜里擎火小酒馆，做了夜的庇护者。

蒋捷那首词的后半段我还没来得及领悟——“听雨僧庐下，鬓已星星也。”我想如果过些年再喝暮年的酒，应该是一杯温酒，像那夜的鼓楼一样，安定、从容，没有太多悲喜。那间小酒馆我再没去过，很多年以后再去鼓楼很想找到它，发现印象中那二层小楼的位置已经换了新的招牌，改做饭馆了。

据说是前一阵子赵雷的一首歌唱红了鼓楼，每天蜂拥不断的人抱着城楼拍照，红墙下排满了人。一到了周末晚上，别说车没有容身地，光是人流推着就硬是走不动。自拍的大爷大妈就是再混乱也能伸出一个镜头，衬着霓虹点点的街光来上一张自拍。最拥挤的时候拍照的人挤占到马路上，半天疏散不开，害得协管特意立了块牌子，写上拍照时不要挤占消防通道。一时间，它的白天和黑夜变得一样繁忙。

如果不走上几遍不会明白，北京的城楼那么多，为什么偏偏鼓楼成了“网红”？人们迷它不仅仅是为一首歌，为网络炒作，而是迷一种味道，一种“地气儿”，是踏上这条街的一刻起，就被它收服了的烟火气。这种感觉不必刻意寻找，不必矫揉拿捏，它是街边热火朝天的一碗面，也是味尽阑珊时的一盏酒。它告诉我们生活不必太用力，用力就拧了。你只需要迷醉，醉在车水马龙的喧杂里，醉在鼓楼的光阴里。

主编感言

这是一篇抒情散文，既有时尚感，也不乏烟火气。是的，读过这篇来稿后，你情不自禁地就会“醉在古楼的光阴里”。

作者简介

姜思琪，中学语文教师，北京老舍文学院学员、丰台作家协会会员。

在东京眷恋着北京中轴线

蒋　丰

物换星移，转眼之间，我这个出生在北京的“胡同串子”，已经匆匆旅居日本 34 个年头了。

我不曾对人说过，也无意让人知道，年过花甲的我，如今，每年每次回到家园北京的时候，都会挤出时间到北京城的中轴线，要么去一个点，要么走上其中的一段。

小时候，我家住在西城区东官房胡同。出胡同往左边拐，走上两站地，就是地安门——北京中轴线上重要的一点。那个时候，鼓楼与钟楼都还没有开放，在中学做语文老师的父亲，给我讲了历史上的“晨钟暮鼓”，诠释了作为北京中轴线北极终点的鼓楼与钟楼的“时间意义”。

小时候，在中学做数学老师的母亲，常常甩出几个钢镚儿，让我去景山公园，而且叮嘱一定要爬上公园里面五座亭子中的最高亭——万春亭。或许，母亲是希望我有一个健壮的身体；或许，母亲希望我在那里能够登高望远，只要前后转身，就能够把北京中轴线尽收眼底，给日后的“格局”思维奠定基础；或许，母亲只是想把我打发出去，让这个调皮捣蛋的儿子从眼前消失一会儿。

我上大学的时代，是北京中轴线的中心——天安门城楼已经开放的时代。我和恋人不知道多少次手牵手登上天安门城楼，内心中的那种激情至今难忘。我们知道，这里不仅仅是北京中轴线的中心，还是北京城的中心，是整个中国的中心，更有被称为“世界革命人民中心”的时候。今天，我们常常讲：“中国距离世界中心越来越近了。”

从天安门城楼下来，漫步穿过宽广的天安门广场，仰望着那被“老北京”俗称为“前门”的正阳门，我们进入大栅栏的繁华街区。那时，这里是北京最有人间烟火气息的街区，是给我的味蕾留下永生回味的街区。

作为北京中轴线南极终点的永定门，给我留下最深印象的不是那座城门，而是“永定门火车站”。因为那是我小学时代寒暑假期间和老保姆田奶奶一起回老家——河北省定兴县贤寓村的出发地。更是我小时候花 5 分钱站台票登上绿皮火车“离家出走”的地方。

20 世纪 80 年代，负笈东瀛以后，听说日本的千年古都——京都，当年就是仿照着中国大唐王朝的长安（今天的西安）和洛阳建立起来的。那么，今天日本的首都——东京，会不会也像北京城一样，有那么一条中轴线呢？我翻阅了大量日本江户时代、明治时代的史料，因为这两个时代相应于中国的明清时代，但没有找到有关中轴线建筑的史料。我围绕着往昔的江户城、今天的皇居，不知道走过多少圈，也都没有看到过中轴线的痕迹。都说中日“同文同种”，但至少在城市中轴线建设上，日本没有暗中地或者公开地效仿中国，没有像对待中国汉字那样做“拿来主义者”。

我在日本的指导教授、曾经写过《伦敦、北京、江户》一书的历史学者加藤祐三先生曾经这样解释我的疑惑：“北京城的中轴线，是中国古代城市的辉煌顶点，也是世界城市建筑史特有的。不懂北京中轴线，就不会读懂中华民族。”

这样看来，加藤祐三先生在日本被称为“中国通”，名不虚传。他的这番指点，也成为我日后破译中日两国文化异同的一把钥匙。集中国一统思想的北京中轴线，集中国古代城市建设辉煌的北京中轴线，集中国古代“官”与“民”共生并存的北京中轴线，都是日本城市建设中不曾有的。

如今，身在日本东京的我，在键盘上敲出这篇文字的时候，对北京中轴线的那番回忆与思念，那番眷恋与向往，在内心中盈动着，在脑海里激荡着，在指尖下流淌着……

主编感言

本次征文之初，我们便强调过，中轴线不仅是北京人的，也是全国人民的，也是海外所有中国人的。到目前为止，所谓“外地人视角”，可谓收获有成，今天又收到旅日名家蒋丰先生这篇东京来稿，这次征文已接近圆满。甚喜，致谢！

作者简介

蒋丰，曾在中国青年杂志社工作，1988年自费留学日本。现任日文版《人民日报》(海外版)日本月刊总编辑，中文版《日本华侨报》总主笔。有《日本的细节》《风吹樱花落尘泥》《日本财经大腕谈中国》等著作10余本。

我在正阳门城楼办报展

彭援军

办展回忆

20 多年前，我在正阳门城楼举办了一场长达两个月的个人百年精品报纸收藏展。这是个人在前门楼子上首次办收藏展，并且不收展览场地费用。展览开幕式为方便接待嘉宾，还特地向天安门管理处申请了多个停车专用证，参会来车就停在前门城楼北端的空场上。

在布展时，正阳门管理处展览部主任原学军忙着跑前跑后，协调相关事宜。此前，我虽然是老北京人，但从来没有登上过前门楼子。头一次登楼，像是刘姥姥进了大观园，一切都感到新鲜。但要事在身，景不入心，径直来到城楼二层的展览大厅，四周的展廊都嵌着厚厚的特种玻璃，我和爱人钻进窄小的廊道里，往展墙固定一张张老报纸。布展好后，射灯齐开，真是提气。这在当时，实属第一流的展出条件。

2002 年 4 月 14 日上午 10 时，“彭援军藏报精品展”在北京正阳门城楼上举办，主办方就是北京正阳门管理处。国家文物局原副局长、中国收藏家协会领导小组组长闫振堂，中国新闻史学会会长、中国人民大学教授方汉奇，中国历史博物馆原副馆长、研究馆员杜耀西，人民日报高级记者、中国报协集报分会筹委会主任罗同松，著名清史学家、北京史专家、北京满学会会长阎崇年研究员，中国旅游报社社长林山等出席仪式并讲话。开幕式后的参观环节，嘉宾们看得很仔细，询问也很多，我一一做了解答和解说。

开幕式那天早晨，我和爱人早早地登上了正阳门城楼，一位早早赶来帮我张罗的老朋友问："你请记者了没有？"我说低调点吧。朋友说："新闻宣传很重要，能在前门楼子搞报展，那是千载难逢的好机会，此时不请记者来，更待何时？"在朋友的催促下，我站在正阳门城楼的把角处，打手机紧急联系新闻界的朋友。时任北京电视台副台长的江洁红是我的大学同学，她一接电话二话不说马上就派了记者来，当天晚上北京新闻就播出了"正阳门举办彭援军藏报展"的报道。《北京晨报》第二天就刊出了由我解说报展镜头的大照片，《北京晚报》《北京青年报》等多家报刊相继做了充分报道。报道中披露说："《中国旅游车船》杂志编辑部主任彭援军，自20世纪80年代初开始集报，集有报头7000多种，报纸近万种，剪报数箱，其中试创号报纸、重大新闻珍品报数千种；在专题集报方面以旅游类、交通类报纸居多，目前已集齐全套《中国旅游报》。发表研报、收藏方面文章数百篇，并在全国性集报论文评选中多次获奖。彭先生还在全国300多家公开报刊发表各类文章5000余篇，上百万字；出版有《彭氏宝典》等多部，上百万字。20世纪80年代中期，彭援军曾任北京工人集报协会研报委员会副主任，并相继担任北京报国寺收藏联谊网书报刊专委主任、中国报协集报分会筹委会秘书长、中国收藏家协会集报专委常务副主任兼秘书长、中国新闻史学会会员、《中国收藏》杂志编委等。"

展示历史

300余种报纸以时间先后为序，皆以重大历史事件为主题，展现了中国近百年特别是新中国成立以来的时代风貌。其中有清代《京报》《申报》，民国年间的大小《实报》《实话报》；解放区的《新潍坊报》《晋绥日报》；《人民日报》的创刊号、"我国第一颗原子弹爆炸成功"号外；刊登"上甘岭战役胜利结束""十大元帅授勋"消息的《光明日报》；刊登"特赦战争罪犯"的《解放军报》，"邓小平任军委主席"的上海《文汇报》，"香港回归签字"的《团结报》，全国第一家早报《江汉早报》，"香港回归祖国"的《大公报》号外，展现新千年的《澳门日报》,“申奥成功”的《羊城晚报》号外,“美国9·11事件”的《青年参考》号外等。

此外，还展出了民国报纸:《春华》《新蜀报》《中央日报》《新民报》《大公报》《民国日报》《商务日报》《罗宾汉》《南京人报》《飞报》《渤海日报》《生活报》等；新中国成立初期刊有重大新闻的《东北日报》《新民报》《新华日报》《新黔日报》《甘孜报》《当代日报》《西康日报》《人民中大》等；“文革”前的《天津工人日报》《喀什日报》《共产主义劳动大学》《山西四清报》等。还有《西藏法制报》《克孜勒苏报》《广西民族报》《西双版纳报》等蒙、藏、回、维、壮等少数民族文字报；有台湾《中国时报》；香港《深星时报》《东方日报》《香港商报》等。

在其他地方报纸中，有新中国成立后头一次在第一版登整版广告的《文汇报》；有首次推出“报中报”和异型双心喜报的《现代保健报》；有新千年最早看到日出的《温岭报》；有甘肃省的《甘肃日报》《兰州日报》《甘南报》《天水报》等；有山西省的《山西日报》《山西青年报》《三晋都市报》《山西农民》《太原报》《太原晚报》《运城报》《运城地区报》《左权小报》等；有内蒙古的《内蒙古日报》《呼伦贝尔报》《锡林郭勒日报》《乌兰察布日报》《鄂尔多斯报》《哲里木报》《昭乌达报》《包钢报》等；有广东省的《南方日报》《羊城晚报》《广州日报》《南方周末》《新快报》《深圳晚报》《深圳商报》《珠海特区报》等。

城楼浮想

在两个月的展期中，我多次登上正阳门城楼，多次陪同社会各界和收藏界、集报圈的新老朋友前来参观，我还向参观者赠送了十年前出版的《中国图片报》创刊号。给我印象极深的，有这样几件事。一位老奶奶带着十来岁的孙女前来参观，她俩在“彭援军藏报精品展览前言”大背板前久久停留，小朋友一字一句地读着前言上的文字，然后一步一移地细看。老奶奶指着发黄的老报纸逐一讲解，足足看了两个多小时，令我十分感动。她们临走前，我主动上前与那位小朋友合了影。如今，那个女孩也有30多岁了，如能再相见，也是一段集报佳话。再就是中国报协集报分会会员、北京报友和外地报友共计 20 多人前来参观，参观后大家在城楼北边的背阴处集合，大家有的站着，有的坐在一根长长的粗圆木上，召开了一场有关筹备“我们永远跟党走”大型红色收藏展览将在中国革命博物馆举办的征集展品会议，会议地点和会议内容的特殊性着实令人难忘。还有曾任过陕西省委宣传部部长、时任《收藏》杂志主编的杨才玉，来京联系《中国收藏年鉴》出版事宜，得知这一展览后赶来观看，老朋友相见，激动的心情难以言表，留下合影。如今斯人已去，照片成为珍贵的纪念。

当时站在城楼上，我几度想起我在报展开幕式上的发言，其实，发言里含有集报宣言的味道：报纸，作为“昨天的历史”和“社会的百科全书”，具有重要的史料价值、研究价值和收藏价值。因此，集报这项增识长智的群众性收藏活动，是我国文博事业和新闻事业的重要组成部分，而且有益于人们身心健康，对于精神文明建设和传播先进文化具有积极的促进作用。“藏报于个人，服务于社会”是广大集报爱好者提出的一个响亮口号，近年来，各地蓬勃开展的集报活动涌现出一批集报佼佼者，他们或以集报数量大、种类多著称；或以集试创号、集专题报而闻名；或以写文著书搞报研报评见长；或是建有个人藏报馆、多次举办大型报展，频频亮相于电视、电台和报刊……

当时站在城楼上，我几度浮想联翩：我真后悔我这个北京人怎么就没有早一些花五元钱买张门票，登上离住家近在咫尺的正阳门城楼看一看呢？这次有机会在此办报展，我在空闲时把城楼一层的陈列展仔细地看了两遍，同时也对正阳门的历史做了一番了解，准备写一篇专文，可惜至今还欠着笔债，我想，这个债是一定要还的。

向南望去，我与大栅栏的往事不少，最难忘在中国书店买旧书的事情，烈日下骑车路过大北照相馆附近，花两分钱买一碗大碗茶喝，那叫真解渴。向东望去，北京前门老火车站旧址呈现在眼前，在中国近现代史上，有多少名人政客、骚人墨客在那里留下了他们的身影。再往东，离团中央大楼不远的西河沿街的平房小院里，就是我家。

主编感言

这似乎是中轴线上鲜为人知的一页，但在作者笔下，不仅光鲜亮丽，而且独具特色，经久难忘。

作者简介

彭援军，中国散文学会会员，北京诗词学会会员，大兴区作家协会会员。在报刊发表各类文章5000篇以上，写诗数千首，出版专著多部，收藏书报刊各上万种。

紫禁城里的水墨风华

奚耀华

故宫作为北京中轴线上的核心区域，总是如沸如撼、游客盈门，以至于几次想去旧地重游，都被汹涌的人潮逼退。大疫三年，竟使北京人捡得了一份难得的清静，故宫也不例外，遂一去了却心愿。

疫情中的故宫的确游人稀少，悠然闲适，这种景况真是久违了。我的行走自然是从中轴线中的中轴开始——沿紫禁城中路、西路至御花园，一路怡然自得，尽享怀旧的畅快。待从东路的钟表馆出来，已颇感疲惫，于是准备从东华门打道回府。然而在路过锡庆门时，不禁停住了脚步，这里进去就是宁寿宫，曾是我经常出入的地方。熟稔的气息令我顿生亲切，一段往事便不失时机地嵌入进来，影响着我的心绪，即使再累，终不忍放弃。

原因很简单，在我上大学期间，这里曾是故宫博物院的绘画馆，常年轮换陈列所收藏的历代名画。我因喜爱美术，便成了这里的常客，究竟来过多少次，已然记不清了。20 世纪 70 年代末到 80 年代初，旅游业尚未兴起，故宫游客稀少，绘画馆因不是重要景点，加之很多人不知道这里有名画陈列，更是门可罗雀。我记得那时故宫的门票仅为一角钱，且一票通游，于是便隔三岔五去绘画馆，一饱眼福。

我通常是从神武门进去直奔宁寿宫，穿过九龙壁对面的宁寿门、两侧的廊庑和中央的皇极殿，就是当年绘画馆的展室。室内古朴幽静，逸散着木质淡淡的清香，环境已然养性怡情。这里的游客更加稀少，一路看下来也遇不到几个人，你尽可在这雅致清寂的环境中细细地领略历代大画家们的笔墨风华，开启一段与古代经典的对话，既赏心悦目又从容不迫，现在想来真是神仙一样的惬意。只是当时并不觉得有什么特别，一切都很平常、自然。

故宫的藏画以明清宫廷收藏为主，上起东晋，下讫清末，整整跨越了17个世纪，以纸绢类水墨、设色画为重点，包括立轴、屏条、横披、卷轴、镜片、册页等。庑房的展室为长条状，一面是窗，另一面是墙，立轴、屏条等悬挂于墙体，长卷、镜片、册页等铺于中间平面的展柜中，看上去疏朗有致。画作内容有山水、人物、花卉、翎毛、走兽以及风俗画等，形式题材十分丰富。如今，其中的大部分作品我已印象模糊，一是因为时间流逝，记忆会渐渐淡去；二是由于当时知识尚贫，孤陋寡闻，观赏有一定的盲目性，难免忽略了许多应该记住的作品，这当然是一种无奈，即便如此，仍有一些画作，还是在我的记忆中留下了深刻印象。

比如，顾闳中的绢本《韩熙载夜宴图》，是宋代肖像画的代表作，人物的神态淡然平静，富于禅意，服饰的条纹也很精彩。而王希孟的《千里江山图》，则兼有传统青绿山水的典雅、优美和个性鲜明的斑斓色彩，画面华丽而惊艳。相比较而言，我更喜欢黄公望的《快雪时晴图》，设色浅淡，仅以墨意成画，既烘染出严冬的清朗气氛，又表现出空间的微妙层次，是开一代画风之先的力作。接续而来的，便是王蒙、方从义、倪云林……待到明代吴伟的《长江万里图》时，长卷山水已经变得苍劲奔放，有了文人画的端倪。在我还算充分的浏览过程中，文人画是最能打动我的，徐渭、朱耷、石涛以及“吴门画派”的沈周、文徵明等，这里都有所展示，其中以徐渭的作品印象最为深刻。那时，我是学校书画社的成员，课余时间常于画室做笔墨历练，虽很幼稚，却也是挥洒洋溢、兴致盎然。也许徐渭不拘一格的放达风格，更契合当时意气萌发的我，便自然而然地有了一种心灵上的触碰与默契。文人画的特点在于画里带有文人的审美情趣，而画外还流露出画家的感想与情怀，笔墨则放荡不羁。明清是文人画发展的鼎盛时期，呈现出摹古与创新两种趋势，并逐渐成为雅俗共赏的画坛主流。这里展示的徐渭的《墨葡萄图》，画面果叶难分，画法泼洒自如，酣畅淋漓，是徐渭“游戏”创作理念的体现，而画中的题诗也饶有趣味："半生落魄已成翁，独立书斋啸晚风。笔底明珠无处卖，闲抛闲掷野藤中。"他把自己比喻为明珠（葡萄），以寄托怀才不遇的人生状态和醒世感悟，从而放大了画面的寓意，是文人画的典型之作。这些心得，是我后来细品徐渭画册后才得来的，当时感受到的，只有其笔墨晕染中溢出的无尽韵味与旷世才华。

在我本已模糊的记忆中，有两幅画是我当时特别关注而至今依然清晰的，一幅为张择端的《清明上河图》，实在是因为这幅画太有名气，早已储存在我容量不多的知识积蓄中，面对真迹（姑且认为），在良久的审视中，仿佛已被带入熙熙攘攘的宋代都市，感受到一派欣欣向荣的盛世繁华。另一幅则是宋徽宗赵佶的《听琴图》，这是赵佶的自画像，画中的弹琴者就是赵佶，两旁的听琴者中，穿红袍的是宰相蔡京，画面上方有他的题诗，而画的款识则为赵佶典型的瘦金体，只是当时我并无这个概念，只是觉得字体尖利隽秀，锋芒毕露。看到历史上集昏君与才子于一身的皇帝手迹就在眼前，不禁让我浮想联翩。在我的印象中，宋徽宗的作品是在皇极殿陈列的，这里比起庑房自然宽敞气派了很多，难道我们今天依然会顾及赵佶的身份地位，而对其有所偏护？

在绘画馆的那些日子，一幅幅古代绘画精品活化成璀璨的艺术长廊，潜移默化中成就了我传统文化的知识积累，成为学生时代的难忘经历。毕业后，因工作繁忙和阶段性的兴趣转移，我极少再去故宫，绘画馆何时被移出宁寿宫的，也不得而知。只是从那儿以后，我与这些国宝级名画再也没有如此大规模、近距离的交互，不仅是我，我想所有传统绘画的爱好者，都不会再有这无法复制的难得机遇了。今天来到锡庆门前，往事犹如一块磁石，吸引我再次走进宁寿宫，去回味绘画馆曾带给我的那一份岁月静好。不过今天这里已是故宫博物院的珍宝馆，展厅依旧，设备却已更新，有了现代科技的时尚气息。所陈物品虽均为故宫所藏的珍贵重器，琳琅满目，也是养眼，然而对我来说，已经没有了当年的儒雅和墨香之气，环境氛围已然物换星移，改换了门庭。

正是因为有过这样的经历，以至于后来故宫博物院在武英殿举办的三次历代名画藏品展，虽然轰动京城，观者如潮，都没有吸引我前去观赏，不是不喜欢，实在是畏惧长时间排队等待的焦虑，以及蜻蜓点水、鱼贯而过的参观形式。想到当年在绘画馆独自平心静气、从容浏览的景况，真如贵族般的梦幻与奢侈，于是便有了“曾经沧海难为水”的涅槃感觉，自不屑于放下身段，再去凑那个热闹。然而，如果我们换一个角度去看，人们对故宫馆藏精品的热情，恰是一种文化自觉的体现，古代艺术对于他们来说已不是生活中可有可无的余兴，而成为精神追求的重要载体。如此看来，当年绘画馆的冷清景象于我虽然是一种适意，但也从一个侧面暴露了当时民众审美情趣的缺失与淡漠，仅从这一点，亦显出我们的社会还是进步了。因此，即便坐在家中，也要为涌动于紫禁城的那支观展大军喝彩。

北京的中轴线并不只是一个城市建筑格局上的概念，其中的每一处地标，都包含着丰富而深厚的文化内涵和人生况味，才使得它秀外慧中、形神兼备，有着更为浑厚的人文力量。水墨丹青作为中国文化的经典符号，几千年采英撷华，自然是不可或缺。而每个北京人之于中轴线，都有着自己独特的心理投射，或高雅，或日常，都是自身人生经历难以磨灭的轨迹。将这些轨迹串联起来，便构成中轴线立体丰盈的人文底蕴，其价值自然也就不止于博大恢宏的外观，而成为中轴线翕动的灵魂所在。我想有权确定文化遗产的专家评委们，是无法忽视这一点的。

主编感言

书画中轴，这是到目前为止，此次征文来稿尚未涉及的美域。难得作者有所亲历，且眼光与文字独到。

作者简介

奚耀华，出版人，中国文联出版社原总编辑、编审。国家出版基金评审专家。现为自由撰稿人，多篇文艺作品在报刊发表。自由画家，出版有老北京建筑素描组画《疏影留痕》等，并在多地展览。

那年那月，我在中轴线上读书

孙晓青

这些年，北京新建了许多公园，大到郊野公园，小到街心花园，千姿百态，美不胜收。其中，位于奥森公园内的仰山别有寓意：不算高的山顶上，立着一尊六棱形纪念碑，碑身朝北一面镌刻着 10 个字：北京中轴线仰山坐标点。

没错，这就是中轴线的北端基点。天气晴好的时候，由此向南眺望，可见大道通天，天边由北向南依次叠印着钟楼、鼓楼和万春亭。不知是刻意还是无心，彼此遥相对视的景山和仰山，连起来竟妙成一词：景仰。

我对知识的景仰恰在这条线中段的一个点上深化。

大约 40 年前，因工作需要我搬进新家——位于鼓楼以北横跨中轴线的一座部队大院。

搬家那天，出了个不大不小的插曲：我家陆陆不见了！

陆陆是一只雄性波斯猫，毛色纯白，身姿矫健，天生一对鸳鸯眼，一蓝一黄晶莹剔透像两颗宝石，人见人爱。由于陆陆失踪，妻子焦虑得连家都不想搬了，说是要在原地等陆陆回来。谁知到了新家摆开家具，陆陆竟大模大样地从书柜里钻出，对新家的角角落落巡视一番，似乎挺满意。我又气又笑，忍不住呵斥它："到书柜里藏猫猫，你以为你是书啊！"

其实，那年月我又何尝不是钻进了"书柜"？

新家所在的大院，平房连片，楼宇林立，我住的那栋单元楼新近落成，编号"51"，足见院落之大。楼前一条东西走向的小马路穿越楼群，西头牵着一片标准田径场，场边驻扎着著名的八一田径队；东边怀抱一座室内游泳馆，同样著名的八一游泳队在此训练。那些英姿勃发、充满朝气的姑娘小伙儿，每天列队从我们楼前走过，整个大院都能分享到他们的青春与活力。

更为励志的是，20 世纪 80 年代初，学习科学文化的热潮方兴未艾，北京市也创办了高等教育自学考试，帮助走出文化荒漠的一代青年“恶补”基础知识，提高文化素养。我随总部工作组下部队贯彻党的十二大精神期间，同样感受到军营里扑面而来的学习热，文化夜校、函授辅导以及两用人才培训班红红火火，官兵们除了正常的教育训练，许多人都在抓紧时间学文化拿文凭。受此激励，我向机关业余大学报名，决定参加北京市高等教育自学考试。

当时的口号是：“为四个现代化建设快出人才、早出人才。”根据自身基础和工作性质，我和多数机关干部报考的是党政干部基础科（大专班），学习内容包括哲学、政治经济学、科学社会主义、中国革命史、中国近代史、世界近代史、形式逻辑、法学概论、文学概论、国民经济管理概论、自然科学概要、写作 12 门课程。

业余读书是个苦差事。机关工作本就繁杂，加班加点更是常态。以有限的业余时间对付那些规定的教材和参考书，阅读量大不说，很多概念、定义、要点、人物、事件、年代等还要死记硬背，融会贯通。好在社会上有北大、北师大等举办的各种辅导班，一些知名学者、教授亲自授课。我们每学一门课程，都会相应报个辅导班，一下班就去上课，吸吮新知，回家后整理笔记，消化要点。毕竟已过而立之年，理解力强而记忆力差，许多内容一听就懂，一放就忘，所以不敢有丝毫懈怠。

当然，我并不孤单。置身于和我经历相仿的学员中间，我的心常常被感动和感慨充盈。那是怎样一种情景啊！听课者多是衣着朴素、职业各异的 30 岁上下的大龄青年，他们错过了最佳读书年龄，在该工作、该结婚、该养家的时候回过头来重新读书。我的妻子考上北大分校，同班同学多是“老三届”，年龄最大者30岁，和儿子同一天开学：儿子上小学一年级，他上大学一年级。

时代赋予这代青年一种特质，即青春的风采看似正从他们身上消散，求知的渴望却仍在他们眼中闪烁。

那些日子，我把自己的业余时间分成两段：清晨早起，在大院清静的角落背诵必须牢记的知识点；夜晚阅读，巩固并拓展课堂、教材传授的方方面面。说实话，我不喜欢散步式的反复默记，却很享受深夜苦读的寂静时分。

我的小书房朝北，窗外一路之隔便是机关门诊部。那是一栋年代久远的欧式建筑，高台阶，坡屋顶，青砖古朴，墙体厚重，说是叫“罗马楼”。开始，我只知道这个大院曾是北洋军阀的兵营，很多年后才搞清，成为兵营之前，它专为京师大学堂的分科大学而建，是一个暗含文化渊源的所在。

京师大学堂即北京大学的前身，诞生于戊戌变法时期。后来搬到这里的军旅作家舒云写过一篇文章，基本理清了这座大院的来龙去脉：甲午战争中国惨败引发变法图强。1896 年 6 月，梁启超替刑部左侍郎李端棻起草《请推广学校折》，第一次提出在京师设立大学堂的建议。1898 年 6 月 11 日，光绪皇帝颁布《明定国是诏》，决定兴办京师大学堂。学堂选址景山东街和沙滩红楼，同年 12 月 31 日正式开学。1908 年，京师大学堂开办分科大学，拟建经科、法政科、文科、农科、工科、商科等。清政府拨出德胜门外黄寺以南的旧操场东西 480 丈、南北 440 丈的土地建校，计划 6 年完工，预算 227 万两白银，后因辛亥革命爆发而停工。1915 年，该校址被民国陆军部以办讲武堂的名义买走，成了炮兵营所在地。此后，这座营盘几度易手：曾是国民党军傅作义的炮兵营驻地，北平和平解放后由解放军华北军区接管，20 世纪 60 年代初北京军区（原华北军区）搬至城外，将这座大院移交解放军总部机关。

归属变更后，这座传统兵营陆续住进许多机关干部，其中不乏文化名人。像战火中走出的剧作家胡可，他创作的话剧《战斗里成长》《槐树庄》等，融入一代人的记忆。他的夫人胡朋是表演艺术家，参演过《钢铁战士》《智取华山》《战上海》《回民支队》《槐树庄》《烈火中永生》等多部影片，尤其擅长扮演善良、坚强的农村大娘，是新中国银幕上深受观众喜爱的“老太太”。

作曲家田光、作家徐怀中、诗人李瑛、演员陶玉玲等也在这个大院住过。我听过一个段子：星期天，田光骑自行车去王府井，买完东西从南河沿坐上8路公交车就回家了。第二天上班时，他怎么也找不到自行车，家人忽然想起："你昨天不是骑车去百货大楼了吗？"大智若愚，生活中偶尔闹个笑话，并不影响大师写出大作。20世纪70年代，一首激昂、热烈的抒情歌曲《北京颂歌》曾响彻神州大地："灿烂的朝霞/升起在金色的北京/庄严的乐曲/报道着祖国的黎明/啊……/北京啊北京/祖国的心脏/团结的象征/人民的骄傲/胜利的保证/各族人民把你赞颂/你是我们心中一颗明亮的星。"这首后来入选中宣部"庆祝中华人民共和国成立70周年优秀歌曲100首"的歌，就是田光和傅晶谱的曲。

与田光住对门的，是著名电影编剧毛烽。当年大院里放电影，有两部片子特受欢迎，一部《黑山阻击战》，一部《英雄儿女》，孩子们会兴奋地相互转告："这是咱们院毛伯伯编的！"后来，毛烽举家南迁，而我的人生经历也与这位前辈有了一段交集。

20世纪70年代，我在云南省思茅军分区（现更名为普洱军分区）当兵时，毛烽是我们军分区的副政委。到底是总部机关出来的人，毛烽学养深厚，见多识广，家中藏书颇丰，包括许多在那个年代被视为"禁书"的中外文学名著。我常去他家借书，而他格外慷慨，只是碍于形势不免叮嘱一句：你自己看看就行了，不要再传给别人。边疆小城，供电不正常，机关干部一般都备有成包的蜡烛。我也一样，每晚熄灯后便点燃蜡烛，秉烛夜读。雨果的《悲惨世界》、薄伽丘的《十日谈》、司汤达的《红与黑》、大仲马的《基督山伯爵》、狄更斯的《大卫·科波菲尔》、托尔斯泰的《战争与和平》《安娜·卡列尼娜》《复活》以及巴尔扎克的《人间喜剧》等，都是那个时期偷偷读完的。

说实话，当时读书没有明确的目的性，抓到什么读什么，虽然零乱，却总是开卷有益。1971年全党兴起学习马列原著热潮，我又接触到《共产党宣言》《哥达纲领批判》《国家与革命》《反杜林论》等马克思、恩格斯、列宁的经典著作。回想起来，年轻时多读几本好书，真能影响一生。时至今日，我仍记得那些文学名著所描写的主要人物和故事梗概。我对社会的认知，对世界的看法，对人文精神的领悟，对人类优秀文化遗产的了解，乃至正确“三观”的形成，基本源于那个时期。

参加高等教育自学考试，让我有机会对以往“杂学”的知识进行系统梳理。难忘中轴线上那无数个不眠之夜，每当看书累了，抬眼凝视窗外，对面“罗马楼”大门上方的夜灯好像冲我眨眼，穿透沉沉夜色散射出一团暖光。有它陪伴，我在一种尚武修文氛围中自修完全部课程，顺利通过各科考试，成为机关里第一批拿到“党政干部基础科”毕业证书的人。

今天，一纸大专文凭不足挂齿，但它却是我们那一代人渴望重新学习，弥补青春缺失，以求尽快适应改革开放新时期的历史见证。领取毕业证书之际，我突然对知识产生了前所未有的敬畏。人类知识浩如烟海，个人所学沧海一粟，然而当文化的养分点点滴滴注入脊髓，我们的腰杆便越发挺直。

如果把中轴线比作北京的脊梁骨，你问何为最美？我说美在文脉，美在历史和现实源源不断的文化积淀。

后来，为筹办第 11 届亚运会，北京市实施打通中轴线的城市建设规划。20 世纪 80 年代末，中轴路从鼓楼北大街向北拓展，将我们大院纵向劈开，直抵国家奥林匹克体育中心，形成今天宽阔笔直的鼓楼外大街。大街中段，两座一模一样的营院大门隔路相对，东院的门朝西，西院的门朝东，我们楼和“罗马楼”以及拥有塑胶跑道的田径场等建筑群划为西院。1990 年夺得北京亚运会金牌的铁饼姑娘侯雪梅、跨栏名将余志诚等，就是从西院冲出亚洲、走向世界的。

主编感言

如烟往事尽若无，却道中轴线上好读书。从景山到仰山，“我对知识的景仰恰在这条线中段的一个点上深化”，多少年后，大道之境在于学，历历犹在月明中。这是一篇励志之作！

作者简介

孙晓青，资深媒体人，曾任解放军报社总编辑、社长，少将军衔。著有纪实文学《高原长歌》、新闻文集《边走边写》《边写边想》等多部，多次获中国新闻奖一等奖，一次获中国电影华表奖（优秀编剧奖）。

中轴线上的青春记忆

周德恒

我是学建筑的，大学时代就对北京的中轴线情有独钟。一条中轴贯穿南北，就像走进一幅徐徐展开的美丽画卷，峰回路转，跌宕起伏，趣味悠长。城中心耸立着气势恢宏、结构严整的紫禁城宫殿群；中轴两侧依次铺展开的街区呈棋盘式，秩序井然，一条条静谧、优美和凝聚着古老历史的胡同如同古城的血脉串联着千家万户。俯瞰之下，北京古城又宛若一件自然和谐、设计匀称的精美艺术品。先秦伍举论美时说："夫美也者，上下、内外、小大、远近皆无害焉，故曰美。"相互呼应，和谐端庄，均衡对称，中轴之美不正是这种美的呈现吗！

百闻不如一见，毕业后来到北京，我便迫不及待地开始了中轴线的探美之旅，天坛、箭楼、天安门、故宫、景山、钟鼓楼成了我常去的地方。我迷醉于古建筑群飞阁流丹、玉砌雕栏的华美，愿意在曲径通幽、意趣叠生的园林中踯躅独行，享受天人合一的和谐，更深深被古人独具匠心的智慧和炉火纯青的技艺所折服。

20 世纪 80 年代末始，我有幸成为一名中轴线上的建设者，两年多的时光不长，在我的人生经历中却是浓墨重彩的一笔。每念及此，一帧帧涂上青春色彩的画面宛如电影般接连不断地浮现在眼前。

东四，位于中轴线之中东部，是以传统四合院为主的居住性街区，当时没有太多的现代化建筑，唯一一座知名建筑即是被誉为 20 世纪 50 年代"北京十大建筑"的华侨大厦，却马上要拆除重建了。我刚刚大学毕业，结束实习，正巧被分配到新建华侨大厦项目从事技术工作。做一名建设者并不是我的初衷，但现实却让我无法选择。

新华侨大厦坐落于王府井大街与东四西大街交叉路口，建筑规模是原来的三倍，整体呈三面围合的方形。方正简洁的白色墙身托起层叠错落的青绿琉璃瓦屋顶，“如鸟斯革，如翚斯飞”，颇有气势。刚毕业就能参与中轴线上知名地标建筑的建设原本是一件令人兴奋的事，我却高兴不起来。做一名设计师，那该多么浪漫！但摆在眼前的是要天天和钢筋砼打交道……

初到工地的日子，我心烦意乱。多年以后，我才意识到生活中任何你愿意或不愿意的经历，都会在未来的岁月里不经意间给予你馈赠。

20 世纪 80 年代中期，“鲁布革冲击波”对传统建设管理模式提出了严峻挑战。观念要变革，管理要创新，技术要跟上时代，一时间，行业内掀起向国际先进水平靠拢的空前高潮。新华侨大厦是中外合资项目，其位置之重要，影响之深远显而易见。投资者高屋建瓴，率先采用了非常先进的管理模式——EPC 项目管理，由芬兰玻利玛卡公司牵头工程总承包，北京院负责施工图设计，而我所在的公司——中国铁建负责工程施工。这种模式开启了国内建设工程项目管理的新时代，至今仍在全国范围内推广应用。

新模式，新思维；高标准，高效率。参与建设的各方代表群情激昂，跃跃欲试。大厦建设在玻利玛卡公司统一指挥、统一协调下，各司其职，分段流水作业，工作秩序井然。土方开挖，地下防水，钢筋绑扎，砼浇筑……工程紧张有序进行。一次，我检查完现场，独自坐在地下室发呆，正碰见一位师兄穿着沾满墨迹的工作服在放线。他早我一年毕业，没想到却干起了测量工，且干得津津有味，我替他感到不值。他仿佛看穿了我的心思，走过来，在我身边轻轻坐下。

没等他开口，我直接问道：“瞧你每天脏乎乎的，测量工作能有什么技术含量？”

他瞅了我一眼，慢条斯理地打开了话匣子：“你知道那地上的、墙上的、顶上的墨线是啥意思吗？这些线都是大楼施工的控制线，既要放得准确、清楚，还要简单、方便。差之毫厘，谬以千里，大楼可要出问题喽。”

我叹了一口气，嘟囔着说：“可说到底我还是喜欢设计。”

他笑了，继续道：“这个项目可不是一般的项目，华侨大厦是海外华侨在北京的家，位置显赫。现在拆除重建意义重大，受到众人瞩目，好多人都没机会来呢！再富丽堂皇的建筑没有建设者的精心建造，也只不过是一张漂亮的画。华侨大厦项目管理先进，施工中采用很多国际先进、国内领先的技术，我们作为新一代大学生，没有理由不好好掌握这些技术。机会难得，时不再来。”说完，他起身拍拍衣服上的土，径直走开，放线去了。

师兄一席话如一记重锤敲醒了我。有人说：世上没有什么东西不可改变，选择了就要坚持。生活不会欺骗任何人，熬过了这段日子，或许你就成了不一样的自己。

工程建设并不像我想的那么简单，看透图纸、合理安排工序、有效协调关系等，这些需要的不仅是专业知识，更是综合能力。工程建设节奏很快，每个人都像拉满的一张弓，在这团队里，你根本没有机会停下脚步，大家一起簇拥着朝前走，没有抱怨，不说苦不叫累，这就是“铁兵”精神吧。在师傅的指导下，我开始从简单的交底和计划开始，不懂的就请教别人，或者查资料直到弄懂为止。记得第一次独立做完一张计划表时，我特别开心。寒冷的季节里，我竟然觉得窗外的风都是快乐温暖的。

建设期间的工作条件非常艰苦，一座两层楼高的活动板房就是我们的办公室。简陋的钢架，外墙是薄薄的水泥板，冬不保暖，夏不纳凉，一年四季，室内外无温差。钢楼梯外挂在板房一端，噔噔上楼时，整个房子都在晃。外挑的走廊也是“弱不禁风”，只要有人走过，即便坐在办公室，也能感受到楼板的颤动和清晰的脚步声。有的脚步声“咚咚咚”，急促而有力；有的“嘎哒嘎哒”，轻柔清脆；还有的“咚哒咚哒”，有节奏和韵律。同事们似乎都练就了一双“顺风耳”，仅凭脚步声就能判断谁走过来了。若有几个人同时在走廊里走动，就像一曲带有混响的交响乐开始演奏了。简陋寒碜的办公室，不影响它成为挂图作战的“指挥所”“作战室”。几乎每间办公室都挂上了蓝图、进度计划表、重要事项安排等，琳琅满目，各种色彩的标注和提醒一目了然。

华侨大厦是中外合资项目，工地上有不少外籍人士。其中有一位叫 ALEX 的菲律宾人。他个子不高，黑魆魆的脸，眼睛明亮有神。虽说在工地，但每天都穿戴整齐。干净的格子衬衫扎在牛仔裤里，脚上一双休闲鞋，天冷时就加一件外套，全身装束简单、利索。平日里他表情严肃，寡言少语，天天戴顶蓝色安全帽在工地转悠。转悠回来就奋笔疾书，手中飞出的通知单像雪片一样。工人送他个外号叫“千里眼”，工程但凡有任何质量瑕疵都逃不过他的眼睛。一提“千里眼”来了，工人都会老老实实干活，再也不敢胡闹。我问他：为什么非要这样辛苦？他说他是质量监督员，眼里容不下沙子（当然，这是我翻译的内容），同时，还用蹩脚的中文补一句：“这是我的饭碗。”说完哈哈大笑起来，露出白白的牙齿。工地上的质量监督员不止一位，而 ALEX 是最令人敬重的一位，他身上散发出一种专注、认真、责无旁贷的力量，感染着每一个人。

在大厦施工过程中，值得骄傲的是，我有幸参与了国际比较先进的“半隧道膜”“壳膜”“高级装饰面的外墙挂板”“清水混凝土墙”等技术的研发和应用，这些经验都成了我职业生涯中难得的宝贵财富。

工地的生活简单、单调，工作之余，我们几名女生会约着一起去隆福寺吃地道的北京小吃。那里的小吃多到数不过来，羊蝎子、麻豆腐、炸灌肠、炸酱面，还有豆汁、驴打滚、豌豆黄、糖葫芦等。豆汁儿一直是喝不惯的，我最爱吃的是麻豆腐和豌豆黄，一口咬下去，满口的美味和满足感，让我忘却了所有的辛劳、困惑和烦恼。回来时还不忘捎一瓶老酸奶，在炎热的夏天，哧溜吸一口，凉凉的，惬意极了。

两年多过去了，经近千名中外建设者的共同努力，华侨大厦终于在 1992 年落成，她以古朴大方又现代时尚的崭新姿态再次进入人们的视野，也以建设速度快、技术水平先进、质量标准高受到广泛赞誉，如今已是东四乃至中轴线上一流的五星级酒店。置身酒店，领略侨情文化，乐享诗意生活；酒店外，西眺可望故宫、景山、北海，中轴线上的美景一览无余。

徜徉于中轴线，观造园、置景，巧夺天工；看百年宫殿、现代机场，精美绝伦。中轴之美源于智慧之美，和谐之美，文化之美，不也源于建设者的匠心建造之美吗？30多年过去了，我参加了京城十几座大厦的建设，遍布东西南北，唯有那个时代一起拼搏的人和事，如经年的佳酿，一直滋润着我的生活和工作。

主编感言

这篇来稿别具一格。说的是拆除重建华侨大厦时的一段“中轴年华”，殊为真实，殊为难得。的确，我们的“最美中轴线”，怎么能够没有其“最美”建设者的历历身影呢？作者运笔青春，填补了这一页明显的空白。感谢！

作者简介

周德恒，西南交通大学工民建专业毕业，历任中铁建设集团项目经理、设计院院长、物资公司党委书记。参加过西单购物中心、华侨大厦、新兴大厦、中国建设银行总部办公楼、生命科学园等的建设，业余时间喜欢写作。

登顶万春亭

王　征

在北京，称得上玩儿摄影的，有三个场景是必要拍的——

一个是农历冬至前后，从颐和园南湖岛，向东逆光拍摄十七孔桥，落日的余晖会从桥的背面，把十七个桥洞全部照亮，人称“金光穿洞”；

再一个是，八月十五晚间，在故宫西角楼拍东方升起的圆月，人称“角楼挂月”；

还有一个必拍的场景就是，登上景山公园的万春亭，把相机架在中轴线上，向南俯拍故宫全貌，向北拍鼓楼和两侧的对称建筑，我称之为“最美中轴线”。

北京的中轴线，从城南的永定门起，一直向北延伸至城北的钟鼓楼，长约八公里；而景山顶上的万春亭，是这条贯穿京城南北线上的制高点和中心点。

我住家在距离景山公园不远处，就时常跑去，登上万春亭，或拍照或居高临下观风景。就这样，时间一长，我便有了一些心得——

站在中轴线向南望，尤其是夕阳西下，斜阳会把故宫顶部大片的黄色琉璃瓦映照得金光闪耀，尽显帝都的辉煌与霸气；清晨向北望去，远处三重檐的鼓楼雾雾霭霭，两侧民居隐约可见，这时呈现出的是北京浓浓的市井气；向西望，以北海白塔为主体，古建簇拥，会让人想到这座古城悠久的历史；向东远望，以中国尊为主的现代化建筑生机盎然，展现了北京的巨大变化。

大概是北京中轴线上的制高点和中心点吧，登顶万春亭的游客特别多。

后来我又发现，登上万春亭观光的多是外地游客，北京人夹杂其中倒显得有些另类。可有一天，我这个另类的北京人，竟然在众多外地游客面前出了一回风头。

那天天气尚好，几缕薄云在空中浮动，我挎着相机在万春亭上等待落日，发现有两个年轻人，一男一女，看了我好一会儿，原来是想让我帮他们拍个照，还要带故宫背景的。我爽快答应了，女士微笑着把手机递给我。我很认真，连拍了几张不同角度的。他们接过手机看效果，非常满意，一个劲儿道谢。这时候我说话了。我说：与故宫合影，不如和这里的北京中轴线地标合个影会更有意义。说着我带他们绕到北面。

万春亭北侧的地面上，镶嵌着一个北京中轴线标志盘，直径足有两米，黄铜铸造，上面刻有醒目的十字坐标，还有一行“北京城南北中轴线”八个大字。

绕到北面，我指着被踩踏得锃亮的地标说：这可是北京城的脊梁骨呀，北京是先有中轴线后有北京城，所以这条线被看作北京城的灵魂，与它合影就如同和整个北京城合了影。

听我这么说，他们似乎来了兴致，围着圆盘仔细端详，问我怎么拍好看。我让他们在圆盘前蹲下身摆好姿势，我在另一端拍照。为了让这地标显得大而夸张，我把手机压得很低。

拍完后他们接过手机一看，惊叹不已。这一下招来了不少游客围观，纷纷要求为他们也拍一张。

于是，那天我便成为这条灵魂线上的摄影师！

忙活了好一阵儿，腿也蹲麻了，但很开心，倒不是因为在众人面前出了一回风头，是看到有那么多朋友喜欢北京，作为老北京，我乐此不疲。

爬上万春亭拍北京风光，那时俨然成了我的一个嗜好。有一阵子我竟着了迷似的几乎每天都往景山跑，总盼着哪一天故宫上空的云霞比昨日更加灿烂。结果拍来拍去，片子大同小异，毫无新意。就在那股子热情即将耗尽的时候，我念头一闪：应该拍一张乌云密布下极具历史感的故宫。于是我就开始盼着北京的上空乌云滚滚。

9月的北京已经入秋，一般都是天高气爽蓝天白云，很少会出现乌云满天的景象。等了几天，虽然等来了阴天，但并不是我想要的“乌云滚滚”，也就没抱什么希望。可中午刚过，从西北方向来了一阵风，天空有了明显变化——厚厚的阴云被撕开一道缝，高空还隐隐出现些许亮光。真是千载难逢呀！我骑上车就往景山跑。

我喘着粗气爬上万春亭，脚还没站稳就抬头看天。厚厚的阴云已经变幻成大朵大朵的乌云，乌云之间还出现了明亮的光影。

因为天气不好，那天游客很少，来此拍照的人也不多，只看到一位大姐，相机支在三脚架上对着故宫。她个子不高，三脚架却是那种又高又大的，我看到她时，她正踮着脚，往取景器里看。

这里要插一句。在景山万春亭上拍故宫，最佳位置是骑在中轴线上，这样拍出的片子横平竖直、左右对称，显得庄重肃穆。所以一到天气好的时候，会有人早早来到这里占地方，把三脚架支在中轴线上对准故宫等待日落。

这位大姐的相机就架在中轴线上。她见我来了就打招呼，说：今儿没戏了！阴天！我说是啊，阴天，眼睛却紧盯着故宫上空的云层变化，心里在想：这位大姐是否能把中心位置让给我拍几张。她却一动不动，还准备继续和我聊天。这时高空的乌云奇迹般散开，天光透过云层瞬间把故宫照亮。我没再多想，拿起相机连续拍摄。虽然不是站在中轴线上，但我知道，这就是摄影人常说的“决定性瞬间”。不出所料，天很快就暗了下来，乌云又汇集成大片阴云。

事后分析，这张照片虽然不是我想象中那种具有历史感的故宫，但却是一幅我非常喜欢的故宫影像。

很多时候我登景山，并不是为了拍照，而是在感受，感受这座生我养我的城市带给我的那份温馨和愉悦。后来我发现，跑到这里来感受京城风韵的，不止我一人。

那天傍晚太阳西沉，最后一缕霞光渐渐消退。我注意到一位老人，中等身材，从日头偏西一直默默地站在那里向北眺望。我有些好奇，就走上前搭话，问他在看什么。老人说：上来随便看看。我听到他略显沙哑的嗓音里带着十足的北京味，就问：您是北京人吧？

老人迟疑了一下说：我是山西的。见我有些疑惑，又说：我是 1968 年插队到的山西。接下来我没有再问，因为我对那个年代所发生的一切太熟悉了，也怕或许触碰到老人难言的过往。

见我不再说话，老人就指着山下一座黄色屋顶的大殿，说：那里是寿皇殿，以前北京市少年宫就在那里，上初中时被选送到这里的无线电小组，学会了组装矿石机和二极管收音机，这在当时是一件很了不起的事。我刚要称赞老人几句，他又说：以前我就住在附近，小时候经常跑来玩，万春亭是最喜欢的地方。小时候在这里登高望远，感觉自己特别高大。我从老人的神情里，似乎看到他年轻时的一腔豪情。

我陪老人一起下了山，他又说起了儿时的往事和这一带街道以前的样子，有些情不自禁，嗓音更显沙哑，话里话外透着一种对北京老城的眷恋。这让我开始思考，北京这座古城、这条古城之魂的中轴线，在老人心中的意义究竟是什么……

主编感言

这是一篇抒情散文。选材集中且有一定高度，情景交融。特别是结尾，主体变客体设问，自己引而不发，比较高明。

作者简介

王征，副编审，中国报告文学学会会员，曾任《环球企业家》杂志、作家出版社编辑。

沙滩北街缘

方国平

2006年初夏，在人民大会堂领了国家免检产品证书后，我信马由缰，穿过长安街，沿着南河沿大街，一路向北。在皇城根遗址公园逗留片刻，拐到五四大街，想到中国美术馆看看有无书画展出。适逢某大家的狂草书法展，大大小小的书轴，在展厅有序陈列，琳琅满目。我虽喜书法，但无甚研究。浏览后，便出馆，过红楼，向沙滩北街走去。

沙滩北街有我美好的回忆。1984年春，我来京参观中国纺机展。就在美术馆门口，五四大街的公共汽车上，巧遇在北大荒农场的隔壁邻居北京知青肖兵山的媳妇。她立马下车，把我拉到沙滩北街一个四合院她婆婆家，她一家三口都挤在小肖父母家里。战友相见，那份亲热、高兴、热乎劲，又是喝酒，又是唠嗑，兴奋、喜悦、感慨。此情此景，无法形容，给我留下了难以磨灭的记忆。

20多年过去了，小肖一家都还好吗？孩子该成家了吧？我们两家孩子同一年出生，我岳母还帮着去接生来着。我想寻觅当年的场景，想着想着，我摸摸索索地，走进了记忆中的四合院。

已经全然没有了当年的模样。整个院子搭满高高矮矮的棚子，拥挤逼仄，几乎没有留白的空间，俨然成了大杂院。没有声音，没有人影，我已经无法辨认战友的家。我颓然，退出了这院子。

20多年前的巧遇变成了今日的失遇。我怅然若失。到了街口，信步走进临近五四大街的一家餐厅。已是午后一时光景，店内顾客不多，我挑个僻静处，自斟自酌起来。

不时，进来三个人，其中两人僧服、芒鞋，一人微胖，一人略瘦。另一人便装，但仙风道骨，不俗。三人在我邻桌坐了下来。

我正郁闷无欢，便想打趣：“三位师父，请问是哪处寺院的？”胖僧瞄了我一眼，有点漫不经心，说：“你猜猜？”似乎有些傲慢。

我踌躇片刻，说：“你是浙江国清寺的。”话音刚落，胖僧几乎从座椅上跳了起来：“你怎么知道？”脸上充满惊讶且明显紧张的神情。

近些年，由于业务的需要，我走遍了浙江的山山水水，遍历浙江的名山大川，自然也了解那些有名的寺院。我说：“两点理由。一、你是浙东口音，而国清寺在浙东的天台；二、这位先生手拿狂草书法画册，应该是刚从美术馆过来，而有这种艺术底蕴的寺院，在浙江，除灵隐、雪窦寺外，可能就数国清寺了。”我指了指在他邻座的便装。

胖僧一脸的惊讶和紧张渐渐松弛下来，露出了笑容，伸出大拇指，说：“厉害，厉害！”随即互换了名片，开始了亲切的交谈。原来，二僧均为中国佛教协会理事，是为参加位于中轴线法源寺内中国佛学院研究生毕业典礼而来。胖僧法号允观，是天台国清寺万年禅寺监院，天台山佛学院副院长兼教务长，2012年荣任国清寺方丈，2014年荣任天台佛学院院长；瘦僧法号正刚，是佛学硕士，任重庆市佛教协会副会长、缙云山温泉寺住持；便装叫齐明武，字梦初，国清寺艺术总监，研究员。临了，允观法师为我题词：有容乃大；正刚法师题：福慧具足；梦初总监赠我他的画册。分手之际，我们互留手机号，互道珍重，相约后会有期。

在沙滩，与知青战友巧遇和失遇；还是在沙滩，与国清寺僧人偶遇结交。这一切，都在意料之外。在情理之中吗？也不是。那么，是什么呢？我思来想去，不得其解。

十几年来，我时不时地拿出他们的名片，反复揣摩题在名片背后那八个字的含义。似乎感觉总有一股暖意温暖着我，有一种力推动着我，让我心怀善意去处理碰到的人和事，用真诚的心去聆听周围的声音。它不时提醒着我，做人要宽容，用包容万物的心，把你的福慧变成一束光，照亮自己，温暖别人。齐梦初的画素心若雪，风竹、古梅、莲蓬。桫椤花开可清心，一钵山泉足平生。他的画打开了我思想的另一扇窗户，让我从佛的角度展开想象的翅膀，去追寻人生的内涵和生命的意义。

后来知道，这八个字是佛语。它拨动了我的心弦，开启了我的心智，净化了我的灵魂。十几年来，我和合伙人的事业顺风顺水，即使在疫情防控期间，也没有衰败。如今，调整思维，重新定位，开始了新的运行。这一切，不能不说，和这些文字的影响不无关系。我总在想，有机会要拜访他们，表达我的敬畏之心，倾诉我的感恩之情。

早在两年前，趁给北大荒恩人老管上坟扫墓的机会，我从仙居到天台，联系到了允观法师。那天驱车将近两小时，到国清寺方丈室，不遇。小和尚告知，大和尚的手机号一直没变，你打他给你名片上的号码，他现在山上佛学院，一时半会儿回不来。这时才知道，允观当上了国清寺的方丈，众僧都叫他“大和尚”。

我拨通了他的手机，提及15年前的北京往事，他马上反应过来，邀约我留下等他下山。我因急于当天返沪，相约下次会面。

隔了一月，因寻访先祖方孝孺故地，我随考察组又到了天台国清寺。这回，他就在方丈室等着我。寒暄后，谈及往事，双方唏嘘不已。话题转到方孝孺，他肃然起敬，说：方孝孺了不起，是明初大儒，天台博物馆有他的碑刻。虽被明成祖朱棣磔杀，但在天台，方孝孺家喻户晓，人人敬仰。在寺院东面还有方家村，有他的后人。他对我们寻访先祖遗迹表示出极大的热忱。谈到遗迹，他带我参观，边走边说，寺内有智者大师创建国清寺时栽种的隋梅，有乾隆碑，大殿内外的很多物件如石狮、壁画、铜炉等，都是从北京故宫搬来的，这在其他寺院是没有的，国清寺是皇家寺院，才能享受此种殊荣。问及正刚法师，他说现在北京佛学院任教。末了，我送上礼物，在乾隆碑下合影，相约下次请他书写十几年前给我的题词，他满口应允。

2023年清明，我携带一方贺兰山石砚和一卷红星宣纸，来到天台国清寺。

在方丈室，允观法师亲自泡茶，并叫来了齐梦初。梦初依然仙风道骨，只是老成了些。他说，自己跟允观同岁，都是1968年生人。17年前在北京沙滩时，还只有38岁，转眼都成了老者，如今我也大梦初醒了。话题自然谈及方孝孺。他说：齐家跟你先祖有渊源，天台博物馆有一方碑刻，是方孝孺给我祖先写的碑文，现在成了博物馆镇馆之宝。方孝孺是天台人，天台人非常崇拜他。你如有时间，去赤城山看看，在紫云洞有建文帝度岁碑。传说建文帝来过两次，一次在永乐二年，一次在宣德七年。当时南京城破，皇宫被焚，建文帝出走也在情理之中。他来天台，是因为这是他老师方孝孺的家乡。天台这地方，藏龙卧虎，曾有不少隐者。

当天下午，我去了紫云洞，找到了建文帝度岁碑。在碑前，我沉思良久。如果没有朱棣的“靖难之役”，建文帝实行方孝孺设计的“建文新政”，明朝会是什么样？朱棣灭方孝孺十族，移都北平，八成是因为他篡了自己侄子的皇位。如果京都还在南京，会有今天的北京吗？

半月后，允观寄来了他手书的两幅墨宝：“有容乃大”和“福慧具足”。我端详着这两幅清新脱俗的书体，一股清风拂面而来。我翻开他赠我的《修习止观坐禅法要讲述》，此书讲述的是天台宗教义：“静即是止，所谓湛湛寂寂，一念不生；虑即是观，历历明明，万象森然。”这不跟我的书斋名“静虑”契合了吗？我思潮翻涌，草就一诗，寄给了允观法师：

毕竟天台二月中，挈研将笺花正浓。
福慧具足心可清，有容乃大气若虹。
万年钟声传万年，紫云水音穿紫云。
沙滩佛缘情犹在，梦醒时分梅已红。

从沙滩知青战友的巧遇，到沙滩四合院的失遇，到沙滩餐厅和僧人的偶遇，到17年后的再遇，这一切，都发生或缘起于这条中轴线上神秘而充满传奇的古街。这是一种缘，是情缘？佛缘？经过了几十年时光的冲刷，我眼前朦胧起来。仿佛有一条线，牵引着我，走出沙滩，走出中轴线，走向天台，走向缘起的深处……

主编感言

一位上海作家、原北大荒知青，和几位浙江天台国清寺的僧人学子缘结北京沙滩北街，这无疑是拜“最美中轴线”所赐。但这鲜为人知的一段善缘，如果作者不披露，又有谁知呢？这一段传奇，将永远在《最美中轴线——中轴线申遗的百姓文本》里为众人所披阅、喝彩！

作者简介

方国平，曾为北大荒上海知青，1977 年入哈尔滨师大中文系。上海市作家协会会员，教授级高级工程师。作品有随笔《寻找亡灵》《帕兰朵笔记》，纪实文学《碱柜 1972》《生命记忆》《刻在北大荒的土地》等。

沿着钟鼓楼遛弯儿

徐怀远

钟鼓楼地处老北京中轴线的北端，可谓龙尾。钟鼓楼附近有大片胡同，其中张旺胡同有个大杂院保留着四合院骨架，住 20 多户人家百十口人，住着一拨北京土著和几个外地人，通道窄小拥挤却热闹，家长里短鸡毛蒜皮的故事甚多。

张旺胡同 19 号大杂院保留着四合院的骨架：古色古香的广亮大门，大门口两个抱鼓石门墩，北屋正房、东西厢房轮廓清晰，青砖灰瓦肃静大气。2022 年下半年，这个大杂院挂上“北京市历史建筑”的牌子。

老王，他是大杂院的活跃分子，自封“院长”，可谓北京老炮儿。他 64 岁出头，瘦高个儿，古铜色冬瓜脸，地中海式稀疏发型。他的口头禅“这日子过得吃饱等死，活一天算一天”，吃饱没事大门口打牌和侃大山。

经历新冠疫情后，大家对身体健康有新认识，格外重视。老王开始天天遛弯，周六下午他喊上我这个外地租客一起遛弯。

到哪去呢？沿着旧鼓楼大街往南去，这条街道是东西城的分界线。对着钟楼的胡同口，长发飘飘的妙龄少女，手里拿着一束彩色气球，摆着造型。一群长枪短炮的摄影爱好者以钟楼为背景给少女拍照，灯光闪烁，快门咔咔。

看看巍巍钟楼，绿琉璃兽头在蓝天白云映衬下格外显眼。“1976 年唐山大地震时，钟楼西面兽头被震掉，震得掩拉了，间隔好几年才修补上。小子，你知道吗？余震那天下午，我从钟楼经过，见钟楼在跳，地震先上下再左右在晃动。你看到钟楼在跳动吗？”老王夸张的表情，用双手左右比画着晃动。

"我看到了钟楼在晃在跳，那时我还是个十七八岁的毛头小伙子。钟楼在晃，钟楼在跳舞呢。妈呀，我看到了，吓得我赶紧跑开。"

我们走到钟鼓楼广场。有外地游客，有老北京踢毽子健身活动。几个老北京站成一圈，毽子在几个人中穿梭，有人正面踢，有人侧面踢，更有人后脚"蝎子摆尾"似的踢，高度两米以上。踢毽子，几人配合默契连串踢到五六分钟毽子才落地，让外地游客和老外佩服，拍手叫好。

广场一角，蝈蝈刘向外国游客演示老北京玩虫文化。蝈蝈刘说起蝈蝈来就跟说相声一样，三翻四抖，处处留扣。他丰富的表情、夸张的动作，富有老北京特色的语言由导游翻译给外国游客。他把两只蛐蛐放在钵盂里，演示蛐蛐斗架的场景。他把肥大的绿色蝈蝈放在老外毛茸茸的手臂上，老外睁大眼睛惊讶不已。

蝈蝈刘不简单，玩蝈蝈斗蛐蛐，早年还上过美国杂志。蝈蝈刘说，新中国成立前一对高品相的蛐蛐价值不菲，可以换北京一套四合院。蝈蝈刘喜欢拿着那个破旧的外文杂志翻到有他照片那页和老外合影，那是他的高光时刻，那时他是年轻帅气的中年人。

沿着鼓楼往南走去，到了地百商场、马凯餐厅。地百商场，从修建什刹海地铁站就停业，到目前已有好几年了。因为高度原因，从原来的四层，直接削掉一层，成为现在的模样。

"小徐，你知道'马凯餐厅'这几个字，谁题写的吗？"老王问。

"我知道，大字旁有溥杰署名，溥杰是末代皇帝溥仪的弟弟，皇弟的字。"我大声地说。

"哎呀！你小子知道得还挺多。"老王夸赞一句。

沿着中轴线往南走，就是万宁桥。两端的汉白玉桥栏新颖洁白光滑是重建时整的，靠近中间的汉白玉有些脱落，颜色发暗失去昔日光泽是古代遗留的，可见年代久远。我说：这是万宁桥，旁边的介绍我之前看过。老王说：我们从小到大都叫后门桥，这桥因为在鼓楼和地安门之间，被称为后门桥。我俩走到桥下看河堤上趴着的镇水神兽，历经岁月沧桑依然模样可爱。

我和老王不知不觉走到什刹海。什刹海曾经是个天然大浴池，老北京人夏天在这泡澡纳凉。虽然旁边竖立“禁止游泳”标牌，仍有几个老年人在游泳。

一个扎着小辫子的小青年取景拍照，平头北京大爷开玩笑地说：“小伙子，你若获得大奖记得分我一半，拍我们也有肖像权，展现老北京特有的风土面貌。”平头大爷说：“我是业余摄影爱好者，曾经拿着相机跑全国各地玩了几年。我记得一幅国际获奖作品叫《进取》：一个一条腿的残疾人在水中游泳，拍其背影，标题《进取》，这照片意境很高，好像获奖三万美金。”

水中有个大妈问：“小伙子，你拍照片干啥用呢？我们在这生活几十年，天天游泳既锻炼身体又有生活乐趣。”

“我是咱胡同长大的孩子，下半年准备去法国。多拍拍照，留下老北京记忆，在外看看留个念头。”

“那你是哪国人呢？”大妈突然问。

“当然是中国人。我只是出国学习，还是要回来的。”小伙子深情地说。

接着，我和老王从北海公园北门往东到地安门路口，沿着中轴路往北，再遛回去。

因为北京中轴线申遗，天意商场地安门店、北海医院都已拆掉。我清楚记得天意商场是 2015 年下半年关停，当时说要升级为高档写字楼。天意商场是小商品市场，卖衣帽、行李箱、文具等日常百货。那时，我经常溜达到天意，买过灯泡、信封等日常用品，更主要的是里面有家经济实惠的快餐店，我在那吃过多次。

走到鼓楼东侧看到姚记炒肝，“要想吃炒肝，鼓楼一拐弯”。2011 年，时任美国副总统拜登光临姚记炒肝，品尝北京小吃。姚记炒肝是家人巨多超火爆的网红店。

我和老王转一圈又回到钟鼓楼广场，红鼓楼在前，灰钟楼在后。老王笑嘻嘻地说：你知道这广场原先干啥的？我知道老王要卖关子，赶紧摇头，说不知道。

“广场是小吃一条街，广场上一排排钢棚简易房，卖特色小吃、卖北京特产。1988 年，我不开公交，和哥们儿就在这开两年饭店。”

原来，老王不开公交、开出租前这段时间是在广场上开餐馆。我听过大杂院“白头翁”老张讲过老王开餐馆的故事，他没有做生意的头脑。“做生意要会算账，一头进一头出赚差价。做生意哪个不鬼精鬼精的？甚至干缺斤少两的事情。老王开餐馆，首先他拉不下面子，熟人去吃他不好意思收钱，长期下去欠账多。再说，他自己爱吃爱喝，没事他和厨师哥儿俩整个小菜喝起来，哪顾得上招呼客户呢。这生意能做得好吗？”

老王回忆这段往事，叹气道：“别人开店赚钱，我开店赔钱。被老爷子一顿唠叨，我去跑出租了。”

钟楼北边是宏恩观。记得，2012 年我刚到北京租住在张旺胡同，宏恩观前面做过“鼓楼小菜场”，后边开过文艺青年的酒吧。宏恩观山门旁边的咖啡馆，曾经接待过英国前首相布莱尔，如今这个咖啡馆不在了，也没人记得布莱尔到访的事情啦。老王更清楚，宏恩观还做过标准件二厂的厂房，因为他的父母都曾在“标准件二厂”上班。

我和老王经过庄士敦故居、宏恩观后门回到张旺胡同 19 号大杂院。大杂院门口坐着三四个人在聊着家长里短，如大菜场的菜价涨价了，哪家菜馆口味地道，谁家孩子在哪上学。

作家刘心武所著长篇小说《钟鼓楼》以薛家的婚礼为主要线索，讲述了北京一座九户人家的四合院居民，在十二个小时里发生的故事。我在钟鼓楼附近生活十多年，遛弯经过钟楼鼓楼看游客如织、看老北京悠然侃大山，感受时代发展的变迁。

主编感言

此文令人惊讶处，是一个来自安徽的 80 后“北漂儿”，仅仅“十多年”，就对鼓楼那一片儿的“中轴线”了如指掌，如数家珍。其间的神功造化，可谓中轴线“最美”之一种。感谢作者的同时，当然也要谢谢他总跟着“遛弯儿”

的那位当地“老王”。

作者简介

徐怀远，安徽省作家协会会员，北京皮村文学小组成员。工作之余记录生活所见所感，代表作有小品《卖红薯的故事》，小说《浮梦》《钟鼓楼大杂院》等。

姆们的中轴线

余义林

北京的中轴线，在姆们北京孩子看来，自根儿就是个普通的地界儿。

小时候，还没有中轴线的概念，也没觉着高高的红墙、金灿灿的琉璃瓦以及精致的园林亭阁和巍峨的紫禁城有多珍贵。是呀，天安门呀，中山公园啊，文化宫什么的，包括景山、北海、故宫、什刹海……不都是身边的寻常地儿吗？有什么稀罕？每年六一，学校都组织我们到这些地方过儿童节，当然我们也非常盼着这天！因为什么呀？这可是每个北京孩子公开的秘密：那天我们的小书包里都装着“宝贝”。六一游园，学校不管饭，学生要带个简单的午餐。妈妈一定会给我煮几个鸡蛋，还会给我买平常舍不得吃的面包。是那种带果料的面包！义利果料面包，我现在还时不时买一个，回忆童年的味道。那面包里有葡萄干儿、瓜条、核桃仁儿……别提多好吃了！当然也不是每个孩子都带面包，有的同学也就带俩凉馒头和咸菜丝儿。我妈有时候还会给我5分钱买冰棍，那我简直就是大富豪了！早晨，我背上装满宝贝的花布书包，挎上爸爸的军用水壶，那兴奋劲儿和要上天差不多。至于是去景山登高，还是去北海划船，或者去中山公园看看五色土，那都不重要，反正到处都好玩儿，到哪儿都能撒欢儿。

不光六一，就是平日，中轴线上的那些地儿，一年也少不了去几趟。春天在天安门广场上放风筝，夏天到万春亭上吹凉风，平时过个中队日小队日的，也都选中轴线上的这几个公园，别地儿都太偏了。平时去玩儿，绝对没有面包和鸡蛋的待遇，水也没有，渴了就找公园里的自来水管。找到就一顿猛灌，男生们管这叫“撅尾巴管儿”。

现在回想，姆们原来是在中轴线上度过了金色的童年，这是多么幸福又是多么幸运啊。

及至年长，才知道中轴线上不仅有好玩儿的地方，好吃的东西更多。

还是从小时候说起。有年夏天，天特别热，大早上太阳就特别耀眼。老妈倒是情绪很好，叫着我的小名儿对我说：今儿个中午带你喝豆汁儿去，让你尝尝咱老北京的特色。

“豆汁儿？是豆浆吗？”

那可是我第一次听到“豆汁儿”这个词儿，以前好像都没听妈说过。

“和豆浆可不是一回事儿，你喝了就知道了。”妈说。

坐的几路车都忘了，就知道去的天坛那边。我们家原先就在金鱼池，天坛北门对面。据说老舍先生的代表作《龙须沟》，就是以这个地方为背景创作的。当然，我家住在这里的时候，已经没有那条沟了，龙须沟被填平成了马路。后来由于老爸工作变动，我们从金鱼池搬到了三里屯。喝豆汁儿那天，是我们搬家之后。现在想来，可能是老妈还怀念住过的地方吧？

喝豆汁儿的地方是一个不大的门脸儿，人倒挺多。妈妈要了豆汁儿、焦圈和咸菜丝儿，还有火烧。不一会儿伙计就端了上来。妈说喝豆汁儿必须配这两样，焦圈解酸，咸菜丝提味儿。我一看，这豆汁儿好大的碗啊，绿油油的，那种暗暗的果绿，还真和豆浆不一样。

妈妈笑眯眯地看着我，说：“尝尝。”

我立刻趴在碗边喝了一口。天哪！一种从来没吃过的无法形容的味道猛烈撞击了我的味蕾。怎么说呢？先是特酸，酸里又有一股馊味儿，像烂白菜，像刷锅水，特别刺激，真太难喝了！我当时的表情肯定是皱眉闭眼龇牙咧嘴，妈看得哈哈大笑。

“妈骗我！豆汁儿不好喝！”我嚷嚷。

“刚喝，你是喝不惯，喝惯了就知道好喝了。”妈妈安慰我，“豆汁儿可是好东西，败火，有营养。”妈一边说，一边慢慢喝着豆汁儿，很享受的样子。

我是死活不再喝第二口了，就吃了焦圈和火烧……

这是第一次喝豆汁儿，应该是我八九岁的时候。等再喝豆汁儿，我已成年。说也奇怪，豆汁儿这东西好像有魔力，长大再喝它，就不是那么难以接受了。而且还越喝越爱喝，越喝越觉出了它的妙处。直至在北京特色的吃食中，豆汁儿被我排上了第一把交椅。爱喝豆汁儿以后，在北京四九城踅摸了一圈儿，感觉还是中轴线上的豆汁儿比较正宗，比方，老磁器口、锦芳家和尹三家的都不错。隔三岔五，就想这口儿。爱喝豆汁儿的都知道，那酸爽的感觉，那是一切饮料都比不了的。说什么豆汁儿高蛋白、含维 C、膳食纤维和多种微量元素等都太文气了，对姆们来说，开胃、清火，就值得开一个小时车，跑到城里来碗豆汁儿。

光喝豆汁儿哪成？中轴线上的美食多了去了。从北往南数，老字号的大馆子，比如，鼓楼马凯餐厅、什刹海烤肉季、后海鸦儿李记、王府井“东来顺”、前门“全聚德”和“都一处”烧麦等，咱都不细说了，单就说那些小吃店：洪记的白水羊头、宫门口的黏豆包、小肠陈的卤煮、天兴居的炒肝……整天价都是人乌泱乌泱的。就这么说吧，您在中轴线上随便走走，碰到的牛舌饼、驴打滚、艾窝窝、芸豆卷、糖火烧、门钉肉饼、杏仁豆腐等，就准保把您撑一肚歪。

中轴线上的美食，就是这样弥漫着迷人的烟火气，激荡着活色生香的市井红尘，满足着北京人的北京胃。

及至更年长，才知道小时候玩儿的地方叫中轴线，才知道它北起鼓楼南到永定门，老辈儿人都说这是一条“龙脊”——这是北京人对中轴线的“爱称”。

是的，世界上还有哪一座城市，用从 1267 年的元代始有其形，至明清和近现代臻于完善的 700 多年时间，用从钟鼓楼，向南经万宁桥、景山、故宫、端门、天安门、外金水桥、天安门广场、正阳门至永定门的 7.8 公里的长度，完成了都城中轴线建筑群的典范之作？又有哪一个城市，在南北长近 8 公里，东西宽 0.1 到 2.6 公里，面积 5.6 平方公里，加上两侧外展 2 到 3 公里的 45.3 平方公里的总面积上，将古老殿宇的华美与对称和楼台庭院的精致与秩序，这样精致地搭建在一起？并将森严的皇权等级、繁华的商贸街市、尊贵的公卿帝胄、杂乱的世俗生活，这样热闹又这样和谐地融为一体？

没有。

北京中轴线，就是这样一个独一无二的所在。

然而，以上一切的一切，都还不足以表明中轴线对我们的意义。“求木之长者，必固其根本；欲流之远者，必浚其泉源。”作为中华文化的集大成者，中轴线所蕴含的丰富的中华传统文化元素，它所承载的博大厚重的精神内涵，才是我们成长的养料，才是我们安身立命的本源。

记得十年前，我为国家“十一五”重点出版工程项目，同时也是写入《国家“十一五”时期文化发展纲要》的《域外汉籍珍本文库》写作长篇报告文学的时候，曾专程探访过故宫武英殿。那时武英殿还不对外开放，我能到那“单奔儿”参观，算是国家文物局的一位处长对我采访古籍出版项目的“奖励”。后来（2014 年），我这作品以《汉籍之路》为书名出版。中国历史上对外文化交流有两条道路：一条是丝绸之路，传播中国的物质文化；另一条则是汉籍之路，传播中国的精神文化。故宫里的武英殿，就是清代内府刻书的地方。譬如，清雍正十一年（1733）开雕的巨制《清藏》，就是历时六年在武英殿完成的。当时制作的雕版达 79036 块，全书 1669 部，7168 卷。毋庸置疑，文字与文献的出现是人类文明的一大进步。有了文字，人类的思想交流消除了时间和空间上的局限，拓展了相互了解的广度和深度。也正是由于有了方块字做载体，有了汉籍的流布和扩散，中华文化才得以更顺畅地对周边及欧美国家产生辐射，显示了强大的生命力和影响力。

站在寂静空旷的武英殿里，我努力想象着在它黄琉璃瓦的正殿和两侧 60 余间的廊房中，工匠们雕版、刻字、蒸纸、印刷的场景，想象着中华文化就凝集在一部部珍本善本中，在中轴线的祥云里升腾……

那一瞬我意识到，我不仅是在为一个“抢救遗产、整理国故”的文化项目而采访写作。因为中国要真正“成长”为一个大国，最终还是要靠文化，靠能够反映出中国历史、自然、人文、生活方式以及价值观的内在精神。

而中轴线正是这种精神的映射。

中轴线，不光是风光里的中轴线、舌尖上的中轴线，更是中华文明的中轴线。在我看来，中轴线就是一种暖人的光辉，一个真诚的笑容，一个让世界更喜爱中国的打卡地，一个中华民族走向复兴的精神源动力。

主编感言

此文有童趣与活泼傍身，几与中轴线浑然一体，颇有可读性。但其实，无论是语言，还是布局等，都可看出作者的讲究之处。更主要的，这是一个老北京孩子对中轴线的真实体味与真情言说，颇具代表性。

作者简介

余义林，笔名艺林。资深编辑记者、作家。中国报告文学学会会员，中国传记文学学会理事，中国原创音乐家协会副秘书长。著有长篇非虚构文学作品《灰色王国的曙光》《闽之龙》等多部。创作中短篇报告文学、散文、评论等500余万字，见于《人民日报》《人民文学》等报刊。

中轴线，我心中最美的风景线

京　景

今年中轴线上的前门大街不同寻常，在广和楼举办的“国风节”红红火火。一天，接到东城区图书馆左馆长电话，告知今年的读书日活动在广和楼剧场举办。广和楼，那不是前门大街上的戏楼吗？能在那演出？真有点儿小兴奋！于是，我迫不及待去踩点儿。

广和楼坐落在中轴线上，是前门大街不可不看的一处景观，始建于明末，曾为京城最早出名的戏楼，与华乐楼、广德楼、第一舞台并称为京城四大戏园。清末至民国初期是广和楼之黄金时代，喜连成、富连成京剧科班长年在此演出，梅兰芳、周信芳、马连良、谭富英等名角都在此登台献艺，广和楼真可以称之为中轴线上的一个文化瑰宝。

走进广和楼庭园，历史沧桑感扑面而来，古色古香的字号牌匾高高挂着，方砖青石铺就的地面依然沉淀着历史痕迹。草木清香中，三三两两的游人在长椅上聊天、小憩，别有一番景致。穿过庭园进入戏楼，这里尘封着老北京对梨园文化最初的记忆，戏楼古朴雅致，木质结构，雕花镂空，凸显民族风格、历史文化和北京特色。据传康熙曾到此看戏，并赐台联，一时间风光四射。如今的广和楼历久弥新，焕发出勃勃生机，传统与时尚并存的古都风情，成为前门大街悠久灿烂的文化名片。

4 月 23 日上午 10 点，“古都新韵·大美中轴”读书日主题朗诵会开启“国风节”序幕。舞台中央矗立着一个巨大的主屏幕，两侧有四面红色大鼓，营造出一派热烈喜庆、欣欣向荣。长廊里展出绘画、书籍，几个穿汉服的姑娘在广场上行走，更增添几分时空穿越的色彩。

随着李谷一老师《故乡是北京》的歌声回响在广和楼剧场，《古都中轴线故事由儿》首先登场亮相。这是我根据著名京味作家刘一达老师文章改编的情景剧。我和诗友扮演两位热情的老北京人，看到一些外地游客在前门大街围着铛铛车打卡观赏、拍照留念，便自告奋勇给他们当导游。从铛铛车起源讲到中轴线的人文历史，从中轴线壮美景观讲到对中轴线的保护及申遗，为观众展开一幅千年古都的美丽画卷。京腔京韵、别具一格的讲述引起观众共鸣，赢来阵阵掌声和笑声！

接着《胡同味道》《四合院变奏曲》悉数登场，这也是刘一达老师的作品。耳畔响起京味儿十足的叫卖声、吆喝声、磨剪子磨刀声，把人们带到老北京悠久的市井风情中。几位表演者讲述着胡同里北京人的生活方式、生活情趣和邻里关系；讲述着老舍先生对北京的那份厚重情怀；还讲述着现在整洁干净的胡同，依稀可见当年生活的点点滴滴。一个个雅俗共赏、充满烟火气的故事唤起人们内心深处的记忆，胡同的味道这不正是生于斯长于斯的北京人的生活印记吗？

“国风节”演绎大美中轴，自然少不了蕴含600多年历史文明的紫禁城。王蒙先生是我最崇拜的偶像作家之一，这次又仔细拜读了他的大作《故宫的上元灯火》，笔下的元宵节紫禁城华灯齐放，犹如闪亮的星星照亮了紫禁城，“此景只应天上有”，宛如童话般的人间仙境，真是美轮美奂！朗诵者富有磁性的声音将此情此景展现得淋漓尽致！台上台下共同沉浸在“东风夜放花千树，更吹落，星如雨”故宫元夕夜的独特魅力中。

广和楼的北边是老字号大北照相馆，随着时代的发展，如今大北照相馆增加了不少时尚潮流和元素，但多年形成的传统和特色没有变，留给我的记忆也没有变。

听妈妈说，我从出生起到10岁，每年过生日妈妈都要带我到大北照相馆照相留念，照片上还写着几岁在大北照相馆的字迹。每当翻开这些留存的老照片时，我常常被泪水模糊了双眼，记忆的闸门瞬间打开。记得9岁那年，爸爸从青岛出差买回了布料，妈妈给我和姐姐做了新裙子，我对着镜子左照右照，好漂亮！同学们也投以羡慕的眼光。过生日时，妈妈又带我到大北照相馆拍照，可能因为穿了新裙子，照相时甜甜的笑容被摄影师抓拍到。过了几天下学后，一位同学突然对我说："宋京景，大北照相馆有你的相片！"啊？我不相信，连忙和几个同学从空军大院赶去前门，果然看到大北照相馆的展窗里有我这张放大的照片，我怯怯对正在照相馆忙碌的叔叔说："这是我的相片。"那位叔叔说："是你呀！小姑娘照得不错！"妈妈下班后，我和妈妈讲了这件事。星期天妈妈带着我来到照相馆，和店员们"唇枪舌剑"理论一番，当时年龄小也听不懂他们在说什么，现在想来应该在争论"肖像权"吧，最后大北照相馆答应给两张放大的相片才算了事。从那以后，我似乎懂事了许多，学习成绩也进步了许多。岁月悠悠，母爱浓浓，伴随着童年的记忆，爸爸妈妈的爱已溶化在我生命里……

沿着前门大街漫步，看看重新修建的箭楼，右转就到了中国书店前门分店。书店规模不大，格调清新，位于前门大街闹中取静的位置，这里也留下了一段难以忘怀的记忆。

2021 年 11 月的一天，北京下了第一场雪，气温骤降。我和诗友们冒着凛冽的寒风，踏着未化的冰雪，一早从四面八方赶到前门中国书店，参加"文学月"的直播活动。尽管天气异常寒冷，尽管因为疫情没有观众，我们在这里读文学品文学，感知红色文学的力量，演绎了《红色家书》《半截皮带》《尘封的军功章》《永远的旗帜》等节目。诗社美丽优雅的主持人那天患了感冒，但仍然笑容可掬地主持、演节目。她琴棋书画爱好广泛，当即买了好几本绘画册和文学书籍。当大家尽享书香快乐时，谁也没想到这是她最后一次登台表演，与病魔抗争了一年后永久离开了我们。正像她所愿："以一束光照亮自己，温暖别人。"正像她所写："安放一颗素心，静待下一个春暖花开。"我亲爱的诗友，一位腹有诗书气自华的北大才女，我们一同探讨文学，一同共享快乐时光的日子一去不复返了。悲欢离合有几多，渐行渐远渐无声，唯有真情默默咀嚼在心里……

我的思绪从前门大街向中轴线以北延伸，那起起伏伏、层层叠叠的古建筑贯穿南北，汇聚了古都北京的建筑精华。然而你可看见，中轴线向北延伸有一巨大的穹顶式建筑，像一朵云的独特造型地标式坐落于安华桥上。这是北京科学中心，一朵盛开在中轴线的科学之花，更像一片运载我们飞向未来的“科技云”。

我在职时从事电力科技管理工作，经常去那里开会，放假时还带着儿子去参观。现在只要开车路过中轴线北端，我都会向科学中心的方向眺望片刻。2020 年，北京科学中心举办科学嘉年华，我立即先睹为快。展览中有茅以升“奋斗的桥”、王大珩“追光者”、陈佳洱“书生”校长等 103 位科学家的珍贵史料。科学家的精彩人生、精神境界和信仰追求激发了我的创作热情，尽自己的一份力量弘扬科学家精神，那该是多么美好的人生风景啊！

我下决心将科学家的故事搬上舞台，创作一部情景剧《星空》，贯穿科技报国、兴国、强国的主线。万事开头难，面对这些历史、文学、科学及艺术既交叉又融合的课题，如何将宏大的科技发展历史空间浓缩呈现，如何在短短的时间里展现几代科学家感动人心的故事，我做了大量案头功课对题材进行深入挖掘。每当夜深人静时，常常思绪泉涌千回百转，好似穿越时空和科学家相遇，进行一场心灵的对话和洗礼。对他们的学识、情感和思想，有了更深的感知与理解，伟大事业孕育着伟大精神，越来越感到他们的赤子之心和爱国情怀，使他们无惧困难，勇攀科学高峰……

我接连创作出《星空》情景剧剧本《永远的怀想》《地质宫的灯光》、诗歌《呦呦药草香》，编创了《序》及画外音。最终《星空》分为七个单元，讲述六位科学家的故事。通过表演、朗诵、情景再现、画外音等融合的表现形式，带领大家在感动中追寻“两弹一星”科学家的足迹，在震撼中回望没有硝烟的一场场自力更生奋发图强的战役。

然而要呈现一场近 70 分钟的大型情景剧，对我们业余团体来说无疑存在着困难与挑战，首先需要大量的高清图片在屏幕上呈现。我和诗社音画总监商量，从钟鼓楼出发，沿中轴线前往科学中心，寻找创作灵感。钟鼓楼作为元、明、清代都城的报时中心，也是集古都文化艺术、历史与科技为一体的标志性建筑。登上鼓楼观景台远望，北京科学中心近在咫尺，巨大的“科技云”和晨钟暮鼓的红砖灰瓦相映生辉，古韵新貌，尽收眼底，中轴线穿起了历史走向未来的一路风景。

进入科学中心展厅，被浓浓的科技氛围所吸引，众多科学家事迹的画面、实物、模型，生动形象地承载着共和国鲜为人知的科学故事。这些难得一见的史料，为我们的音画资料库增添了不少鲜活内容。音画总监将收集的图片、照片等精心设计为舞台视频，情景交融，宏大而细腻的音画背景，烘托了剧中主题，强烈的视觉冲击力给人以震撼！

三年多来科学家精神的滋养和鼓舞给予《星空》前行的动力和信心，台前幕后所有人用心感悟，勤奋好学，精益求精，共同打造和不懈追求，终于使大型情景剧《星空》在2023年科技周倾情演绎，首演在东城区图书馆获得成功，接着又在风尚剧场、金北剧场为各界观众演出了两场。

当“序”拉开《星空》帷幕时，仰望浩瀚无垠的天际闪耀着一张张科学家画面，我热泪盈眶、充满期待……

演员们以真切自然的情感生动演绎了钱学森、邓稼先、郭永怀、钱三强、黄大年、屠呦呦的人生故事，深深打动了在场的所有观众。掌声和泪水交融，感动和激励同在，科学家精神在现场久久激荡、升腾……结束时，观众们意犹未尽，纷纷表示：“太感动了，真受教育！”“我们都流泪了。”“《星空》太棒了！你们要多演呀！”

就是这样一幅场景，已深深烙印在我心里，成为生命中永远抹不去的美好记忆！这是精神的风景线，和中轴线亮丽的风景线一起延伸，闪耀光芒……

主编感言

本文热情洋溢，其内容既有在“大北照相馆”的童年之喜，更有成年后对“科学之光”暨“人文之美”的孜孜以求——用她的跨界之爱，用她的生命之力——可谓坚韧不拔，始终如一。感谢作者以身体力行写就这篇中轴线礼赞！

作者简介

京景，本名宋毅。高级工程师，现为北京市科协老科学技术工作者总会科普文化委员会委员，北京市科技科普团专家组成员，北京科技诗苑社长兼艺术总监。创作多部情景剧剧本，获散文创作奖，多篇诗歌入选《中国当代作家诗人精品集》。

奥林匹克塔，好一束美丽的钉子花

王子君

当是 2017 年的夏天吧，荷花开放的季节，老友启亮邀我去奥林匹克公园看荷花，约在奥林匹克森林公园南门入口处的奥运塔下碰头。

说去就去。上一年的荷花没有看成，这一次无论如何不能错过了。

一出奥森公园南门地铁，我就被高耸入云、造型奇特的奥运塔惊艳到了！虽然以前也曾远远地看到过它，但如此近距离地看到还是第一次。塔下林木茂盛，恣肆张扬着夏日的生机，塔顶树冠形似花开，塔身在阳光下通体闪着银色的光，钢硬中透出一些妩媚，有一种另类的美。

老友启亮到了，我们便去看荷花。

夏天的荷塘，碧绿的荷叶叶叶相连，鲜艳的荷花朵朵争妍。好一幅“接天莲叶无穷碧，映日荷花别样红”的画面，让人不由得吟诵起那对荷花的千年赞美之句：“中通外直，不蔓不枝”，“出淤泥而不染，濯清涟而不妖”……

奥森岂止有荷花！往奥森纵深去，更是一步一景。最让我惊奇的是，无论在奥森的哪一个地方，抬头都可以望见奥运塔。启亮说，这奥运塔，是奥森公园的瞭望塔，就像海洋里的灯塔。如果在园中迷路了，向着塔的方向走，就可以出园去。

奥运塔，真是神一样的存在啊！

不知不觉爬上了仰山。站在仰山顶上往南望，一眼又望见奥运塔在南门口闪着银光。启亮往奥运塔旁边的大道一指：看，那条大道就是中轴线。奥运塔像钉子一样钉在中轴线北延长线上，因此又被俗称为“钉子”塔。

“我看，它更像是钉子花。”看着像花朵绽放一样的塔顶，我灵感突至。“钉子花”，那是永不会凋谢、变形、腐坏的，多美。

“那就是中轴线上的钉子花呗！”启亮笑。

“中轴线”这个词，我听了很多很多年，从来没有去思考它内在的含义。当我透过望远镜一眼看到景山的山尖时，我才深知，自己对北京这座自己已生活了十几年的城市的了解，是何其肤浅。

我连忙给自己补了一堂有关中轴线的课，心中像洞开了一扇历史的窗门。

城市是文化的载体，建筑是城市的灵魂。北京中轴线就是北京城的灵魂，是有别于其他城市的文化基因图谱。它的城市规划以宫城为中心左右对称，很多建筑都建在对称轴上。北京最早的中轴线南起永定门，北至钟鼓楼，长约 7.8 公里，是全世界最长也最伟大的南北中轴线。近一二十年来，北京中轴线持续“生长”，沿着传统中轴线向南、向北延伸。向南，延伸至南中轴森林公园、大兴国际机场直至永定河水系；向北，延伸至鸟巢、水立方、国家会议中心、奥林匹克森林公园直至燕山山脉。宏阔的中轴线北延长线上，文化新地标陆续矗立起来，奥运塔就是其中之一。

奥运塔正式的名称叫作“奥林匹克塔”，它以“生命之树”为设计理念，将中国传统文化的圆形元素和植物形态中的树的形象完美融合，形成“生命之树”造型。塔基是堆土形状，高高隆起于地面，象征大地；树的根部，像一粒种子从大地钻出来，寓意生命之树从地壳破土而出，自然生长；塔身全部为钢结构打造，由五座从 186 米至 246.8 米高低不等、错落有致的独立塔组成，在空中似合似分，在塔的顶部逐渐向四周悬挑延展，形成树冠形态，“似一束鲜花，似礼花绽放，似清泉喷涌”。

奥运塔工程于 2012 年 10 月底建成，最初是奥林匹克公园的瞭望塔，直至 2016 年 3 月 15 日，才被命名为“奥林匹克塔”，并对外开放为观光塔。塔高为世界第 22 高、国内第 6 高，是北京中轴线北延长线上的制高点。2016 年 6 月 12 日，永久性的奥运五环标志于塔顶落成，成为奥运五环蓬勃向上的精神象征。因为五环标志，又被称为“五环塔”。

这之后，再去看奥运塔这座别致的现代建筑，就像解开了北京城的历史空间密码。视觉上，从奥运塔开始向南延伸，延伸到南延长线的终点；思维上，则会溯源而上，寻见历史的深处，感知到北京城的都城演进历史，感知到中华文明的赓续不绝。有形的奥运塔，无形地连接起历史与现实以及天空般辽阔的未来。

怀着探秘般的情怀，游奥森成了我的假日选项。一有空，我就去奥森转一下。那时候我还住在广安门南街，往来需要些时间，但包括“钉子花”在内的奥森的美，让我把距离抛在了脑后。

又一年荷花开过，盛夏来临。启亮说，奥运塔南边水系的音乐喷泉开放了，你要不要来看？我当即答应去看，为即将目睹一场盛大的音乐喷泉而激动。

夜幕降临，华灯初上。奥运塔梦幻般地闪烁起灯光，塔南边的龙形水系腹地，两岸开启了火树银花的模式。随着音乐声起，沿着水带，音乐喷泉开始大秀。一岸水幕升起，喷泉喷涌，彩光飞舞，形成水与光的幕墙；射灯的光柱呈箭镞状向夜空深处射去，划破了夜的宁静；一岸五彩斑斓的灯光，各种红，各种蓝，各种绿，各种黄，各种紫，真正的万紫千红的灯光，高高地、安静地发出光彩，反衬着水中音乐喷泉光之舞的律动。钉子花的倒影在水中表演。塔不再是钢的钉子、钢硬的建筑物，而是柔美的、披着镶嵌了钻石般的碎花衣裳的舞者，与色彩缤纷的喷泉、同样色彩缤纷的光影交汇在水中，分外妖娆，美轮美奂。“此曲只应天上有，人间能得几回闻？”大诗人杜甫再怎么有诗意的联想，大概也想不到1000多年后的北京市民能欣赏到天上胜景。不，这水的世界、光的世界、音乐的世界、色彩的世界、童话般的世界，是比天上胜景更美的景象。夜空已黯然失色，星星隐去了，月亮隐去了，此时的奥运塔是天地独宠的君王，是中轴线上现代美的化身，是无数市民现实生活的梦的栖息地。繁华与宁静，历史与时潮，现代建筑与民众梦想交织成盛景，和奥运塔上瞬息万变的光影图案绘成的盛景惊人地应和。

三年前，我住到了奥森公园北园旁边。吸引我来定居的一个重要原因，就是我站在阳台上可以看到整个奥森，看见奥运塔美如一束钉子花的傲人影姿。

离奥森近了，去奥森就更勤了。北园离南园很远，但是钉子花会不经意地闯进我的视线，在花丛之上，在绿原之中，在水的中央，无处不在。奥运塔，钉子花，它像定海神钉一样钉在那里，像一簇花开在那里，但是它的神魂却覆盖了、渗透进了整个奥林匹克公园。

我看奥森的四季，看奥运塔春夏秋冬的美，看山水美、建筑美、科技美、人文美，在这里交相辉映，美美与共。

元宵夜晚，我穿过奥森去看奥运塔的灯光秀。

这晚的灯光秀增加了不少新的图案，数码烟花不断地绽放，千变万化，比以往更加璀璨夺目！我站在距奥运塔300米处，一秒钟也不想中断地录着视频，沉浸在一种超越时空，不知今夕何夕的视觉盛宴里，直到手机电池耗尽。

静静地凝望奥运塔——我心目中的钉子花，我突然真切地理解到这“生命之树”的奇特意象——它是蓬勃向上、树冠宏阔的树的形态，它更是青春之树、智慧之树、文明之树、梦想之树的意义表达。

这一个元宵之夜，我将终生不忘。

当然，更多时候，我是站在阳台上看钉子花。我用30倍的望远镜把它拉到眼前看，它就是由五朵花组成的一束花，虽然有一朵花只看得见一小瓣花瓣，但我意念里映出的就是五朵花，蓝、黄、黑、绿、红五个圆环在上方形若它的花蕊，在蓝天映衬下格外鲜艳。即便是云雾天、雨天甚至是雾霾天，它也能在雾中若隐若现，闪出钢制的原色光芒，有一种不可掩藏、不可侵犯的尊严。

按理，我应该迫不及待地去登奥运塔，或许还可邀上老友启亮。但是我却一直没有行动。登上塔，以我20多年前登临上海东方明珠、武汉旋转餐厅、深圳最高楼的经验，我相信我将可以一眼望尽中轴线上的美景——除了一览整个奥林匹克公园风景之外，可以鸟瞰玲珑塔、水立方、鸟巢以及龙形水系等景观，可以将鼓楼、故宫、景山，甚至60公里外的大兴机场也尽收眼底，而且其壮观画面将比那些体验更令我震撼与感慨。我愿意保留想象，在脑海中无数遍地想象那画面，在想象中无尽地描绘它的美。

奥林匹克塔，奥运塔，五环塔，钉子塔，我更愿意叫它钉子花。但不管如何称呼它，它是2008年奥运留下的荣耀美好，它是中轴线上的明珠，是北京城历史文化的现代延伸，盛载着开放包容的人文理念、人与自然共生共荣的自然法则、现代文明奔向未来不停歇的精神。正因如此，奥运塔在人们的眼中、心中，在日月中，永远高耸，永不会倒塌，是一束永不会凋谢的钉子花。

主编感言

“奥运塔像钉子一样钉在中轴线北延长线上，因此又被俗称为‘钉子’塔。‘我看，它更像是钉子花。’”——声犹在耳，我们已经不知“今夕是何夕”了。这是一篇很容易把人代入的画境般散文，写得热情、饱满，显富创造性，可谓在北京中轴线上“独美其美”。

作者简介

王子君，中国作家协会会员、中国散文学会理事。现为中国文字著作权协会文学总监。已出版作品17部，主要作品有《白太阳》《无花》《黄克诚在中央纪委》等。曾获中国人口文化奖、冰心散文奖、长征文艺奖、汪曾祺散文奖等。

钟鼓楼和我的文学梦

刘丙钧

细算起来，我和钟鼓楼的缘分该是始于儿时不知从何处学来的一首童谣吧。

那是一首有点无厘头的《手指歌》："大拇哥，二拇弟，钟鼓楼，护国寺，小妞妞。"一边念唱，一边伸动着手指，甚感有趣。虽然那时根本不知钟鼓楼为何物，且一直认为是"中鼓楼"，想来这样似乎也是讲得通的。因为念唱到此时，伸出的是中指。而后稍大，有了一些方位感和地理概念，方知钟鼓楼是相邻相近的两座城楼，一座悬钟，一座架鼓，是为京城早晚报时所设。当然，这是老话，是古时所用。还知晓老人们常说"东四西单鼓楼前"，"鼓楼前"是与东四、西单同为京城最为繁华、热闹之处所。但记忆中没有关于鼓楼的印影形象。直至成人，工作数年，因文学才算真正地与鼓楼产生交集往来，才算真正熟稔亲近起来。

借传统相声《八扇屏》中的一句"想当初"，我与鼓楼交集的"当初"是20世纪七八十年代。

那是个百业复兴、万象更新、处处生机的年代，而文学更是神圣至极。受时代潮流的感染，我也开始对文学创作萌意生趣。

可惜的是，虽心向往之，但既无家学，更无师教，懵懵懂懂，一路撞墙不止。幸得时为北京市作协工作人员的高华老师（其先生系当年享誉文坛的京城"四大名编"之一的章仲锷先生，其日后于我亦多有启教携扶）荐介，得以参加当时东城区文化馆的文学小组。在此讲句题外话，后为朦胧诗代表性诗人之一的顾城，也是得高华老师荐介于西城区文化馆文学组，开始他的文学之路的。

那时，每周去参加文学组的活动，成为我工作之余最为盼切的一项活动。听各路老师和编辑讲创作体会，分析评论热门作品的得失，并诚之惶之地将自己的涂鸦习作交呈负责文学组的老师以得指点批改。在文学组的活动中，有幸得识在中国，特别是京城文学史上占有一席之地的韩少华、韩静霆等老师，尤值一提的是，还有至今亦多有联系，亦师亦友的儿童文学名家马光复老师。

是这文学小组和众多师长前辈，使我受益多多，从而得窥文学之门径。

那时的鼓楼左近，早不复昔年与东四西单齐名并誉的繁华与热闹，更不曾想到，这么多年后，鼓楼周边复又热闹红火起来，并成为外地游客来京观瞻游览的网红之地。

至今犹然记得，那时，逢文学组活动之日，我总似怀着朝圣般欣欣之情如期而至。纵是雨雪之日，我也总是那少数如约应期的成员之一。若是赶上文化馆的老师有其他活动安排，或因自己家中、工作上确有事隔阻而不能至，总会萌滋几分怅然与空落。

那时的鼓楼周边，行人寥寥，自然更少有什么游客来宾。而鼓楼自身更是多年关闭，不对外开放。斑驳的围墙与破残的脊檐，呈衬出它数百年的沧桑貌相。

有时，我会由朝南的正门拾阶而进，有时也会自东门踏漫坡石道而入。四周多寂静，只有围墙下和石阶、漫坡的缝隙中年年复生的野草，自带几分生机和生气，点缀于鼓楼内外的寂寥和沧桑之中。

高而阔的一层大厅里，几张桌子拼摆成长几状，长几两侧，置摆木椅十数张。文学小组的老师和前来参加活动的组员们星散而坐。我的文学之路，就在这因高阔而略有回音的大厅之中蹒跚而始。我的文学之梦也自此一笔笔点染出色彩。

文行至此，或许，难免给人一种文题有所不符之嫌。的确，拉杂这么多，却只道说鼓楼而未及钟楼。的确，我与钟楼，只有路经途过的擦肩之缘，而未有过什么交集往来，但这个中，亦是自有缘由。

那时的文学小组，不仅常举办各种文学活动，而且还有为小组成员提供发表习作的一报一刊，报曰《钟鼓楼》，刊亦名《钟鼓楼》。

虽是内部刊物，但我等初窥文学之径的业余作者，有作品变成铅字刊载出来，却也有种神之圣之的欣欣之感。至今，尚存有若干份这报这刊，纸页虽已泛黄变脆，但翻看时依然心有微澜。

至今，记得清清的、真真儿的，那是 1979 年，我雕磨于文学小组活动中的一组小诗《纪念碑下的歌》被《工人日报》副刊刊用，得稿酬 28 元。为此邀请诸同伴好友同贺，花费近 40 元。继而，刊于《钟鼓楼》上的作品，陆续为当时影响甚大的《中国青年》杂志、大名鼎鼎的《当代》和《十月》等转载刊用。继而又参加了劳动人民文化宫的业余工人诗歌组，继而加入北京作家协会、中国作家协会，继而由一名建筑工人转行成为编辑，继而出书获奖若干，继而继而……在文学路上踏出一行浅浅的脚印。

而这一切的一切，与鼓楼和《钟鼓楼》勾连交织出我的文学梦。

在动笔写这篇关于中轴线，着落于钟鼓楼的小文前，我又特意去了趟鼓楼。只见红墙灰瓦，整葺一新。鼓楼四下，店铺林立，游客熙熙，只有屋脊上的吞脊兽似是旧貌故物。脑中莫名地涌出两句毫不相干的诗句，于我是“前度刘郎今又来”，于鼓楼则是“只是朱颜改”。

前不久，曾应邀写就一首关于北京的歌谣《城，城，北京城》，其中笔墨很重地写到中轴线，也写到鼓楼和鼓楼的鼓，而在结尾处这样道来：“城，城，北京城 / 祖国的首都中华的情 / 线，线，中轴线 / 龙脉绵延民族的愿 / 门，门，天安门 / 我们的脊骨我们的神。”

是的，北京、中轴线、天安门，与我们的情感和精神是血脉相连的。

而缀系于中轴线上的鼓楼，于我不仅仅是一座古建文物，更是铭刻于我人生之路、文学之路上的永远的留恋与怀念。

主编感言

“钟鼓楼”还曾是一方文学热土，这恐怕很是鲜为人知。但于无声处，作者从这里起步，现在已经成长为一位知名的儿童文学作家了！岁月不居，感谢作者的倾情回忆，深注笔端。当然，我们更应该感谢的，是“中轴线”这条北京文脉的神功造化！

作者简介

刘丙钧，中国作家协会会员，儿童文学作家。出版诗集《绿蚂蚁》《写给女儿的诗》等，童话集《笨小熊和他的朋友们》《呼噜熊的呼噜》等数十部。多部作品获中国作家协会优秀儿童文学奖、国家图书奖和“五个一工程”奖等奖项。

韶光漫度鲜鱼口

罗文华

午后时分，我坐在大栅栏东口一家茶餐厅二楼的一隅，窗下即是人来人往的前门大街，街对面铁艺牌楼上悬挂着的黑底金字的匾额“鲜鱼口”在阳光下清晰可见。往往是正当我静下来细咂摸这老滋老味的仨字时，清脆的铃铛声便骤然响起，随后一辆复古式的铛铛车沿着前门大街不紧不慢地驶来，让我感受到从这片街市中飘过的民国风情。

倘若有人试图摄取北京城里一个最有市井气息的镜头，我觉得务必选择在前门大街上大栅栏与鲜鱼口的交叉口。

大栅栏固然全国有名，鲜鱼口在京城也是无人不知，但只有当大栅栏街的东口与鲜鱼口胡同的西口天造地设般地搭碰在京城中轴线南段前门大街上的刹那间，市民们才会感受到什么是熙熙攘攘，游客们才会体验到什么是热热闹闹。

如今不是总说人情浅薄、世态炎凉吗？那么这里的熙熙攘攘、热热闹闹，一定会唤起些许生活的乐趣、人间的温情。

午后时分，如果是在盛夏，斜上方会射过几方酷热的阳光，打在前门大街与大栅栏几家商铺的招牌上。不知从哪家店里传出宜人的歌声：“夏天的风正暖暖吹过，穿过头发穿过耳朵……”似这般的轻柔缱绻，即使不能全然将炎热退去，也足以慰藉疲惫慵懒的心灵。

午后时分，如果是在严冬，阳光会执着地透过前门大街，把鲜鱼口铁艺牌楼的影子拉得很长，那网格状的光影斜铺在胡同口，渐渐散漫至胡同深处，使得整条胡同满墙满地都显出明亮与生动。畏避寒风的人们行至此处，会油然觉得世间温暖，值得珍惜。

很多年前，听京城一位遗老说过，鲜鱼口比与它隔街相望的大栅栏出名还要早。旧时老北京有一副对联，将几个地名串在一起，好像是“花市草桥鲜鱼口，牛街马甸大羊坊”，其中就有“鲜鱼口”。当年运河曾经流经于此，这里成为漕运码头，以贩卖鲜鱼出了名，于是约定俗成，就叫了“鲜鱼口”。这条东西走向的鲜鱼口胡同，可是北京城的一条长胡同，由前门大街进入它的西口，一直通到东口崇文门大街，俗话说“门到门，三华里”，真是不短。鲜鱼口胡同是北京民俗市井商业的代表，它与前门大街共同构成老北京南城标志性传统商业街区。

40年前，我到北大上学不久，听地理系教授侯仁之先生讲北京历史地理，他就提到过南城的鲜鱼口。成市于明代正统年间的鲜鱼口，已有近600年历史。这一带汇聚了京城很多著名的老字号餐馆、商铺、戏园、浴池、茶楼和作坊，如大众戏院、正明斋饽饽铺、长春堂药店、天兴居、兴华池、便宜坊、都一处、天成斋鞋店、联友照相馆、马聚源帽店等，是北京市确定的25片历史文化重点保护区之一。

记得在2011年，修缮后的鲜鱼口重张开业，其街景市容颇具视觉冲击力。以“鱼”为元素的各种装饰和设施，尤为抢眼。街区内各式砖雕、井盖、路灯及城市家具，均以“鱼”为主题。路面全部采用黄金麻荔枝面石材，作水波鱼鳞状铺装。这一切，都呈现着鲜鱼口的有鱼即有余。还有那些古香古色的字号牌匾、抱柱楹联以及景泰蓝材质的文化标志牌，装点了整个街区，使之愈发显得古朴雅致。“四方食事，不过一碗人间烟火。”循着香味往胡同里走，就深入一条京味特色、美食经典的鲜鱼口老字号美食街。鲜鱼口越来越成为展示古都文化、京商文化的重要窗口；与此同时，老北京人心目中的鲜鱼口，也越来越真切地回到北京市民的生活中来。

午后时分，我坐在大栅栏东口一家茶餐厅二楼的一隅，窗下即是人来人往的前门大街，街对面铁艺牌楼上悬挂着的黑底金字的匾额“鲜鱼口”在阳光下清晰可见。然而，当铛铛车清脆的铃铛声再一次骤然响起的时候，我忽然意识到，京城虽好，但自己只是一个过客。

我与常住京城的韩石山、朱正、刘连群、汪金友、冯传友等作家师友一样，并不是北京市民。但我对北京城，对北京城的中轴线，还是具有一种天然的熟悉感和亲切感。

20 世纪三四十年代，我母亲曾随我外祖父母住在北平城，留存在她记忆深处的北海和什刹海都在中轴线附近。自 20 世纪 70 年代末迄今，我唯一的舅舅一直住在北京。1983 年，我从天津到北京上大学，周末常常到舅舅家改善伙食。那时还是周日单休，我周六下午从北大乘一个多小时的公交车到天桥，舅舅和舅母在设于那里的中国医学科学院的一个单位工作，我和他们一起下班，回到他们在天坛西里的家里吃晚饭。天桥就在中轴线上，天坛则紧贴着中轴线。1987 年我大学毕业回到天津，在《天津日报》工作直到现在。2017 年，我儿子娶了北京的姑娘做媳妇，翌年给我生了个大孙子。这几年，我和太太又经常到北京的亲家接送孙子……北京，与我有着绵绵而深深的缘分。

比起真正的北京人，作为过客的我，很多时候更喜欢沉浸在对北京的回忆里。回忆的魅力，就在于无论过了多长时间，我们怀想起来依然清晰如昨，继而在心中最柔软的地方萌生出丝丝暖意。譬如，我从不吸烟，但是一见到天津出品的“大前门”烟标上的前门箭楼图案，就会无限向往北京中轴线上的前门，同时想起前门大街上的历历往事。譬如，我喜欢逛前门大街上的中国书店，20 世纪八九十年代，这家书店的多数店员虽然不一定能叫出我的姓名，但一见到我走进店门都会微笑着点点头，意思是：您是本店的老顾客……

城际时代，我到北京很少住下，往往是办完事当天返津。于是我每次到北京，一有空儿就到前门粮食店街的六必居买些爱吃的酱菜，然后就近在大栅栏东口这家茶餐厅坐坐，以茶代酒，见见京城的朋友。这些朋友多是我的读者，不谦虚地说就是我的“粉丝”。我出版过杂七杂八几十本书，你想不到他们会带来哪一本让我签名留念。这些朋友以年轻人居多，来自北京的各行各业，有的是博士、医生，有的是公交站员、健身教练，但是他们有一个共同的特点，那就是真诚。他们会真诚地倾诉阅读我作品的感受，也会真诚地提出对我写作的期待。在与他们真诚的茶叙氛围中，我竟然感到自己本来已经充分保有的真诚度也在或者说仍在逐渐提升……

汪曾祺先生说：这个世界这么地爱我，我也不能不爱它啊。我也完全有理由说：北京这么地爱我，我也不能不爱它啊。当一个人心中充满爱和诗意的时候，即使自己是一个普普通通的人，在普普通通的一天里，在前门大街上散散步，在大栅栏或鲜鱼口一家普普通通的茶楼或饭铺坐一坐，看看熙熙攘攘的行人、热热闹闹的市井，也会感觉很快乐，很温暖，很知足。

午后时分，我坐在大栅栏东口一家茶餐厅二楼的一隅，窗下即是人来人往的前门大街，街对面铁艺牌楼上悬挂着的黑底金字的匾额“鲜鱼口”在阳光下清晰可见。此刻，当铛铛车清脆的铃铛声又一次骤然响起的时候，我陡然觉得，京城是如此让我留恋。韶光漫度，吟梦醉怀，两鬓业已斑白的我，难道只是京城的一个过客吗？

主编感言

此文可品可感可喜处甚多，写出了一个外地人士与北京千丝万缕的关系以及真情实感或浓情厚谊；而且行文虽不显山露水，却于立意中轴线，有一种很接地气的美。

作者简介

罗文华，毕业于北京大学中文系。《天津日报》副刊部高级编辑，中国红楼梦学会理事，天津市文物鉴定委员会委员。2010 年被评为“天津市十大藏书家”。已出版文学与文化专著、译著 30 多种。

中轴线上的“中国印”

匡翠华

北京2008年奥运会在我的记忆里已深深地烙上了“中国印”。8月8日的开幕式，我和场馆运行保障组的同事正在北四环的奥运大厦内。早在彩排预演的时候，我们就选定了楼上观看烟花燃放的最佳位置。夜空璀璨，缶声震天。在震撼的声响中，一位隐形的巨人从永定门出发，沿着古老的中轴线向北，行走在北京上空。他的足迹途经前门、天安门、故宫、鼓楼……走进“鸟巢”。29个大脚印，是29届奥运会的历史足迹，更是中国追寻奥运之梦的百年跋涉而梦想成真的历史足迹。

时光回到2003年8月3日晚，在天坛祈年殿前，隆重举行北京奥运会会徽全球发布仪式，饱蘸红色印泥，在宣纸上郑重盖章——“中国印”诞生。舞动的北京，成为中国精神、中国气派、中国神韵的中国文化的符号。从那时起，我有幸成为北京市“2008”工程建设指挥部办公室的一名员工，见证着古老的中轴线向北延伸。

作为六朝古都的北京城，从13世纪起，就吸引了全世界的目光。马可·波罗在游记中说：在地球的东方，有一个金子般的城市，指的就是元大都。北京城自元代开始，就在城市营建中形成了从永定门到钟鼓楼长达7.8公里的中轴线。奥运场馆的规划、设计和建设，尊重北京城建格局，充分利用了历史名城留下的伏笔和空间。在申办之初，北京市就把北中轴线的黄金地段，作为奥运场馆的预留地，这使北京城的文脉向北延伸，将古老与现代对接，使城市气韵贯通。

奥林匹克公园中心区，是北京奥运会的核心区域，它位于北京传统城市轴线的正北方向。古老的中轴线是实轴，有许多建筑和景观。奥林匹克公园则是虚轴，鸟巢、水立方、国家体育馆、国家会议中心等标志性建筑都集中在这里，分布轴线两侧。“鸟巢”所表现的是激情、力量、阳刚，“水立方”则是宁静、祥和、柔美。如果说鸟巢是团有激情的火，那么水立方则是散发优美浪漫的水。这两个建筑，一方一圆，一柔一刚，体现了东方古老“天圆地方”的审美理念。

奥林匹克公园有三条相互渗透的轴线和一座下沉花园彰显“简约、现代、宏大”的风格。三条轴线分别是体现庄重理性的中轴，体现人文自然的绿轴和体现生态科学的水轴，三条轴线在一个相对紧密的空间内相互联系、相互交融，形成统一整体，彰显了 21 世纪的中国意象和中国风度。

中轴景观大道是中轴线的延续，从熊猫环岛到奥林匹克森林公园南门广场，长 3.7 公里，宽 60 米，全部采用传统御道铺装，延续了传统中轴的历史厚重感。

下沉花园有着中国传统元素的特色，从紫禁城的红墙到北京的四合院，从历经千年的鼓乐到盛唐的马球运动，在这里都有体现。它是一条线索，从南到北贯穿了下沉花园；它是一个载体，自始至终承载着厚重的文化；它更是一条纽带，连通了历史与未来。这里讲述了七个动人的故事。1 号院御道宫门，表现了城市开门的宏大场景，宽 18 米的台阶式御道引导游人进入下沉 9 米的广场，俨然胜利的露天礼堂。2 号院古木花厅，北京特色的四合院空间的院落形式，再现民居文化的魅力，“天棚鱼缸石榴树，老爷肥狗胖丫头”勾画北京四合院的生活场景，好似奥林匹克公园的“客厅”。3 号院礼乐重门，重拾往日传统礼乐活动，感受中国古老文明。4 号院和 5 号院穿越瀛洲，是下沉花园南北部之间的联系空间，恰如戏剧的幕间休息片段，该处红墙发生了转折，使人们在穿越隧道的前后过程中体会时光流变。6 号院合院谐趣，展现了四合院作为公共活动空间的热闹场景。7 号院水印长天，是下沉花园通向北部休闲花园的出口，空间开阔，刻画了皇族的传统运动场面。7 个院落截取了皇城根的城市片段，在城市的中轴线和现代的体育场馆之间，创造了一种开放的全新景象。

树阵景观带位于中轴景观大道西侧，长 2.4 公里，宽 100 米，沿中轴景观大道由高大乔木形成的 20 个矩阵整齐排列。树阵林下设有变化丰富的休闲空间，设置供市民活动的场地、雕塑及辅助设施。南北贯穿能描绘北京金秋特色季节景象的银杏大道。

信息柱竖立在 60 米宽的中轴景观大道上，29 根银杏树般的信息柱，在蓝天白云下，柱身破土而出，向上生长，5 个银白色的叶片在不同高度向周围展开，呈树冠形态，像礼花绽放，又似清泉喷涌；月色星空中，它们流光溢彩，像顽皮的精灵在空中翩翩起舞，使整个中轴景观大道熠熠生辉，美妙绝伦。

庆典广场在“水立方”东侧，是中轴序列的一个高潮，南北长约 260 米，东西宽约 100 米，以提供开阔的室外广场为主，也是人流集散地中心。在庆典广场的南北两侧，建造了两个全地下旱喷泉池，为庆典广场增加了趣味，并可改善空气的湿润度。

龙形水系是一条人工开掘的河，龙头在北五环内，龙尾直甩到“鸟巢”边，水系的“龙”和鸟巢的“凤”，符合中国文化的龙飞凤舞。龙形水系贯穿奥林匹克公园，挖出的近 400 万立方米泥土，在公园内形成一个山系，主峰仰山高 48 米，与 43 米高的景山遥遥相望。龙形水系总长约 2.7 公里，水面宽 20 至 125 米，总水面面积为 16.5 公顷，在中心区内自然曲折，形成了奥林匹克中心区的水轴。水中种植不同的水生植物，既丰富了景观效果，又有净化水质的效果。在水系中央段，与下沉花园对应部位设置总长 600 多米的水中音乐喷泉。地下商业总建筑面积 24 万平方米，正位于龙形水系的水底。这里作为集购物、休闲、娱乐功能于一体的国际化综合购物中心，营造了个性鲜明的商业空间。

休闲花园占地面积 10.8 公顷，分南北两个地块，是中轴尽端与森林公园相接处的缓冲地段，是自然式文化生态休闲花园。

当时亚洲最长的 9.9 公里的地下交通环廊，把地下商业、公共地下车库、地铁及建筑物连接成互联、互通、互用的地下公共空间。

如今，整个中心区融合了办公、商业、酒店、文化、体育、会议、居住等多功能的新型城市区域，还拥有完善的永久性设施，处处折射出“绿色、科技、人文”的光芒。为了方便各类残障人群的活动，进行了全方位的无障碍环境设计。公共设施的人性化，在这里得以最佳体现。

中国传统文化与现代科技有机结合，使北京城市的古老轴线向北延伸并丰富内涵，翻开了北京城市建设与发展的新篇章。

这里是“新北京”的窗口，为中国搭建了和谐的“大舞台”。

这里是“新奥运”的心脏，为世界钤上了彤红的“中国印”。

主编感言

的确，“最美中轴线”不能没有向北的“奥运”一笔。这神奇瑰丽的一笔，今天由当年的建设者来写，更是摇曳多姿，回味无穷。

作者简介

匡翠华，曾在行业媒体担任过编辑、记者，再到北京市“2008”工程建设指挥部办公室工作，现就职于北京轨道交通行业。长期从事文字工作，爱好文学创作。

南中轴　向未来

盛　蕾

我常常想：北京的中轴线代表了什么？

翻看各类解读它的文章，恢宏、壮阔、通达古今的赞美不绝于目，让人读后心生自豪。

而当我以时光旅行者的身份走过了几十年的中轴线四季，悄悄见证着它的北伸南延，悄悄观看它日新月异的变化之后，却觉得：这条北京的“脊梁”，它表达的是一个“愿望”。

《礼记·中庸》有言：“至中和，天地位焉，万物育焉。”

十分幸运，我作为当下北京市城市更新工作的参与者，2023 年 2 月随全国市长研修学院组织的专家调研组来到了南中轴，第一次从规划建设的专业角度，细致触摸了南中轴的脉络和大国复兴的未来。

当下的南中轴地区，是从永定门起始，向南穿越大红门地区、南海子公园到面积约 14000 亩的南苑森林湿地公园（规划中），到北京大兴机场。这个规划，将东城区永外地区、丰台区大红门地区和南苑森林湿地公园地区进行整体研究，以重塑南中轴空间秩序和功能组织，建设大尺度生态空间，尊重、还原、融合、重塑区域生态价值，从而它也拥有了顶层设计规划的五大功能定位：“中华文化自信的重要彰显区、大国首都功能的新兴承载区、北京南城崛起的核心引领区、生态文明城市建设的样板区、和谐宜居城市建设的示范区。”由此，南中轴已突破自然成长，发展成为对标北京副中心、雄安新区的国家战略，将成长为代言首都北京的“新名片”。

我眼中的南中轴，它有一个沧桑的历史经历：据考证，历史有记载始于元代，它曾是元代皇家猎场。元世祖忽必烈定都北京后，在今永定门外以南圈地建了一个“广四十顷”的小型猎场，取名“下马飞放泊”。猎场内，永定河古道横穿，湖泊沼泽密布，草木繁茂丰盛，禽兽麋鹿群集，颇受达官贵人的喜爱青睐。

明清时期，它是“燕京十景”之一“南囿秋风”：明永乐十九年（1421），成祖朱棣定都北京后，对“下马飞放泊”情有独钟，故将其拓展数十倍，筑围墙120里，在内扩建殿堂庙宇，供皇亲贵胄狩猎、娱乐，谓之“南海子”，故称“南囿秋风”。

清朝康乾年间，最是南苑隆盛时期，《康熙南巡图》便描画于此。康熙特别强调，“南苑乃人君练武之地”。而南苑的正门“大红门”，则是帝王及仪仗队赴南苑必经和休憩之处，也是各地信使及为皇宫送粮送物等人的经停地。

八国联军入侵北京后，南苑惨遭焚毁，昔日南苑盛景荡然无存。民国时，冯玉祥曾在南苑驻军。1937年卢沟桥事变后，这里爆发惨烈的“南苑保卫战”，镇守南苑的国民党29军浴血奋战，赵登禹、佟麟阁两位将军为国捐躯。

1949年北平和平解放，入城部队的一路就是从南苑的大红门出发，经永定门开进北平城。

20世纪80年代初，乘改革开放的东风，浙江村门庭若市。一批又一批敢为天下先的浙江人，纷纷涌入北京南苑的大红门木樨园地区，开始经营服装、小商品、窗帘儿、布艺、五金电器等，生意火爆，不仅聚集了来自华北、东北的客户，甚至吸引了东欧、俄罗斯的倒爷。据不完全统计，鼎盛时的浙江村外来常住及流动人口高达11万余人，是当地居民的十倍以上，也导致了脏乱差等城市顽疾。

后来，北京市对大红门地区进行整治，整治后的浙江村于21世纪初期蝶变新生，成为闻名全国的大红门商圈，成为我国北方地区最大的服装纺织品集散地。商户3万余家，直接从业人员10万人左右。

15年前的某个春天，因工作关系，我被抽调派驻在今天的南中轴大红门地区“督查”蹲点半年，开展“矛盾排查”工作。那个时期，大红门地区热闹非凡，产业兴盛。当地居民沉浸在地区发展、产业升值的红利中，社会矛盾也随之凸显。我曾目睹有位在年轻时早已把户口“农转非”的中年妇女，看到了娘家土地增值的红利，硬是想把户口再改回“农民”，迁回娘家。她的想法被当地乡镇政府拒绝后，这位大姐就天天爬到政府楼顶嚷着要“跳楼”……那些天，我天天精神紧张，只要这位大姐一进乡政府院，我立刻抄起记录本尾随乡信访办主任到达现场进行劝说调解。每次都要听大姐把激动的情绪全都“走一遍”发泄完，然后搜肠刮肚穷尽所有的词句和乡信访办主任一起，把天台上愤愤不平的大姐给哄着搀扶下来……

有一天，大姐被劝走后，我看着一贯气定神闲的乡信访办主任，不解地问他：“您为啥不着急大姐轻生？”信访办主任嘿嘿一笑：“这位大姐这么聪明，她若想轻生，再改回个农村户口还有啥用？”我听后扑哧一笑，茅塞顿开，深为自己当时的心急火燎惭愧。

而当年，我们午餐后的“娱乐”，就是几位同事一起结伴去附近的“大红门服装城”闲逛。实话说，那真是一种“福利”，因为当时这里琳琅满目的商品价格，比起市中心的商场，真是太“美丽”了！

2014 年以来，大红门地区实施疏解非首都功能，原有批发市场完成了关停、转型升级——历史便切入了今天。

2023 年 2 月的一天，我在调研的队伍中被告知，我脚下所站立的“南中轴国际文化科技园”展厅，正是当年午休我闲逛的“大红门服装城”旧址。

啊，沧桑巨变，自脚下始。

我想，北京中轴线的价值不仅仅在于它是独一无二的历史遗产，更在于它对现实生活的巨大影响。它是北京城市的核心，是国家政治、文化的中枢神经，是当代生活的重要载体——它是“活”在当下的，所以具备了巨大的影响力。而首都的建设，不仅是一个城市构建秩序的过程，更是国家秩序的表征。

走出展厅，讲解员指着马路对面对我们说：“这里正在建设博物馆群，未来南中轴将实现大国文化艺术殿堂、南部产业发展高地、绿色生态活力水岸三大核心功能。按照当前规划：南中轴是展示国家形象和中华文化自信的未来轴线！”

“宁要北城一张床，不要南城一间房。”这句被北京一代人深信不疑的“金科玉律”也将渐渐隐入历史深处。未来，南中轴高端会展中心、博物馆群将拉开大国交往和文化交流的序章；南苑森林湿地公园将映照历史，再现“南囿秋风”风貌；“元宇宙”类尖端科技企业也将落地大红门……还有很多闪亮的梦想，我们都会通过集体的智慧和实力去实现——让大国复兴愿望落地“向未来”！

今时今刻，我在北京中轴线全景规划图前，仔细端详着它的全貌：加入了南中轴地区的全景效果图像一把拉满弦的弓箭，正穿越历史，射向未来！

主编感言

此篇来稿收到于本次征文即将结束之前，恰是对南中轴的未来做了一个难得的展望。视野恢宏、大气，行文简洁、精确，情绪饱满、热情。感谢作者的美丽“愿景”。

作者简介

盛蕾，中国散文学会会员，北京作家协会会员。作品散见于《人民文学》《青年文学》《解放军报》等，出版专著《我的博物馆》。获得多伦多国际摄影节文化艺术贡献奖等奖项。

我们都是“时间的孩子”

祁　建

有空的时候我爱带着我的女儿妞妞，穿梭在北京大大小小的博物馆，望着她那灿烂欣然的笑容，我仿佛看到一个小女孩儿慢慢成长的一幕幕背影。

走到鼓楼的时候，在不经意间被时间击中，顿感自身的渺小，全都归于平静。往日的钟鼓声提醒着我们时间的流逝，真是“万籁此都寂，但余钟磬音”。其实我们都是“时间的孩子”，载一路过往晴雨，从少年到暮年讲一段旧时光。

妞妞对“古董”一词有了兴趣。经常会在各个博物馆里问我，这个有多少年历史了？那个是哪个朝代的？这个建筑经历过哪些事件？

我虽然被妞妞问住，但我还是觉得博物馆文化的厚重。

今年盛夏，一起去北京时间博物馆探寻时间的奥秘。前几年，我们曾经一起去过陕西蒲城县国家授时中心老短波台旧址的时间博物馆，也去过上海嘉定区安亭镇上海大来时间博物馆……

北京时间博物馆矗立在鼓楼下，位于鼓楼东大街及地安门外大街交会处的东南角。钟鼓楼作为北京故宫轴线北端的重要建筑，见证了历史的兴衰，往事变迁皆在眼前。

一块墨色牌匾悬于大门之上，我们推开那似乎历久弥新的大门，打开了尘封的“时间机器”。

博物馆内，水榭楼亭荡然大气又雅致清新，有藏满珍宝艺术品的神秘后院建筑，也有面向公众的艺术展厅。“逝者如斯夫，不舍昼夜。”沧海桑田，晨钟暮鼓，让你能将一时一辰握在手里盘剥。看光影会合、风月相宜，感白驹过隙、一瞬百年……

一进时间博物馆大门，妞妞天真地问：“这里为什么叫时间博物馆呢？”

接待我们的张小姐给我和妞妞介绍了缘由：“在中国传统文化中，时间是美的象征。时间博物馆坐落在钟鼓楼的旁边，在古代钟楼和鼓楼是一座城市最重要的建筑之一，北京的钟鼓楼建立在皇城中轴线的最北端，是城市的报时工具，俗话说的是晨钟暮鼓。”

妞妞因为带了暑假作业的绘画本，准备画一画这个鼓楼边上的博物馆。导游张小姐先介绍了一下全馆的平面图：“时间博物馆是一个宋明代风格的三进四合院，藏品以不同主题分类陈列在四合院的每个房间之中。馆内收藏并展出的藏品大部分为明清宫廷御制器物，很多是康乾盛世时期的宫廷器物。”

我说：“这儿可以画的素材，真是很多。”妞妞拿出画板，一会儿画画这里，一会儿画画那里。

我们走走停停，发现时间博物馆园林取了一部分，微缩搬进了馆内。中国古典园林是于方寸之内再造乾坤，是天人合一的灵巧境界。

我们来到吉光辰宇厅。张小姐介绍说：“这个厅分为三部分，以实景陈设作为藏品展陈的方式，让观者近距离观看展品细节，体味其内在之美。中厅布置为会客室样式，以金丝楠木家具为主，主要为我们的藏家及重要客人休息及会谈使用；西厅为鉴赏室，以紫檀、红木家具装饰为主；东厅布置为书房样式，主要陈设明清老的黄花梨家具及文房四宝等书房用具。”

不远处，有一座清咸丰 1855 年法国铜鎏金天使双面座钟，它的造型为典型的法国巴洛克式宫廷钟表，工艺极为精湛，其机型曾在法国 1855 年的巴黎世界博览会上引起轰动，并获得银质奖章。

张小姐说：“历经百年时光，依然精准无误。发条上满一次可转时 8 天，每半点铃音响一次。”

她介绍：1850 年前后，为了冲破广州贸易制度的限制、开通贸易渠道，法国商人及传道士特别进献这座钟表给咸丰帝，并把嘉庆帝（咸丰帝的爷爷）

的御题诗句呈现在表盘之上：“当今御咏：昼夜循环转，随时运不停，静观分刻数，岂敢自安宁。”但可惜的是最终皇帝并没有同意他们的建议。

妞妞也有些惊讶，稚气地说：“要是嘉庆当时感悟到这首诗，会不会改写了历史啊？”

我们转身来到了清乾隆铜镏金珐琅转鸭荷花缸钟前，据说乾隆皇帝对西洋钟非常喜爱，而且更看重它的审美功能，他下令广东官员利用通商的机会，从海外搜罗最精巧、最新式的西洋钟，并在宫中命人研制，使中国钟表的收藏和制作达到了高潮。

张小姐给我们讲：此钟为清乾隆时期，清宫造办处工匠用自造的掐丝珐琅缸和法国的奏乐机械系统装配而成。掐丝珐琅缸腹中部排列有佛教八宝——轮、螺、伞、盖、花、罐、鱼、肠。缸面布置荷塘景观，以玻璃镜表示宁静水面，中心有鸳鸯围成圈，其中三朵荷花可开合。在钟盘的左右有上弦孔，左边的负责走时系统，右边的控制奏乐和活动机械装置。开动后，在乐曲的伴奏下，鸳鸯转动，中间荷花的花瓣张开，露出花心中一半蹲的总角童子，两臂张开，双手随乐曲上下拍掌……

走在北京时间博物馆里，赏心乐事，青砖黛瓦，故景如旧。妞妞快步到了西厅，看到墙上悬挂的这幅字“斗南介景”。我想到我知道的一段典故，说：“这是体现了皇帝对于老臣英廉一生政绩的肯定与嘉勉，并祝其拥有最大的吉祥和福气。据说这幅字是乾隆四十一年（1776）十一月为即将退休的朝中英廉所写。”

张小姐说：“斗南介景”语出《晋书・天文志上》和《诗经・小雅・楚茨》。《晋书・天文志上》有“相一星在北斗南”，旧时以斗南称宰相的职位。《诗经・小雅・楚茨》则有“以妥以侑，以介景福”之句。

我在墙角发现了一对清光绪御制松石绿地粉彩大雅斋仙芝寿桃大缸，喊我的女儿过来一起看看。

导游张小姐说：“这一对缸色彩艳丽，品相完好，艺术及观赏价值极高，很是难得。缸身布有桃树、水仙、灵芝、红果等花果，具有恭贺长寿、祥瑞的寓意，为珍罕之佳例。”

我也给闺女介绍：“大雅斋为懿贵妃（慈禧太后）在圆明园天地一家春的画室名，而带‘大雅斋’款的瓷器是为了同治十三年重修‘天地一家春’时配置陈设而烧造的。后因圆明园修复工程停止而留存宫中使用，是专门为慈禧太后烧制的陈设器和供膳器。”

妞妞说：“我要画仙芝寿桃大缸，太漂亮了。”

在时间展厅，是法兰西艺术院院士们的集体作品展。一次看6位法国国宝级艺术大师的40余件艺术品，许多作品即便在法国本土都难得一见。展厅虽不大，但作品的丰富和多元却看得极过瘾。在法语中，法兰西院士翻译成“不朽的人”，是法国艺术与学术界的至高象征，只有在艺术学术上有着极高造诣的大师才能获此地位。达利也是法兰西院士，华人里则有吴冠中、贝聿铭等被评为法兰西院士。油画、水墨、雕塑、版画等40多件艺术品，艺术感很强，干净不花哨，无论灯光还是动线都最大限度地聚焦在艺术品本身，能静心专注在观展氛围中，有着股冷静理智的法式优雅……

我们来到池边的廊子里，休憩，品茗，感受“澄川翠干，光影会合于轩户之间，尤与风月为相宜”的风景。廊里的我们，是在画中，还是在梦中？

妞妞静下心画夕阳下的鼓楼，与天连接，晚霞染红了鼓楼和天边。

妞妞入神地看着鼓楼却没有落笔，也许是寻找灵感，也许是酝酿情感……

这时一对也看完展览的老年夫妇走到这里，他们鼓足勇气上前，拜托我们为他们夫妇画一幅画。我有点迟疑怕妞妞完成不了，妞妞爽快地答应了。

看着女儿的画笔飞快地动起来，看到素描渐渐有了轮廓，老年夫妇的眼泪也落下来了，画中是他们年轻的模样，没有深深的皱纹，没有两鬓斑白，没有岁月留下的痕迹。难道妞妞能看到遥远的过去？

老年夫妇看到夕阳下给他们画的素描，孩子一般地笑了。

老妈妈说：“大叔记忆力减退了，忘记了许多人和事。他的童年在鼓楼这边度过，但愿他能想起一些记忆。他能想起多少，不由我做主……他去过的地方，我们有过憧憬的地方，我们要走一遍。”

大叔也学着我们望向鼓楼，孩子一般地说：“真美，真美……”带得我们笑中带着眼泪。白驹过隙，走过鼓楼，走过时间博物馆……

夕阳无限好，好的不是晨钟暮鼓的壮丽景色，而是我们经历了旭日东升的憧憬，烈日灼灼的挣扎之后，对人生的感悟。

主编感言

“白驹过隙”，这一篇让我们跟着作者“走过鼓楼，走过时间博物馆……”的确，晨钟暮鼓，也是北京中轴线上的一种“最美”！

作者简介

祁建，中国作家协会会员。北京大学2021年骨干作家班学员，老舍文学院首届作家高研班学员，中国电影基金会第四届“大师之光”学员，2023年北京文联首届网络文艺人才高研班学员。2019年出版《城忆：旧事寻踪》，被北京出版集团评选为好书之一。

前门情思台湾街

仇秀莉

进入盛夏，突如其来的一场雷阵雨，来得猛烈，去得迅速，如同南京好友李敏的办事风格，多年未见，这次她来北京办完公事，兴奋地给我打来电话，希望我还能像十年前那样陪她到北京中轴线百年老字号云集的前门大街看一看，我知道那里曾给她留下美好的记忆。当年，我陪她去前门大街游览，竟然弥补了她从未去台湾旅行的遗憾，至今让她记忆犹新。想到这些，我按约定时间，向前门赶去，当然，雨后漫步于历史悠久的胡同，别有一番情趣。

记得十年前初春的一天，李敏来北京出差，办完事后，让我陪她逛街、叙旧，我恰好采访过前门台湾映像的几位台商，对台商来讲，能在北京中轴线非常著名的商业街开商铺，是一件引以为荣的事。设在前门大街的台湾映像，是前门历史文化展示区的一个重要部分，整体街区以阿里山广场为景观中心，由台湾风情市集、台湾美食餐饮区、台湾映像生活美学馆、映像台北潮场、四合院品牌总部会所、台湾会馆 6 个区域组成，这里相当于台湾风情的缩影，非常值得一看，尤其是“邓丽君音乐生活馆”更是吸引了大批歌迷前去参观。若到此一游，与北京的名胜古迹相比，更具特色。李敏听了我绘声绘色的介绍后，说我吊足了她的胃口，果然，我们走进台湾映像，如同真正到了台湾，只见有的店铺门前悬挂着做工讲究写有繁体字的幌子，所售的各类商品均来自台湾。

踏在有着历史痕迹的青石板上，我们仿佛进入时光隧道，上一秒还能听到老北京京腔京韵的叫卖声，转瞬间，就能听到台湾阿里山森林火车的汽笛声，硕大的阿里山神木矗立在台湾映像的小广场上，许多游客来这里拍照，脸上流露着兴奋的神情。这时，迎面走来头戴面具、身穿演出服装的电音“三太子”(哪吒、金吒、木吒)，伴随着台湾流行歌曲的鼓点，他们舞动着极具特色的欢快脚步，踩街祈福保佑平安的朴实表演，传递着两岸民众的共同心愿，惊艳了在场的游客，人群中发出阵阵欢呼声。我和李敏挤在人群，一边观赏表演，一边称赞她有福气，还能赶上这场演出。李敏的脸上流露着惊喜的笑容，并摆出各种 pose，我则成为她的专职摄影师，相机内留下许多佳影倩照。随后，我们又去台湾美食餐饮区品尝台湾地道的肉粽、担仔面、卤肉饭、虱目鱼肚汤还有取名怪异的棺材板小吃。李敏开心地笑着说：“今天到前门真是不虚此行呀！不用去台湾也能吃到地道的台湾美食。”

随后，我们走进“邓丽君音乐生活馆”内，美妙的歌声在耳畔回响着：“甜蜜蜜，你笑得甜蜜蜜，好像花儿开在春风里，开在春风里。在哪里，在哪里见过你，你的笑容这样熟悉……”顿时，丝丝柔情在我心底氤氲着，打开记忆的闸门，把我带回少年时第一次听邓丽君歌曲时的惊喜中。在华语歌坛上，邓丽君的歌代表了一个时代，受到不同年龄层歌迷的喜爱，她在海峡两岸歌坛上享有盛名，她的歌声无数人曾模仿却无人能超越。我和李敏情不自禁悄声哼唱着，轻移脚步，认真观看陈列室内邓丽君生前穿过的演出服饰，曾用过的家具、首饰及生活用品，还有她在各个时期的照片和部分音乐制品及录影带，这都是从台湾空运来北京展出的。那些年我采访海峡两岸文化交流的话题比较多，知道 1988 年央视举办第四届海峡之声音乐会时，特意给邓丽君发出邀请函，令人遗憾的是，直到 1995 年她去世之前，她也没机会来大陆演出，成为喜爱她的歌迷们永远的遗憾。睹物思人，我深为邓丽君英年早逝而惋惜。如果邓丽君仍在人世，如果她赴大陆演出，我想那场面必定火爆，一定能引发无数歌迷的热情追捧。

抬头望着蓝天白云，感叹着那湾浅浅的海峡虽然让两岸民众隔海相望，却无法阻隔两岸民众血浓于水的亲情。是啊，中华文化源远流长，是两岸同胞共同的宝贵财富，更是维系两岸同胞民族感情的重要纽带。与“邓丽君音乐生活馆”相邻的是得意典藏店，店老板是我采访过的台商李翰莹女士，她热衷中华文化传承事业，从台北故宫博物院珍藏的文物中提炼元素，利用科技平台，把利用宫廷藏品原件打造的精美工艺品融入“故宫文化”的创意产品中，从事故宫文物影像数字化研发。2005 年，她在北京前门大街台湾映像商业区成立得意典藏公司，结合现代人的时尚品味与生活习惯，制造出精美的文化礼品，给人们带来极大惊喜。我把所知道的情况给李敏简单介绍后，她非常感兴趣，高兴地对我说：“我在政府工作多年，一直没机会去台湾看看，能在这里看一眼台北故宫博物院的宝贝，也算是大饱眼福啦！”

我们走进得意典藏店，恰好，李翰莹女士也在店里，她热情招呼我们到店内喝茶。那天，李翰莹身穿绣有牡丹图案具有民族特色的旗袍，典雅端庄大气，还能说一口流利的普通话，言谈中，流露着婉约大方儒雅的气质，散发着中年女性成熟的魅力。

我们边喝茶边聊天，不经意间，李敏的目光被店内那些大大小小的摆件吸引了，她忍不住起身，来到柜台前，认真观赏着印在绢布、鼠标垫、茶杯等物件上的故宫名家字画，连声称奇。这时，两名顾客进店，声称是慕名而来，他们很快选择了三款印在鼠标垫上的宋代名画，连声说：若不是着急赶火车，还想在店里多待一会儿呢。李翰莹连声致谢，目送着顾客走出店门外，才转身对我们说：“这些伴手礼送人或是自己留纪念都很有意义，那些年，我们为了拍摄台北故宫博物院里那些堪称精品的文物，克服了许多困难，如今看到客人们如此喜爱，说明过去的付出非常值得。”

李敏从中挑选了三件印有国宝图案的伞和五盒精美的书签，边看边赞叹说：“太美了，我给出国留学的女儿多买几件，让她送给国外的同学当见面礼挺好的。”

我称赞她：“那当然好啦，你们这是为宣传中华文化做贡献呢，值得表扬。”

李敏莞尔一笑，付款后，将它们小心翼翼地装进双肩背包内，自信地说：“放心吧，咱这点觉悟还是有的，我女儿一定很喜欢这份来自台湾的礼物。”

那天，李翰莹女士饶有兴致地给我们介绍着北京的胡同文化："位于京城中轴线的前门大街，北起前门月亮湾，南至天桥路口，与天桥南大街相连，隐藏在此的大栅栏、鲜鱼口、珠市口、门框胡同里都有着美丽的传说，每一条胡同背后都有着独特的历史背景……"李敏听得很认真，偶尔看我一眼，调侃地说我："瞧瞧你这个北京人，还从没给我讲这么详细呢。"

说来惭愧，虽然我身居京城，但平时忙于采访写作，几乎很少逛街，对北京的胡同文化知之甚少。那天，听了李翰莹女士的讲解，我对胡同文化也有了许多新的认识。从李翰莹自信满满的神情中，不难看出，她能在世人瞩目的首都北京中轴线上的重要位置开店，都源于她对传承中华文化的那份执着，从她发自内心快乐的神情中，我能感受到台商对前门大街有着浓厚的情怀。真是一次愉快的前门之旅，也让李敏意犹未尽，因她还要赶时间，只能在不舍中离开台湾映像。我们约好了下次还要来这里聚一聚。

时光匆匆，转眼，十年过去了，我和李敏又在前门大街见面了，欣喜之余，发现她还是那样活泼开朗，张口就让我带她重游台湾映像，想到那里再走一走，看一看。

雨后的前门街道、胡同、花池里的鲜花、树木枝叶如同被清洗一番，给炎热的夏天降了温，令人神清气爽，清新的空气里飘着兴奋的味道。然而，让我感到意外的是，街道还是那条街道，胡同还是那条胡同，店铺还是那个店铺，不知什么原因，曾给人们带来惊喜的台湾映像、集市的店铺、美食区不知何时没了踪影，只有一些店铺里闪现着装修工人忙碌的身影。我俩面面相觑，四下寻觅着曾留在记忆深处的那些场景，我本想带她品尝上次没吃过的台湾凤梨酥、地道的铁板烧、咖啡西餐和阿宗面线，还想陪她到得意典藏店再挑选几件伴手礼，然而，这些想法只能搁浅了。

看着李敏失望的神情，我安慰她说："看来，你要想感受原汁原味的台湾风情，想品尝地道的台湾美食，感受中华文化在台湾的传承，亲自去台湾看看也不错啊。"

李敏环顾四周，意味深长地说："当年，我把你拍的那些照片给离休多年的老父亲观看，他很是激动，只是遗憾没机会在有生之年去台湾看看，希望我能替他完成心愿。”

那一刻，我突然想起当下走红的歌曲《2035 去台湾》，内容表达了两岸人民盼望早日统一的共同心声，我想，凭借中国“基建狂魔”的速度，坐动车去台湾已不是梦想。李敏听了我的想法高兴地说：“好啊，到那时，我们一同去宝岛游览美好风光。”

不知何时，天边惊现一道彩虹，把前门大街映衬得格外美丽，别有一番情韵在心头。站在京城中轴线上的前门大街，我俩情不自禁又唱起了邓丽君的经典歌曲《甜蜜蜜》，一帧帧美丽的台湾风光仿佛向我们招手，浓浓的台湾情结如鲜花般在心底悄然绽放着。

主编感言

此文取材新颖，文笔独到，给我们写出了别样的前门大街，而且一“线”关“两岸”，实属难得之作。

作者简介

仇秀莉，中国作家协会会员、北京作协会员、中国散文学会会员、中国报告文学学会理事；鲁迅文学院第 32 届高研班学员。2015 年入选首批首都优秀中青年文艺人才库。

后记

北京一线有大美

李林栋

本次征文自3月20日发端至7月1日截稿，历时三个多月，非常欣喜，可谓如愿以偿。在最初的“征文启事”中我们曾说过，这次征文“要有切近性，以写当下为主；要有独特性，文中要有自我，不能见物不见人；而且要有节制性，来稿以不超过3000字为宜”。现在看来，这“三性”之要即我们这次征文“不想吃别人嚼过的馍，那样没有味道”基本上都“如愿以偿”了。除此之外，我们这次的“征文启事”中还曾强调过要有“外地人视角”，基本上也“得其所哉”，仅以这次征文成书的作者来说，即有来自河北石家庄、迁安，湖北武汉、竹溪，以及上海、天津、昆明、重庆甚至日本东京等地的很多佳作入选。还有，这次应征来稿的作者，不仅有80岁以上的长者，也有年仅稚龄的小学生，等等。所有这些，都是我们既感欣慰，又特别要向所有参加这次征文的作家作者们表示衷心感谢的。而其中，众所周知的文坛大家高洪波、刘心武、尧山壁、刘益善、野莽等几位对这次北京中轴线“申遗”的大力支持，公益写作，尤其令人敬佩不已，必须再次衷心感谢！诚谢！

除了每一位作者，在这次为时不长、颇有些紧促的征文过程中付出很多精力、不辞辛劳的北京市东城区图书馆和我们网（络）时（代）读书会的所有工作人员，也必须在此表示衷心的感谢！首先要感谢的，是半为官员半是作家的任启亮先生不负众望，为这次征文结集写了这样一篇非常恰切、精准的难得之序；感谢著名京味儿作家刘一达远在葫芦岛专心写作时还为本书之序欣然命笔，热情洋溢又独具特色。当然，我们更要感谢的，是主编助理赵润田、金京一、欧阳青，感谢副主编王升山、刘建军、赵国培；还有编委李家良、赵萌、宋毅、王征、刘宏、苏菲、张国领、班清河、韩宗燕、李朝俊等，你们为这次征文所付出的心血都不会白费，在这次征文结集即将成书的“纪念碑”上，将永远镌刻着你们公益付出的光荣姓名。感谢你们！非常感谢！

最后，还有一些具体事项要向大家汇报或公告于此：

一、到目前为止，我们已连续三年发起征文，《新北京新京味儿——百年百篇话北京》《最美长安街》《最美中轴线——中轴线申遗的百姓文本》均已结集成书，由光明日报出版社出版发行。此或为“新北京新京味儿”三部曲，抑或为北京“最美”系列散文之连续发端，谨望各位读者、作者继续关注之，持续参与之。

二、关于本书各文的“作者简介”，原始状态自是各具千秋，我们为求平衡已统一做了调适，其中或有不当之处，还望相关者体谅，因时间关系，我们实在不能再一一发回原作者征求意见。请理解。

三、关于本书的目录排序，是以这次征文来稿时间的先后而排列的。这有点儿不同一般，但于编者来说，却是较为可取。更主要的，我们也是想借此提请下次参与我们征文的所有作者，一定要尽早发来你们的大作，不要等到最后“一窝蜂”地来稿，以免我们手忙脚乱，或有遗珠之憾。请明鉴。

四、这次征文成书出版后，照例还是要做些相关的奖励与推广活动。敬请期待。认识与热爱“中轴线”时犹未晚，宣传与保护“中轴线”重任在肩。再次感谢各位！热爱北京，抒写北京，传扬北京，永远在路上！让我们再接再厉，持之以恒，永不掉队！

2023.07.31

（李林栋，资深媒体人、作家、编审。大型公益组织“网时读书会”会长）